BLAUE REIHE

FELIX HUBY
FRED BREINERSDORFER

DER SCHLANGENBISS

Kriminalroman

WILHELM HEYNE VERLAG
MÜNCHEN

HEYNE BLAUE REIHE
Nr. 02/2308

Herausgegeben
von Bernhard Matt

Copyright © 1990 by Wilhelm Heyne Verlag GmbH & Co. KG, München
Printed in Germany 1990
Umschlagfoto: Photodesign MALL, Stuttgart
Umschlaggestaltung: Atelier Ingrid Schütz, München
Satz: IBV Satz- und Datentechnik GmbH, Berlin
Druck und Bindung: Elsnerdruck, Berlin

ISBN 3-453-04059-7

1

Es regnete nun schon seit drei Tagen. Der Himmel hing tief über dem Stadtkessel von Stuttgart. Ich starrte durch die verweinten Scheiben meines Redaktionsbüros. Die Manuskripte und Unterlagen, die für die nächsten Ausgaben zu bearbeiten gewesen wären, hatte ich säuberlich aufeinandergestapelt und auf die äußerste Ecke meines mit Brandflecken verunzierten Schreibtisches geschoben.

Das Telefon klingelte.

Ich ließ es klingeln, stand auf, streckte mich, hängte die ausgeblichene Ledertasche über die Schulter und ging zum Aufzug.

In der Tiefgarage zwängte ich mich durch die dichtstehenden Autos, schloß meinen Volvo auf und ließ mich hinter das Steuer fallen. Und dort blieb ich sitzen. Ich weiß nicht mehr wie lange, ich weiß auch nicht mehr, worüber ich nachdachte. Und ich weiß schon gar nicht, wie lange mich der Mann durch das Seitenfenster angestarrt hatte, als ich die Augen hob und plötzlich seinem Blick begegnete. Er nickte nur mit dem Kopf. Ich kurbelte langsam die Scheibe herunter:

»Suchen Sie mich?«

Er lächelte dünn. »Ich habe Sie schon gefunden, Stoller.«

Er gefiel mir nicht. Er war gut fünfundzwanzig Zentimeter kleiner als ich, gedrungen, und soweit man es in der dürftigen Beleuchtung der Tiefgarage sehen konnte, hatte sein Gesicht die Röte des Infarktgefährdeten. Sein Lächeln verzog seinen Mund nach links und rechts zu einer akkurat viereckigen Öffnung.

»Kann ich Sie zu einem Kaffee einladen?« sagte er.

»Wenn Sie mir etwas zu erzählen haben, können wir auch in mein Büro hinauffahren«, sagte ich mürrisch.
»Ein Café wäre mir lieber.«

Es gibt in ganz Stuttgart kein Café, das ich leiden kann, aber heute war mir alles egal. Ich folgte dem Mann mit dem roten Gesicht durch den Regen quer über den Bahnhofsplatz zum Arkaden-Café. Keiner sprach. Ich sah ihn von der Seite an. Er war mindestens sechzig, wahrscheinlich älter. Sein Gesicht wirkte mehr breit als lang und wurde von zwei gewaltigen Backenknochen beherrscht. Die Nase hätten wir als Kinder Kartoffelknubbel genannt. Als ich ihm auf dem viel zu schmalen Caféstühlchen gegenübersaß, sah ich zum erstenmal seine Augen. Sie erinnerten mich an Granitkiesel.

»Horlacher«, sagte er mit einer steifen Verbeugung im Sitzen und schob mir eine Visistenkarte über die kaffeefleckte, graue Tischplatte zu.

Ich las: Ernst Horlacher, Kriminaldirektor a. D. Ich schob das Kärtchen zurück.

»Behalten Sie's doch.« Er lächelte wieder. Ich ließ das Stückchen Karton liegen und blickte in seine grauen Augen.

»Nun?«

»Man hat mir gesagt, Sie hätten die Geschichte über, na, Sie wissen schon, die Spionagekiste...«

Er ließ den Satz in der Luft hängen. In unserem Blatt zeichnet man seine Geschichte nicht mit seinem Namen. Er mußte sich erkundigt haben, in der Redaktion oder bei meinen Informanten. Beides konnte mir nicht recht sein.

»Kann sein«, sagte ich unbestimmt.
»Ja doch«, sagte er.
Wir bestellten zwei Kaffee und zwei Kognak.
So ein Schwachsinn, dachte ich. Wenn an der Story

was nicht stimmt, braucht er sich doch nicht in der Tiefgarage anzuschleichen, um mir das zu sagen.

»Sehr gute Arbeit«, sagte er, »sauber recherchiert.«

Es war überhaupt nicht schwierig gewesen. Das meiste hatte mir ein befreundeter Polizist erzählt, der Rest war Routine.

»Würde mich interessieren, wie Sie darangekommen sind«, sagte er über den Rand der Kaffeetasse hinweg. Ich hätte es ihm auch nicht gesagt, wenn er mir sympathischer gewesen wäre.

Ich trank den Kognak aus und bestellte noch einen. »Also gut, was wollen Sie mir erzählen?«

»Mir wäre es lieber, wenn Sie Fragen stellen.«

Der Mann war nicht normal.

»Wie wird das Wetter morgen?« fragte ich bissig.

»Sie fragen falsch«, sagte er lakonisch.

Ich ging zur Toilette. Als ich zurückkam, hoffte ich, er wäre gegangen. Er saß in unveränderter Haltung an dem runden Tischchen. Ich versuchte es noch mal:

»Wo waren Sie als Kripodirektor?«

»Beim Bundeskriminalamt.«

»Welches Dezernat?«

»Leiter des Waffendezernats.«

»Und jetzt?«

»Arbeite ich sozusagen freiberuflich – als V-Mann.«

»Das heißt, sie treiben sich im Untergrund herum, führen ein Doppelleben, legen Gauner aufs Kreuz?«

»Exakt.«

»Große Gauner?«

»Auch große Gauner.«

»Im internationalen Waffenhandel?«

»Auch das, ja.«

»Und warum machen Sie das?«

Die Frage schien er nicht erwartet zu haben. Er sah plötzlich ratlos aus. »Na ja«, sagte ich, »es gibt ja so etwas wie einen Ruhestandsschock, vielleicht wissen Sie nur nicht, was Sie als Pensionär anfangen sollen.«

»Ich habe das auch schon früher gemacht, als ich noch im Amt war.«

»Spiele der Erwachsenen«, sagte ich und trank den zweiten Kognak – es war deutscher Weinbrand; er schmeckte miserabel. »Räuber und Gendarm.«

»Man hat mir gesagt, Sie seien vertrauenswürdig«, sagte der Kriminaldirektor außer Dienst. Es klang ein wenig enttäuscht.

»Kann schon sein.«

Wir schwiegen uns eine Weile an.

»Ich nehme an, Sie haben eine Information für mich«, sagte ich schließlich.

Er verlangte die Rechnung. »So etwas Ähnliches.«

»Und was ist das, so etwas Ähnliches?«

»Gehen wir.« Er erhob sich steif und ging auf die Tür zu. Im Vorbeigehen drückte er der Bedienung einen Geldschein in die Hand.

Draußen dampfte die Straße. Der Regen hatte plötzlich aufgehört, und die Sonne schien durch ein Wolkenloch. Horlacher sah sich schnell nach allen Seiten um. Mit kurzen Schritten ging er auf die Treppe zu, die zu den Bahnsteigen führt. Ich folgte ihm langsam, die Hände in der Tasche.

Noch bevor ich die Treppe ganz hinter mir hatte, blieb ich stehen. Er ging ein paar Schritte weiter, wandte sich um. »Na, kommen Sie!« sagte er.

Ich bewegte mich nicht. »Was ist?« Seine Stimme hatte plötzlich einen gehetzten Ton. Er trat von einem Bein auf das andere, wie ein ungeduldiges Kind. Aus dem Bahnhofslautsprecher wurde ein Zug aus Frankfurt angekündigt. Horlacher legte seinen Kopf zur Seite und horchte.

»Den müssen wir kriegen«, sagte er hastig.

»Wir?«

Er kam mit ein paar trippelnden Schritten die Stufen herunter auf mich zu.

»Ich habe alles eingefädelt, für Sie ist es eine Riesenstory, glauben Sie mir.« Er wollte mich am Ärmel zupfen, doch seine Hand verharrte kurz davor.

Es war alles völlig unwirklich. Ich stand auf der Bahnhofstreppe und starrte einen fremden, alten kleinen Mann an, der mich nun schon seit vierzig Minuten in Beschlag nahm, ohne mir zu sagen, was er eigentlich wollte. Eine Trillerpfeife gilfte.

»Ich nehme den Zug nach München, den Intercity«, sagte Horlacher und ließ seine Hand sinken, »ich treffe im Zug einen Mann. Sie sollten dabeisein.«

Ich zuckte mit den Schultern und blieb, wo ich stand.

»Es geht um Waffen, um viel Geld und um die Sicherheit unseres Landes.« Der letzte Satz klang hohl und verlogen. Horlacher schwitzte.

Ich machte zwei Schritte auf ihn zu. Bevor ich etwas sagen konnte, war er neben mir. Jetzt zog er mich am Jackenärmel. Ich schüttelte ihn ab, folgte aber trotzdem.

»Ich kann Ihnen jetzt nichts sagen. Im Zug erfahren Sie alles. Wir haben ein Abteil reserviert«, sagte der Mann und trippelte vor mir her. Zu Hause wartete Anneliese. Sie war es zwar gewohnt, daß ich oft später heimkam, aber... »Wir haben noch zwei Minuten«, stieß Horlacher hervor. Ich folgte ihm zum Bahnsteig.

Die Fensterscheiben des Intercity-Zuges hatten graue Schlieren. Der Regen hatte den ganzen Dreck vom Dach herabgespült. Wir setzten uns in das leere Abteil, das Horlacher zielstrebig angesteuert hatte. Der Zug fuhr an, sanft und geschmeidig, ohne zu rucken. Ich lehnte mich zurück. Für Sekunden erschien mein Gesicht in der schmutzigen Scheibe. Ich versuchte, mir zuzulächeln, aber die

Sonne löschte es aus, bevor mir das Lächeln gelungen war.

»Ich werde Sie als meinen Assistenten vorstellen«, sagte Horlacher.

»Wie Sie meinen.« Ich blinzelte hinaus und beobachtete die Häuser, die gleichförmig vorbeizogen. Schon oft hatte ich mich, ohne allzuviel nachzudenken, in Situationen manövriert, aus denen ich mich nicht mehr zurückziehen konnte. Ein Teil meiner sogenannten Erfolge beruhte darauf. Daß ich als guter Rechercheur gelte, liegt zu einem großen Teil daran, daß ich Phlegmatiker bin.

Ein Mann betrat das Abteil. Er war fast so groß wie ich, aber in den Hüften schlanker und in den Schultern breiter. Sein graumeliertes Haar, sauber gescheitelt, fiel ihm locker in die Stirn. Sein ebenmäßiges Gesicht war braungebrannt. Seine Augen, hinter einer stahlgefaßten Brille, hatten jenes tiefe Braun, von dem Frauen behaupten, daß es Gefühlstiefe verrate. Sein Anzug hatte dieselbe Farbe.

»Mercier«, sagte der Mann und lächelte.

Er sah aus, als ob er einem Film der frühen fünfziger Jahre entstiegen wäre. Die Art, wie er seinen Namen aussprach, wies ihn als Schweizer aus.

Horlacher war aufgestanden. »Manstein«, sagte er. Überrascht sah ich zu ihm hinüber. Nicht weil er einen anderen Namen benutzte, das hatte ich erwartet. Was mich erstaunte, war die Veränderung seiner Persönlichkeit. Es war derselbe Mann, zweifellos, aber seine Haltung, sein Auftritt. Ja, er trat auf! Er hatte seinen Auftritt als Manstein, von Manstein, Baron oder Direktor von Manstein. Dieser Mann war einfach in eine andere Haut gefahren. Plötzlich wirkte auch seine Kleidung, die ich vorher nicht registriert hatte. Sie war von jener zurückhaltenden Eleganz, hinter der sich Wohlstand so verbirgt, daß man ihn gerade noch entdecken kann. Er stand da, leicht nach vorn gebeugt, eine Verneigung andeutend, sein Mund –

das überraschte mich am meisten – lächelte nicht mehr viereckig, sondern in einer elegant geschwungenen Linie.

»Mein Assistent, Herr Stadler«, stellte er mich mit einer Handbewegung vor, ohne herüberzusehen.

Ich stand verwirrt auf, wollte dem Neuankömmllling die Hand reichen, sah aber im gleichen Moment das leichte Kopfschütteln Horlachers. Mit etwas Mühe versuchte ich aus der Bewegung noch etwas Annehmbares zu machen. Ich knöpfte meine Jacke zu.

Wir setzten uns. Horlacher und Mercier nahmen am Fenster Platz. Ich wurde von meinem neuen Chef auf den Eckplatz an der Tür gewiesen.

»Wir haben einen gemeinsamen Bekannten«, sagte Mercier.

»Grünzweig«, lächelte Horlacher-Manstein.

»Sie haben schon bei ihm gekauft?«

»Vierhundert Barettas, sehr gute Ware.«

Mercier hob die Hand. Mir fiel auf, daß er keine Ringe trug. Man merkte, daß ein solcher Posten Waffen nur eine Kleinigkeit für ihn war. »Sie wollten mich sprechen«, sagte Mercier.

Horlacher nickte. »Richtig, und ich freue mich, Sie zu sehen.«

»Sie suchen vielleicht etwas Bestimmtes?« Mercier zeigte ein schmales Lächeln.

»Teils, teils.«

»Bitte.«

»Ich hätte vielleicht auch etwas anzubieten.«

»Wir sind beide Kaufleute«, stellte Mercier fest, »können wir konkreter werden?«

»Was suchen Sie?« Horlachers harter grauer Blick ruhte auf seinem Gegenüber. Man spürte seine Spannung.

»Sie können die Liste einsehen.« Mercier hatte ein gelbes Blatt herausgezogen und hielt es nun zwischen Zeige- und Mittelfinger. Er reichte es Horlacher hinüber.

Der kleine Mann las langsam, seine Lippen buchstabierten die Wörter tonlos. Zweimal schien er den Atem kurz anzuhalten, und jedesmal hob Mercier seine buschigen Augenbrauen fast unmerklich. Er gab mir einen Wink, die Vorhänge des Abteils zu schließen.

»Was wollten Sie sagen?« fragte Mercier.

»Nun«, Horlacher zögerte.

»Ja, bitte?«

»Nun, zwei Posten sind da, die mich, wie soll ich sagen... die mich überraschen.«

Mercier lachte leise.

»Sie arbeiten sehr international, nicht wahr?« Horlacher sprach außerordentlich bedächtig.

»Von Ihnen wird ähnliches behauptet.«

»Tja, in diesem Geschäft weiß jeder vom andern und nur die wenigsten kennen sich.«

Mercier lächelte müde.

»Wie sehen Sie die Chancen?«

»Schwer zu sagen, die Ware ist möglicherweise kein Problem, aber die Finanzierung.«

»Sie sind nicht solvent?« Der Schweizer sprach den Satz aus, als ob er Horlacher unterstellen müßte, die Pocken zu haben.

»Doch. Aber für diese Größenordnung braucht man Zeit.«

»Über den Zeitfaktor kann man reden«, antwortete Mercier, »und für die Zwischenfinanzierung habe ich einen Mann. Unternehmer aus Brüssel, sehr zuverlässig. Er hat die Mittel. Kalkuliert mit 20 Prozent.«

»Aus der Branche?«

»Nein, aber er hat schon drei Geschäfte mit Omnipol abgewickelt.«

»Mit den Tschechen?«

»Ja.«

Horlacher lehnte sich zurück. »Aber dies hier«, er nickte

mit dem Kopf, »das ist eine größere... na, sagen wir, Transaktion. Bei diesen etwas außergewöhnlichen Objekten schlägt sich die Knappheit durchaus im Preis nieder.«

»Seien Sie unbesorgt«, Mercier erhob sich, »wenn Sie nur liefern können.«

Horlacher stand ebenfalls auf. Seine Hand mit der Liste verschwand im Jackett, doch als er die knappe fordernde Geste des Waffenhändlers sah, gab er das Papier zurück. »Ein Versehen«, sagte er, und Mercier nickte. Die beiden verbeugten sich.

»Wo finde ich Sie?« fragte Horlacher.

»Ich wohne im Hotel Regina in München. Am besten immer gegen 18.00 Uhr. Um diese Zeit nehme ich den Tee in der Lounge.«

Wieder nickte Horlacher knapp. Ich öffnete die Tür. Der Schweizer schritt heraus, ohne mich noch einmal anzusehen. Ich zog die Tür leise wieder zu.

Horlacher schrieb etwas auf ein Zettelchen und reichte es mir. Ich las: »Nicht sprechen! Sichern Sie die Tür!«

Der kleine Mann kniete sich nieder und untersuchte den Sitz, auf dem Mercier gerade noch gesessen hatte, während ich mich gegen die Schiebetür lehnte. Nach einigen Augenblicken zog er mit spitzen Fingern ein kleines quadratisches, metallisch blitzendes Würfelchen aus der Falte zwischen Lehne und Sitz.

»Ein sympathischer Mann«, sagte Horlacher mit gepreßter Stimme und drehte den Minisender zwischen Daumen und Zeigefinger. Er legte ihn sacht auf den mittleren Sitz und forschte weiter. Es dauerte eine halbe Minute, da hatte er die zweite ›Wanze‹ hinter dem Kopfpolster gefunden. »Und ein sehr vorsichtiger Mann«, fügte er nun nachdenklich hinzu, »gehen wir in den Speisewagen, einen Happen essen!«

Im übernächsten Abteil waren die Rollos ebenfalls heruntergezogen. Horlacher deutete mit dem Daumen auf die verhängten Scheiben. Als wir durch die Schiebetür zum nächsten Wagen durchstiegen, sagte mein Begleiter: »Wollen wir wetten, daß der da nicht alleine drinsitzt?« Im Speisewagen sagte er: »Die Rechnung können Sie übernehmen, mein Spesenetat trägt das nicht.«

Telex an Chefredaktion:
ich bin in der muenchner redaktion. begleite einen informanten, der als v-mann des militaerischen abschirmdienstes ein waffengeschäft türkt. der mann war frueher beim bka. arbeitet jetzt freiberuflich. ein waffenhaendler aus genf will ueber ihn kriegswaffen kaufen. in der bestell-liste versteckt ein motor des panzers leopard (roem) 2 und ein phantom-elektronik-plan. mein informant vermutet, dass der waffenhaendler diese beiden posten im auftrag oestlicher geheimdienste beschaffen will. soll ich dranbleiben? der mann will geld sehen.   *stoller*

Telex an Stoller, zur Zeit Münchner Redaktion:
alles klar, dranbleiben. ihr informant ist uns bekannt. hatten schon kontakt. vorsicht. gefaehrliche kiste.   *chefredaktion*

»Sie haben mir nichts davon gesagt, daß Sie mit meinen Hamburger Bossen schon gesprochen haben.« Wir spazierten am Isarufer entlang. Horlacher hielt an und lehnte sich gegen das schmale Geländer. Er sah müde aus.
»Wie alt sind Sie?« fragte er, ohne meinen Vorwurf zu beachten.
»Sechsunddreißig.«
Der alte Mann lächelte. »In dem Alter war ich noch in Kriegsgefangenschaft.«
»Sie haben mir immer noch nicht gesagt, warum Sie das alles machen.«
Er bekam ein listiges Gesicht: »Die Katze läßt das Mausen nicht.«
»Das sind aber keine Mäuse, die Sie da jagen.«

Er nickte. »Stimmt schon, manchmal frage ich mich selbst, ob ich mich nicht übernommen habe.«

»Dann geben Sie doch den Fall ab.«

»So kann nur ein Laie reden. Seit fünf Jahren habe ich mich persönlich aufgebaut. Das ist ein Kapital, das man nicht einfach überschreiben kann.«

»Was passiert, wenn die herausbekommen, wer Sie sind?«

Er zuckte mit den Schultern und sah mich mit seinen grauen Augen von unten herauf an.

»Tun Sie doch nicht so, der Gedanke muß Ihnen doch auch schon gekommen sein.«

»Das wäre das Ende«, sagte er und setzte sich mit steifen Beinen wieder in Bewegung.

»Welche Größenordnung hat das Geschäft?«

Er blieb erneut stehen: »Für den Motor allein würden die zwei bis drei Millionen zahlen, vielleicht auch mehr. Der Leopardmotor im russischen T 84-Panzer, das ergäbe eine unschlagbare Waffe. Zehn bis zwanzig Jahre Entwicklungsarbeit würden sich die Russen sparen. Und mit der Phantom-Elektronik ist es genauso.«

»Und was springt für Sie heraus?«

»Wie meinen Sie das?«

»Na, was Ihnen der MAD bezahlt.«

»Es geht, und Ihre Zeitung wird ja auch nicht kleinlich sein.«

»Ihnen geht's also auch ums Geld!«

»Aber ja doch.«

»Warum machen Sie dann nicht das Geschäft alleine?«

»Sind Sie verrückt?«

»Wenn's Ihnen doch nur ums Geld geht.«

»Nicht nur ums Geld, aber ich verdiene gerne etwas dabei.«

»Ein Patriot also mit einem gesunden Geschäftssinn.«

»Einen anderen können Sie für dieses Geschäft nicht gebrauchen. Die reinen Idealisten und die Beamten machen nur alles kaputt.«

»Bleibt eigentlich noch die Frage, warum Sie mich zuschauen lassen?«

Er sah mich schweigend an. »Ich brauche Sie und vielleicht auch das Geld von Ihrem Magazin.« Nach einer Pause fuhr er fort. »Und für Sie fällt eine gute Story ab, eine sehr gute. Was fragen Sie also?«

Ich zappelte an den Fäden, an denen meiner Chefredaktion und der Organisation Horlachers, das zumindest war jetzt klar. Aber wenn ich schon Marionette spielen mußte, wollte ich die Regie nicht allein dem kleinen Mann mit den Kieselsteinaugen überlassen. Ich duckte mich unter dem Geländer durch und setzte mich an die Böschung.

»Ich bleibe noch ein wenig«, sagte ich und wendete meinen Blick dem dahinströmenden Wasser der Isar zu.

»Wir wollten doch zusammen essen«, sagte Horlacher zögernd.

»Keinen Appetit«, gab ich zurück und beachtete ihn nicht mehr.

»Na dann bis morgen.« Er ging davon.

Ich könnte den nächsten Zug nehmen. In drei Stunden wäre ich wieder in Stuttgart, dachte ich und schaute zu den fasrigen Föhnwolken hinauf. In meinem Vertrag stand nichts darüber, daß ich mich als Waffenschieber verkleidet in das internationale Spionagespiel einschleichen mußte. Wie leicht manche Leute Millionen machten. Und was man mit Millionen alles anfangen konnte. Da war dieses Bauernhaus im Schwarzwald. Holzbalkendecke, offene Kamine, Klinkerfußböden, 3000 Quadratmeter Obstgarten. 375000 Mark.

Ich weiß nicht mehr, wann mir der Gedanke kam, meine Rolle in diesem Spiel sehr persönlich zu interpretieren – mag sein, damals am Isarufer. In der Wärme der letzten Sonnenstrahlen, das Lachen von Kindern und Verliebten und das Rauschen des Flusses im Ohr.

Ein Floß trieb den Fluß herab, leer. Ein paar Bierkisten standen darauf. Das rechteckige Balkengeflecht zwirbelte im Wasserstrudel an mir vorbei. Das Ruder schlug hin und her. Die Sonne verschwand hinter der Stadt. Mir wurde kalt.

2

Ich bewegte mich nicht, still, fast steif lag ich auf dem Hotelbett, ein Zigarillo zwischen den Lippen. Gelegentlich kullerte ein wenig Asche auf meine Brust hinab und blieb zwischen den gekräuselten Haaren hängen. Meine Augen fixierten einen dünnen Riß in der kalkweißen Decke. An seinem Ende saß unbeweglich eine dicke Fliege. Sie hatte sich nicht mehr gerührt, seit ich sie entdeckt hatte. Geradeso, als ob sie sich beobachtet fühlte, blieb sie starr, stellte sich tot. Vom Korridor her klang das Klappern eines Servierwagens. Ich nahm das Zigarillo aus dem Mund. Im selben Moment bewegte sich die Fliege. Sie kroch langsam an dem Strich entlang, der in den rechten Winkel zweier Zimmerwände führte.

Ich hatte das Spinnennetz nicht gesehen, erkannte es erst, als sich die Fliege laut summend darin verfing, sich hilflos zappelnd verstrickte. Für einen Augenblick klang es so, als atme sie stoßweise. Ich klemmte das Zigarillo zwischen die Zähne, stand auf und stieg auf einen Stuhl. Nur wenige Zentimeter über meinen Augen zerriß die blauschwarze Fliege das klebrig-schillernde Netz. Ihr Kopf war schon weiß von den Fangstricken. Das Insekt bewegte sich ruckartig, und jedesmal verpackte es sich dabei ein wenig mehr.

Links von meiner Nase hangelte sich langsam eine markstückgroße Spinne zur Decke hinauf. Ich nahm das Zigarillo aus dem Mund. Die Bewegung ließ die Spinne einen Moment verharren. Lange genug. Ich drückte das glühende Ende mitten zwischen die krabbelnden Beine des Tiers. Dann löste ich die Fliege vorsichtig aus dem Netz, stieg vom Stuhl, versuchte mit spitzen Fingern die Spinnenfäden zu lösen und setzte das Tier auf den Nachttisch.

Das Summen schwoll an. Das Tier drehte kleine, unkontrollierte Kreise. Ich blies es vorsichtig an. Die Flügel hoben sich ein wenig, dann ein bißchen mehr. Die Kreise wurden größer und konsequenter. Einzelne Fäden blieben an dem Spitzendeckchen aus Platik hängen. Der Kreis wurde zum Oval, und plötzlich schwenkte die Fliege auf eine Gerade ein, krabbelte zielstrebig auf den Rand der Platte zu und hob ab. Ich sah ihr nach.

»Langeweile?« fragte eine Stimme von der Tür her. Es war eine gepflegte Männerstimme.

Langsam wendete ich meinen Kopf.

Er war klein. Er wirkte zierlich. Die schwarzen Haare auf seinem schmalen Kopf waren zu kurzen Stiften zurückgeschnitten, deren Spitzen gleichmäßig nach hinten gerichtet waren, so als ob sie ständig ein Wind in diese Richtung drückte. Sein Kinn lief spitz zu. Seine Augen waren hinter einer getönten Brille nur als gelbliche Flecken zu erkennen. Ich stieß den Zigarillorest in den Ascher.

»Wie kommen Sie dazu...?«

»Die Tür war nicht abgeschlossen – eigentlich ein unverzeihlicher Fehler in Ihrem Beruf.«

»Perfekte Tarnung«, sagte ich und ließ mich wieder auf mein Bett fallen.

Er lachte eine Oktave höher als er sprach.

»Was wollen Sie?« fragte ich.

Er zog aus seiner Brusttasche ein Kärtchen und reichte es mir herüber.

Ich wischte meine Hand an meiner nackten Hüfte ab und nahm es entgegen.

Das war schon die zweite Visitenkarte innerhalb von 15 Stunden, die ich unaufgefordert erhielt. ›Roland Mercier‹, stand darauf. Weiter nichts.

»Und?« fragte ich.

»Er würde Sie gerne sprechen.«

»Ich bin nur der Laufbursche, der Schlappenschammes, Manstein ist der richtige Gesprächspartner für Mercier.«

»Das ist nicht mein Problem«, sagte der Mann in der Tür leise und machte zwei Schritte ins Zimmer, »Monsieur Mercier sagt, er würde gerne mit Ihnen frühstükken.«

»Wo?«

»Im Hotel Regina, ich bringe Sie hin.«

»Dann warten Sie unten«, sagte ich grob und ging ins Badezimmer, ohne mich noch einmal nach dem kleinen Mann umzudrehen. Ich wartete, bis er die Tür geschlossen hatte und ging dann in mein Zimmer zurück. Ich wählte Horlachers Nummer.

Es klingelte dreimal, dann wurde der Hörer abgenommen?

»Hallo?«

Ich legte auf, denn ich war nicht sicher, ob es Horlachers Stimme gewesen war.

Als ich mein Zimmer verließ, lehnte der zierliche Mann an der Korridorwand gegenüber. Ich ging an ihm vorbei und klopfte an Horlachers Tür. Der Zierliche lachte. »Herr Horlacher ist schon weggegangen.«

»Na denn«, sagte ich leichthin. Es war füh am Morgen, und ich reagierte mit Verzögerung: »Horlacher?«

»Darf ich Sie jetzt bitten mitzukommen. Die Rechnung

ist bezahlt, Gepäck hatten Sie ja nicht.« Ich kann mich nicht erinnern, jemals zuvor so viel Gefahr aus einem so beiläufigen Satz entnommen zu haben.

Noch stand ich unschlüssig da. Doch nicht sehr lange. Der kleine silbern glänzende Dolch in der feinnervigen Hand des zierlichen Mannes sah gefährlicher aus als ein hochkalibriger Revolver.

»Es ist eine lautlose Waffe«, er lächelte, »beidseitig geschliffen, ich übe täglich mehrere Stunden damit.«

Ich ging langsam an ihm vorbei auf die Treppe zu.

Der Tisch war reich gedeckt. Mercier saß in einem hellen Seidenanzug davor und nickte mir zu, als ich, von dem Zierlichen begleitet, die Suite betrat.

»Setzen Sie sich – haben Sie schon gefrühstückt?«

Meinem Begleiter gab er ein knappes Zeichen. Mit einer angedeuteten Verbeugung verließ der kleine Mann den Raum. Ich blieb unschlüssig stehen und schaute auf Mercier hinab.

»Wo ist Manstein?«

»Woher soll ich das wissen?« Er bestrich sich ein Hörnchen mit Honig.

Zu irgend etwas mußte ich mich entschließen.

»Warum nehmen Sie nicht Platz?«

»Ich kann im Stehen besser denken.«

Mercier schien es mit dem, was er mir sagen wollte, nicht eilig zu haben.

»Hören Sie«, sagte ich, »ich bin nur mitgekommen, weil Ihr unfreundlicher kleiner Abgesandter mich dazu gezwungen hat.«

Der Schweizer nickte ernst.

»Wahrscheinlich wissen Sie, daß ich mit all dem, was zwischen Ihnen und Manstein...«

»Horlacher...«, fiel er mir ins Wort.

»Von mir aus. Auf jeden Fall geht mich das nichts an.«

»Für einen Journalisten formulieren Sie ziemlich unscharf.«

»Meinen Beruf kennen Sie also auch?«

»Ja.«

»Na gut, dann brauche ich weniger zu erklären.«

»Oh, doch«, Mercier nahm einen Schluck Kaffee.

»So? Da bin ich aber gespannt«, sagte ich grob.

Mercier stand auf und kam langsam auf mich zu. Dicht vor mir blieb er stehen.

Er roch gut.

»Ich will ganz exakt wissen, was dieser Horlacher Ihnen erzählt hat.« Ich versuchte, seinem Blick standzuhalten.

»Soll er's Ihnen doch selber sagen.«

»Vielleicht kann er nicht mehr«, Mercier lächelte. Die Angst schlich sich langsam in mein Rückenmark.

»Kann er, oder kann er nicht?« Meine Stimme klang belegt.

Mercier zuckte die Achseln und schritt zu seinem Frühstückstisch zurück.

»Ich werde Ihnen jetzt eine Hypothese vortragen«, sagte er und setzte sich wieder. »Horlacher ist, wie wir wissen, lange im Polizeidienst gewesen. Ein hervorragender Mann, gerissen, intelligent. Er allein steckte hinter einer Reihe großer Polizeierfolge im Kampf gegen den Waffenhandel. Er oder seine Auftraggeber müssen erfahren haben, daß ich für einen sehr potenten ausländischen Mann auf der Suche nach einem bestimmten Liefergut bin. Horlacher schlüpfte in seine Rolle als Manstein und nahm über einen Mittelsmann, mit dem wir gelegentlich kleinere Geschäfte abwickeln, Kontakt zu uns auf. Sein Deckname – von dem ich natürlich noch nicht wußte, daß es ein Pseudonym ist – war mir bekannt. Der Mann selbst nicht. Aber das haben Sie im Zug ja mitbekommen. Gut!«

Ich wollte etwas sagen, aber er schnitt mir mit einer herrischen Bewegung das Wort ab.

»Sie wollen wissen, wie wir dahintergekommen sind, daß Manstein Horlacher ist?«

Ich nickte.

»Vielleicht sage ich's Ihnen einmal.«

Ich gab mir einen Ruck: »Es ist mir sowieso lieber, wenn Sie mir nichts erzählen. Jetzt weiß ich noch zu wenig, um Ihnen gefährlich werden zu können, und ich möchte um keinen Preis so viel erfahren, daß ich für Sie zur Gefahr werden könnte.«

Mercier schmunzelte: »Nicht unklug, was Sie da sagen.«

»Also gut, dann möchte ich mich jetzt gerne verabschieden.«

»Ausgeschlossen«, sagte Mercier knapp.

»Na, das wollen wir doch erst mal sehen.«

»Ich fürchte, Sie haben immer noch nicht begriffen, welche Dimensionen unsere Geschäfte haben. Ein Leben ist da ... na, sagen wir mal, kein besonders großer Posten in der Rechnung.«

»Sie drohen mir?«

»Wir wählen die jeweils angebrachten Mittel.«

Mercier goß sich einen Kognak ein und schwenkte ihn behutsam in einem großen bauchigen Glas. Dann nippte er ein paarmal genießerisch.

»Ich wollte Ihnen meine Hypothese vortragen«, sagte der Schweizer und setzte das Glas vorsichtig ab. »Horlacher hätte das Geschäft mit uns gemacht – zum Schein, versteht sich, und er hätte uns hochgehen lassen, allerdings erst zum spätestmöglichen Zeitpunkt. Mit allen Beweisen in der Hand.«

»Aha«, sagte ich und versuchte so desinteressiert wie möglich zu wirken.

»Sie wären immer Zeuge gewesen, nicht wahr? Einen Zeugen braucht man, und wenn der Zeuge dann auch noch in einem weit verbreiteten Magazin darüber schreiben kann, kommt man auch endlich zu dem Ruhm, den man ein Polizistenleben lang vermissen mußte. Dies aber sollte Horlachers letzte Tat vor dem wohlverdienten Ruhestand werden. Und noch etwas: Der – wie heißt es im Polizeideutsch – der ›Zugriff‹ hätte abschreckend gewirkt, unsere Partner hätten sich zurückgezogen und für einige Zeit einen großen Bogen um die Bundesrepublik gemacht.

»Ich sagte schon, daß mich das alles nicht interessiert.« Er ließ sich durch meinen Einwand nicht stören.

»Aber Horlacher hat einen dummen Fehler gemacht, er hat – verzeihen Sie – einen Provinzjournalisten ausgesucht, nur weil der ein paar, zugegeben, sehr aufsehenerregende Geschichten recherchiert und geschrieben hat. Und der gute Horlacher hat uns unterschätzt. Aber das ist noch nicht alles. Trinken Sie einen Kognak?«

»Danke, nein.«

»Horlacher muß Wind bekommen haben von einem Geschäft, das wir anstreben, und das eine ganz andere Größenordnung hat als das Leopardgeschäft. Eine Sache, wie sie bisher wohl noch kein Privatmann abgewickelt hat. Und sehen Sie, da liegt das Problem.«

»Ihres vielleicht, meines bestimmt nicht«, sagte ich.

»Doch, doch, Ihres auch, glauben Sie nur.«

»Und warum?«

»Weil wir für Horlacher einen Ersatzmann brauchen.«

»Kann ich jetzt den Kognak haben«, sagte ich und setzte mich auf einen Schaukelstuhl, der an der offenen Balkontür stand.

»Gerne.« Mercier brachte mir einen Schwenker.

»Selbst wenn mir Ihre Geschichte einleuchten würde, könnte ich dazu nur sagen: Sie haben sich den ungeeignetsten Mann ausgesucht.«

»Das mag schon sein, aber ich habe ja keine Wahl.«

Mercier hob das Telefon von einem weißlackierten

Schränkchen und trug es zu mir herüber. Er wählte eine Nummer und gab mir den Hörer in die Hand.

»Was soll das schon wieder?« Weiter kam ich nicht, am anderen Ende der Leitung hörte ich eine Stimme, die ich sofort erkannte.

»Horlacher?« fragte ich unnötigerweise.

»Hören Sie, Stoller«, sagte er knapp, »tun Sie alles, was die von Ihnen verlangen, das ist Ihre und unsere einzige Chance.«

»Wo sind Sie?«

Statt einer Antwort hörte ich nur noch ein Knacken in der Leitung. Ich ließ den Hörer langsam auf die Gabel gleiten. Mercier nahm mir den Apparat aus der Hand und trug ihn auf seinen alten Platz zurück.

»Na?« sagte er leise.

»Ich blicke nicht durch«, erwiderte ich resignierend.

»Glauben Sie mir, es ist auch besser so.«

»Halten Sie ihn gefangen?«

Mercier lachte. »Das überlasse ich nun ganz Ihrer Phantasie.«

Ich trank den Kognak in einem Zug aus. Ich hätte Zeit zum Nachdenken gebraucht. Viel Zeit.

»Ich muß meine Redaktion verständigen«, sagte ich. Mercier reichte mir ein Telex:

muß mich für einige zeit absetzen. kann mich vorerst nicht melden. bin hart an der leopold-story dran.

gruß stoller

»Sie haben offensichtlich an alles gedacht«, sagte ich.

»Hoffentlich«, Mercier lächelte. Aber seine Miene wirkte sorgenvoll.

3

»Besondere Situationen bedingen manchmal besondere Maßnahmen«, sagte der Mann, der mir gegenübersaß. Die Stimme meines Reisebegleiters war sehr leise. Ich mußte mich konzentrieren, um ihn durch den Motorenlärm hindurch zu verstehen.

Wir flogen in sechstausend Meter Höhe. Der Lear-Jet mit zwei Piloten und uns beiden war um sieben Uhr in München-Riem gestartet. Ein eleganter kleiner Vogel, der wie an einer Schnur gezogen über die Startbahn geschossen und in den Himmel hinaufgestochen war. Die Tür zur Pilotenkanzel stand offen. Der Kopilot reichte Getränke. Das Gesicht meines Begleiters war lang und schmal. Zwei tiefe Furchen liefen von den äußeren Augenwinkeln zum Kinn hinab. Seine Nase stach weit hervor. Mit der rechten Hand machte er eine Bewegung, als ob er den Takt zu einem Marsch schlage müßte. Die Allerweltsformel von den besonderen Maßnahmen war die Antwort auf meine Frage gewesen, warum man mich in dieses Flugzeug verschleppt habe. Der Mann lächelte jetzt. Er hatte sich mit dem Namen Grünzweig vorgestellt, als mich der gefährliche Kleine mit der gelben Brille zur Gangway gebracht hatte. Grünzweig, der Kontaktmann, war es mir durch den Kopf geschossen.

»Sie sind Jude?« fragte ich.

»Ich bin Kaufmann.«

»1945 war ich drei Jahre alt«, sagte ich versonnen.

»Ich bin Kaufmann«, wiederholte Grünzweig. »Ich kaufe und verkaufe.«

»Welche Situation machte mein Kidnapping notwendig?« forschte ich erneut.

»Ihr Freund Horlacher.«

»Ist er Ihnen zu schweigsam?«

Achselzucken. »Er ist wieder auf freiem Fuß.« Grünzweig sah mich offen an. Ich war irritiert.

»Abgehauen?« fragte ich
»Das ist gleichgültig.« Er sah mich immer noch an, so, als wisse er nicht, ob er mir vertrauen könne. Wir saßen in einem Flugzeug, das der Schweizer Waffenhändler gechartert hatte, und Grünzweig war der Beretta-Mann, der mit kleinen Posten Waffen handelte.
»Bin ich eine Geisel?«
Wieder Achselzucken.
Wir schwiegen, bis die Maschine ausgerollt war.
»Es ist ein Handel wie viele in unserer Zeit«, sagte Grünzweig plötzlich, als er sich losschnallte, »wir kaufen, wo wir bekommen, und wer uns dabei hilft...«
»Ist er Ihr Freund?« fragte ich.
Er schüttelte seinen schmalen Kopf: »Er soll auch gut dabei verdienen.«
»Sie könnten damit ein altes Vorurteil bestätigen.«
»Besondere Situationen bedingen eben manchmal besondere Maßnahmen«, wiederholte Grünzweig seine Floskel von vorhin, diesmal sehr leise.
Die Maschine war auf einem Abstellplatz, weit vom Flughafengebäude entfernt, zum Stehen gekommen. Ich ließ Grünzweig den Vortritt beim Aussteigen.
Nur wenige Meter entfernt wartete ein Mercedes 450 SE. Am Steuer saß eine Frau. Die beiden Türen zum Fond wurden von innen aufgestoßen. Wir stiegen hinein. Die Fahrerin startete resolut. Als wir durch das Gittertor auf die Straße hinausfuhren, hatte noch niemand ein Wort gesprochen.
Das Schweigen dauerte noch an, als wir den Stadtrand erreichten. Ich registrierte kaum, wo wir fuhren, denn von meinem Fondplatz aus konnte ich im Innenspiegel des Wagens den Ausschnitt ihres Gesichts sehen, daß außerordentlich schön sein mußte, wenn unterhalb der Nase nicht eine Hasenscharte oder ein gewaltiger Überbiß alles wieder zerstörte, was ich jetzt beobachten konnte: Eine

schmale, glatte Stirn, darunter aufmerksame, große braune Augen, eine niedliche, etwas zu kleine Nase und weich geschwungene Wangenknochen.

Wir fuhren die Ost-West-Straße entlang und dann in Richtung Alsterufer ab.

»Warum arbeiten Sie für Mercier?« fragte ich Grünzweig, der zum Wagenfenster hinaussah. »Sagen Sie nicht wieder, weil Sie Kaufmann sind.«

»Doch, gerade deshalb«, antwortete er. Es klang ein wenig ironisch. Ich bemerkte, wie uns die Augen der Fahrerin im Rückspiegel beobachteten.

»Lassen Sie mich raten«, fuhr ich fort. »Phantom-Elektronik und ein Panzermotor sind auch was für Israel.«

Grünzweig sah weiter hinaus. Seine Hand begann wieder den Marschtakt zu schlagen.

»Oder wie wäre es mit ein paar Tonnen angereichertem Uran?« Grünzweigs Kopf fuhr herum. Ich sah seine zusammengekniffenen Augen.

»Uran für die Bombe?« Ich ließ nicht locker.

»Uran fürs Überleben«, sagte der Jude leise.

»Das alles interessiert auch die Araber«, setzte ich die einseitige Unterhaltung fort. Grünzweig sah wieder hinaus. Die Fahrerin konzentrierte sich auf die Straße. »Und wenn man vom Uran mal absieht, auch den Ostblock. Alles eine Frage des Preises oder der Gewalt.« Ich erhielt keine Antwort.

Heiße Ware für Kaufleute, dachte ich. Mercier mußte viel Erfahrung und auch viel Geld für die eigene Sicherheit investieren, um sich in einem solchen Geschäft behaupten zu können. Was scherte ihn da ein Leben? Ich, ein Amateur, hineingezogen von Horlacher und in dem undurchsichtigen Spiel ein Faustpfand. Ich verfluchte mein Phlegma und meine Eitelkeit. Was scherten mich die nationalen Interessen dieses oder jenes Staates, das Geld und der Gewinn von Mercier. Selbst für die spektakulärste Geschichte in unserem Blatt würde ich nicht mehr erhalten als bisher.

An einer Ampel warf ich mich mit der Schulter gegen die Wagentür, um zu entkommen, doch der Schlag blieb verriegelt.

»Kindersicherung«, sagte Grünzweig, ohne herüberzusehen. Ich blieb zusammengekauert sitzen und sah hinter der Fensterscheibe die Kulisse einer belebten Stadt vorübergleiten.

Der Wagen stoppte vor einer breiten Toreinfahrt, die von zwei prächtigen Marmorpfeilern flankiert war. Auf einem von ihnen konnte ich auf einer silbernen Tafel die Aufschrift ›Almira-Chemie‹ lesen.

Die Frau am Steuer wendete sich um. Ihr Gesicht vervollständigte sich nun um einen schön geschwungenen, vollippigen Mund und ein energisches, leicht vorspringendes Kinn.

»Wollen Sie nicht aussteigen?« fragte sie mit einer überraschend dunklen, fast männlichen Stimme.

»Na denn«, sagte ich mit einem Seufzer und folgte Grünzweig, der mir die Wagentür aufgehalten hatte.

Wir schritten durch einen breiten Empfangsraum, der mit Teppichen ausgelegt war. Niemand beachtete uns. Grünzweig ging voran, die Fahrerin folgte mir. Im zweiten Stockwerk betraten wir ein geräumiges Zimmer mit holzgetäfelten Wänden. Am Fenster lehnte ein breitschultriger Mann. Er hatte die Hände vor der Brust verschränkt und sah mich an. Mit seinen glatt zurückgekämmten, blonden Haaren und seinem kantigen Gesicht wirkte er kalt. Wir setzten uns, und Grünzweig stellte mir den Mann als Kern vor. Ich nickte.

»Horlacher läßt grüßen«, sagte der Mann.

»Er lebt?«

»Ja.«

»Sie sind aus demselben Stall?«

»Mag sein«, Kern wirkte finster, so als müsse er sich dazu zwingen, mit mir zu sprechen. Grünzweig und die Frau lehnten in den Sesseln und beobachteten uns aufmerksam.

»Horlacher hat Sie mit in diese Sache hineingezogen«, sagte Kern. Ich nickte. »Es ist heute müßig, darüber zu diskutieren, warum und weshalb. Es ist ein Faktum, mit dem wir uns abzufinden haben.«

»Ich hänge nicht an der Geschichte«, ich stemmte mich hoch, um zu gehen, »das können Sie mir glauben.«

»Woran Sie hängen, ist egal. Sie haben sich im Augenblick nach unseren Anweisungen zu richten.«

»Hausarrest?«

»Nein. Sie können gehen, wohin Sie wollen, wenn Sie ein beidseitig geschliffenes Messer in den Hals bekommen wollen.« Mit einer knappen Geste wies er zur Tür.

»Vielleicht sollten Sie versuchen, das Beste aus der Sache zu machen, und uns ein wenig helfen«, sagte die Frau.

»Ich fühle mich in keiner Weise verpflichtet.«

»Sie hätten vorgestern abend nicht in den Intercity steigen sollen.« Grünzweig begann leise zu sprechen. »Aber Sie sind eingestiegen. Eine solche Geschichte hat ihre eigene Dynamik. Natürlich sind Sie nicht verpflichtet, aber – wie soll ich sagen – Sie sind verflochten, eingebunden. Sie wissen viel und können sich noch mehr zusammenreimen. Sie sind jetzt – wie sagt man? – ein Risikofaktor für alle Beteiligten. Wenn ich es einmal ganz brutal sagen soll: Man kann Sie derzeit nur in zwei Funktionen gebrauchen, als aktiven Mitarbeiter oder als Leiche.« Er lächelte. »Können Sie mir folgen?«

»Morgen ist auch wieder ein schöner Tag, sagte die Eintagsfliege«, zitierte ich.

»Na, immerhin haben Sie Humor.«

»Galgenhumor.«

»Sie bekommen später Ihre Anweisungen«, sagte nun Kern im Befehlston und erhob sich. Man führte mich hinaus.

4

Wieder lag ich auf einem Hotelzimmerbett. Ich versuchte meine Situation zu überdenken – ein offensichtlich aussichtsloses Unterfangen, denn ich kam zu keinerlei Ergebnis. Ich befand mich in einer seltsamen Lethargie. Mir fehlte der Mut, irgend etwas zu entscheiden. Ein Satz von Herbert Achternbusch fiel mir ein und wiederholte sich in meinem Kopf ohne mein Zutun wie der Refrain eines Schlagers. Er fraß sich als stummer Ohrwurm in meine Gedanken: »Du hast keine Chance – nutze sie!«

Ich wählte Annelieses Nummer. Ihre Stimme klang bedrückt. »Warum läßt du nie etwas von dir hören?« Schwache Erklärungsversuche. Sie begann zu weinen. Eigentlich hatte ich ihr etwas Nettes sagen wollen. Jetzt sagte ich: »Verschone mich mit deinen Depressionen« und legte auf.

Danach hatte ich ein schlechtes Gewissen. Ihre Depressionen machten mich hilflos – sie waren eine andere Form der Aggression.

Ich trank einen Schluck aus der Aquavitflasche, die ich mir auf dem Weg zum Hotel besorgt hatte.

Das Telefon klingelte. »Wollen wir zusammen etwas essen?« fragte die Frau, die den Mercedes gefahren hatte und zu Grünzweigs Organisation gehörte. Sie wohnte auf demselben Flur. Ich antwortete nicht gleich.

»Hallo!« rief sie, »was ist mit Ihnen, reden Sie nicht mit mir?«

»Ich denke nach«, sagte ich langsam.

»Worüber?«

»Ich weiß es nicht.«
»Wie bitte?«
»Ich sagte, ich weiß es nicht.«

Sie legte auf. »Auch gut«, sagte ich zu mir selbst und nahm noch einen kräftigen Schluck aus der Flasche. Noch ehe ich den Schraubverschluß wieder festgedreht hatte, klopfte es an meine Tür. Ich hatte abgeschlossen. Schließlich bin ich lernfähig.

Als ich öffnete, stand sie im Flur. Diesmal war sie so groß wie ich, denn sie trug hochhackige Schuhe, dazu ein schwarzes Kleid aus Leder, das einen sehr schmalen tiefen Ausschnitt und einen kleinen hochgestellten Kragen hatte. Ich stand in Strümpfen vor ihr, hatte mein Hemd ausgezogen. Der Hosenbund war verrutscht. Der Gummirand meiner Unterhose blitzte darüber heraus.

»Ja, bitte?« sagte ich fragend.
»Kann ich reinkommen?«
»Bitte«, sagte ich wieder.

Als sie an mir vorbeiging, roch ich ihr Parfüm. Ich hatte das dringende Bedürfnis, zu duschen und neue Wäsche anzuziehen.

»Sie machten einen so resignierten Eindruck am Telefon«, sagte sie und setzte sich auf einen kleinen Sessel, der am Fußende meines zerwühlten Bettes stand.

»Resigniert ist vielleicht der falsche Ausdruck«, sagte ich.

»Kann ich irgend etwas für Sie tun? Übrigens, ich heiße Demirel, Claudine Demirel.«

»Ich weiß es nicht«, antwortete ich.

»Die Stimmung kenne ich«, sagte sie leichthin, »das geht vorüber, sobald etwas in Bewegung kommt.«

»Ich möchte meine Ruhe haben.«

»Dann gehe ich natürlich wieder.«

»So war es nicht gemeint«, brummte ich und ging ins Bad. Kern hatte mir Wäsche, Hemden, Socken und zwei

Anzüge schicken lassen. Alles paßte wie angegossen. Ich rasierte mich, duschte und wählte den helleren der beiden Anzüge, einen leichten Einreiher. Ich war noch niemals so gut angezogen gewesen.

Wir aßen in einem argentinischen Steak-Lokal nahe der Binnenalster. Ich trank schnell und spürte bald die Wirkung des schweren Rotweins. Claudine Demirel plauderte vor sich hin, erzählte begeistert vom Stuttgarter Staatstheater-Ballett, dessen Giselle-Aufführung sie dreimal gesehen hatten. Ich konnte nicht mitreden, doch die Art, wie sie davon erzählte, machte mich neugierig.

»Sobald ich wieder in Stuttgart bin«, sagte ich, »werde ich mir dieses Wunderballett einmal ansehen.«

Ich bestellte Mocca. »Was ist nun eigentlich mit diesem Horlacher los?« fragte ich möglichst beiläufig.

»Horlacher?« Sie hob die Augen und sah mich an.

»Da ich nun schon seit bald 36 Stunden in Ihrem Metier gastiere, lassen Sie mich doch einmal spekulieren: Horlacher macht mit Mercier zusammen gemeinsame Sache, ich meine, engere Kooperationen, als er eigentlich sollte?«

Sie lächelte schwach. »Nein, sicher nicht.«

»Warum machen Sie das?« fragte ich unvermittelt.

»Ich bin dafür sehr gut geeignet.«

»Ist das ein Motiv?«

»Nein, aber eine Art Verpflichtung, zumindest bei uns.«

»Sie sind Jüdin, nicht wahr?«

Claudine Demirel schaute mir eine Weile direkt in die Augen, dann nickte sie fast unmerklich.

Ich bestellte zwei Calvados.

»Ich möchte eigentlich nichts mehr trinken«, sagte sie. Dann nahm sie das Glas und leerte es. Sie ließ sich die Rechnung geben und bezahlte.

»Macht es Ihnen etwas aus?« fragte sie mit einem kaum erkennbaren Lächeln.

»Ich habe damit keine Probleme«, sagte ich. Auf der Straße gingen wir schweigend ein Stück nebeneinander her. Es begann leicht zu regnen.

»Soll ich ein Taxi rufen?« fragte ich.

»Ich würde gern noch ein Stück gehen.« Wir bummelten an einer Reihe von Schaufenstern entlang, ohne einen Blick hineinzuwerfen. Nach einiger Zeit schob sie ihren Arm unter den meinen.

»Sie sind nett«, sagte sie.

Mir fiel dazu nichts mehr ein.

Wir gingen langsam. Die Pflasterstraße verengte sich zwischen alten Jugendstilfassaden zu einer Gasse. Spärliches Licht spiegelte sich auf dem regennassen Trottoir.

»Irgend jemand verfolgt uns«, sagte Claudine Demirel plötzlich. Ich begann zu frösteln.

»Lassen Sie sich nichts anmerken«, flüsterte meine Begleiterin und drängte sich ein wenig näher an mich. »Wir müssen schnell eine belebtere Straße erreichen.«

Rasch überquerten wir die schmale Gasse. Vor einem Schaufenster blieben wir abrupt stehen. Wir hörten zwei schlurfende Schritte, dann war es still.

Etwa zweihundert Meter vor uns öffnete sich die Gasse zu einem hellen Platz. Wir gingen jetzt schnell darauf zu. Claudine Demirels Finger krampften sich um meinen Arm. Wie ein Schattenriß tauchte plötzlich im hellen Viereck am Ende der Gasse eine Gestalt auf. Ein Mann mit einem langen Mantel. Er durchquerte das Lichtfeld zweimal und blieb dann am Rand des Gehsteigs stehen. Wir verhielten unsere Schritte. Im gleichen Moment erfaßte uns ein Lichtkegel. Ein Auto war hinter uns in die Gasse eingebogen und kam langsam auf uns zugerollt. Mit zwei schnellen Schritten waren wir in einem Hauseingang. Der

Wagen hielt knapp davor mit laufendem Motor. Niemand stieg aus. Ich lehnte mich gegen die Haustür in meinem Rücken und faßte gleichzeitig nach dem Türgriff. Er ließ sich drehen, aber die Tür gab nicht nach. In der Gasse näherten sich Schritte. Mein Blick huschte über das Klingelbrett. Es waren sieben Schilder mit lauter fremdländischen Namen.

Die Schritte erreichten den Hauseingang.

»Tag, Schwester«, sagte eine rauhe Männerstimme. Erst jetzt löste Claudine Demirel ihre Hand von meinem Arm.

Der Mann, der vor uns stand, hatte ein dunkles Gesicht, das durch einen akkurat geschnittenen Kinnbart verlängert wurde.

»Halla, Yahami«, sagte die Frau neben mir mit atemloser Stimme.

»Wir haben zu reden.«

»Worüber?«

Der dunkle Mann grinste. »Über eure Einmischung in unsere internen Angelegenheiten.«

Der Wagen glitt um zwei Meter weiter vor. Die rechte Fondtür stand offen.

»Steigen Sie ein«, sagte Yahami.

»Nicht so rasch«, sagte Claudine Demirel. Ich bewegte mich einen Schritt von ihr weg und lehnte mich gegen das Klingelbrett.

»Was Sie auch immer zu besprechen haben«, sagte ich, »mich geht das nichts an.«

Der Mann, der noch immer breitbeinig in der Gasse stand, schaute mich direkt an: »Wie heißt es bei euch Deutschen: mitgefangen, mitgehangen – also los jetzt.«

Der Summer war zu hören, ich warf mich gegen die Tür. Sie sprang auf. Der Mann in der Gasse kam in einem Satz auf mich zu. Doch er hatte damit gerechnet, daß ich mich in den Hausflur flüchten würde, statt dessen machte ich einen schnellen Schritt nach vor. Er prallte gegen mich. Claudine schlüpfte durch die Tür. Ich legte meine Hände flach gegen die Brust Yahamis. Gleichzeitig schob ich meinen linken Fuß hinter seine rechte Ferse, dann warf ich mich mit meiner ganzen Kraft gegen ihn. Er stieß einen Fluch aus, taumelte, stolperte rückwärts über meinen Fuß und prallte gegen die Kante der offenen Autotür. Ich machte einen mächtigen Satz und schlug die Haustür hinter mir zu.

Claudine Demirel stand im trüben Licht einer nackten Glühbirne in einem langen grauen Korridor, ihr gegenüber ein junger Mann mit schwarzem Kraushaar und einer schmalen, messerscharfen Nase. In der rechten Hand hielt er einen Revolver. Er sagte etwas in einer Sprache, die ich nicht verstand.

»Was soll das?« fragte ich völlig überrascht.

»Er sagt, Sie sollen die Tür öffnen, er erwarte Freunde, Yussuf Yahami zum Beispiel«, sagte Claudine Demirel bitter.

Im gleichen Augenblick hörten wir Faustschläge an der Haustür. Ich trat neben die Frau.

»Bis vor wenigen Minuten hätte ich noch gewettet, in einer deutschen Großstadt zu sein«, sagte ich.

»Bitte tun Sie, was er sagt«, Claudine Demirels Stimme hatte einen resignierten Klang, »wir sind in einer Falle gegangen.«

Wieder hämmerten Fäuste gegen die Tür.

Der Revolver des Mannes richtete sich auf meinen Kopf.

Soll er doch selber aufmachen«, sagte ich trotzig.

»Tür auf«, zischte er mich an.

Langsam drehte ich mich um. Ich konnte einen kurzen Blick auf das Gesicht der Jüdin werfen. Es war bleich und wie versteinert.

Ich öffnete die Tür, Yussuf Yahami, begleitet von zwei

weiteren Männern, trat ein. Er nickte dem Mann mit der Pistole zu. Die Tür fiel ins Schloß.

»Gehen wir«, sagte Yahami.

Wir stiegen eine schmale Treppe hinauf, die in einen weiteren Korridor führte. Der Mann mit der Pistole öffnete eine Tür und blieb stehen. Mit dem Revolver winkte er uns hinein.

Der Raum überraschte mich. Es war ein Büro, das nach den modernsten Organisationserkenntnissen eingerichtet war: Zwei Fernschreiber, zwei große Schreibtische mit Telefonanlagen, Karteischränke, an den Wänden Stecktafeln mit geheimnisvollen Eintragungen, offensichtlich in arabischer Schrift und in deutscher Sprache. Daneben Landkarten mit verschiedenfarbigen Markierungen. Yussuf Yahami ging an uns vorbei, durchquerte den Raum und öffnete an der Stirnseite eine weitere Tür. Sie führte in einen großen quadratischen Raum, der mit Teppichen ausgelegt war. Auch an den Wänden hingen Teppiche mit orientalischen Mustern. An der Decke verstrahlte eine große Lampe mit einer Art Baldachin rötliches Licht. Um einen niedrigen Tisch waren lederne Sitzkissen gruppiert.

Yahami blieb in der Tür stehen und sagte: »Kommen Sie bitte herein.«

Zögernd überschritt Claudine Demirel die Schwelle. Ich folgte ihr. Als ich auf der Höhe des Mannes war, hob er die Hand und schlug mir zweimal ins Gesicht, ich versuchte, mich zu ducken, da traf mich ein Fausthieb direkt auf die Nase, die sofort zu bluten begann.

Ich taumelte in den Raum.

Yahami folgte mir und blieb dicht vor mir stehen. Seine beiden Leibwächter waren jetzt ebenfalls hereingekommen. Beide hatten Pistolen in der Hand. Die Tür wurde leise von außen zugedrückt.

»Setzen Sie sich«, sagte Yahami.

»Ich bleibe lieber stehen«, sagte ich und versuchte, mit

meinem Taschentuch den Blutstrom aus der Nase zu stoppen.

»Setzen, habe ich gesagt«, brüllte Yahami.

»Ach, lecken Sie mich doch am Arsch.«

Meine Angst war einem Gefühl kalter Wut gewichen, die meinen Körper überzog wie eine dünne Eisschicht.

Yahami holte aus. Sein nächster Schlag traf mich in die Magengrube und warf mich auf einen Lederhocker.

»Na also«, er grinste und klopfte seinen Anzug ab, als ob ihn die Berührung mit mir schmutzig gemacht hätte. Claudine Demirel hatte sich ebenfalls auf ein ledernes Kissen niedergelassen. Die beiden Männer an der Tür blieben unbeweglich stehen. Ich drückte mein Taschentuch gegen die Nase.

»Mir hat mal jemand gesagt, Araber seien feige«, sagte ich wütend, »mit zwei Revolvermännern als Schutz kann ich auch jeden verprügeln.«

Die Augen Yahamis wurden schmal.

»Ich warne Sie«, zischte er, »noch eine solche Bemerkung überleben Sie nicht.«

Claudine Demirel ergriff zum ersten Mal das Wort. »Wollen Sie mir vielleicht endlich sagen, was dieser Überfall zu bedeuten hat?«

Yahami ging zwei Schritte zurück. Er blieb stehen und wippte auf den Zehen. Noch immer trug er den langen Mantel.

»Zunächst einmal will ich Ihnen folgendes klarmachen: Sie sind unsere Gefangenen, und die Fragen stelle ich.«

Claudine Demirel schwieg. Ich sah zu ihr hinüber. Ihr Blick hielt für einen Moment meine Augen fest. Yahami wippte auf den Zehen.

»Der Krieg ist nie zu Ende«, sagte er pathetisch, »wir setzen ihn hier mit anderen Mitteln fort.«

Yahami ging zu den Männern an der Tür und sagte etwas zu ihnen. Er nahm einem der beiden die Waffe aus der Hand. Dann schickte er sie hinaus. Er lehnte sich gegen die Tür. Die Pistole war auf Claudine Demirel gerichtet.

Meine Nase hörte auf zu bluten. »Was glauben Sie eigentlich, wo Sie sich befinden?« sagte ich, »in einem Lager der Fehdajin, oder wo?«

Er schaute auf mich herab. »Man könnte es so nennen.«

»Und Sie denken, Sie kommen damit durch, wenn Sie mitten in Deutschland einen deutschen Staatsbürger kidnappen?«

»Aber ja doch«, er streichelte die Waffe in seiner Hand, »der letzte deutsche Staatsbürger, der in unserer Gewalt war, hat mich sogar auf einen Flug in mein Heimatland begleitet. Ein Stück weit wenigstens. Unterwegs ist er allerdings ausgestiegen. Das war so etwa über der Mitte des Mittelmeers. Sechstausend Meter hoch. Natürlich hat er die Maschine nicht ganz freiwillig verlassen.« Er lachte laut, wie in einem Anfall. Nach jedem Luftholen lachte er höher, er schraubte sein Lachen hinauf bis zu einen weibisch-hysterischen Kichern. Dann brach er plötzlich ab: »Eine Frau hatte er auch dabei, sie war nicht so schön wie Schwester Demirel, aber recht hübsch, ein bißchen dicker. Wir haben sie hinterhergeschmissen.« Wieder lachte er. »Ich erzähle Ihnen das, weil Sie entweder keine Gelegenheit mehr haben werden, es weiterzuerzählen, oder weil Sie für uns arbeiten.«

Ich versuchte zu lachen.

»Es gibt gute Gründe, für uns zu arbeiten, einer davon ist die Angst«, sagte Yahami.

Ich sah ihn an. Wenn ich so wenig Wahlmöglichkeiten hatte, konnte ich auch gleich etwas tun. Die Gefahr vergrößerte sich dadurch nur minimal. Ich steckte mein Taschentuch ein und schaute auf meine blutverschmierten Hände.

»Yussuf Yahami«, sagte ich fast feierlich, »Großmaul

aus dem Vorderen Orient, Sie wirken auf mich wie ein lächerlicher kleiner Ganove, und mehr sind Sie wohl auch nicht.«

Er machte einen Schritt auf mich zu. Ich stand langsam auf.

»Sitzen bleiben«, zischte er.

»Ich denke gar nicht daran, ich bin ein freier Mann in einem freien Land.« Ich machte drei Schritte zur Seite, so daß er Claudine Demirel nicht mehr im Auge behalten konnte, solange er mich fixierte. Ich tat, als studiere ich das Muster eines Teppichs an der Wand. Meine Nerven waren aufs äußerste angespannt. Früher, während des Studiums, hatte ich einmal geboxt und Judo trainiert. Aber das war fünfzehn Jahre her. Das fast instinktive Gespür für einen Angriff von hinten war nicht mehr da. Doch ich hörte seinen Atem und das leise pfeifende Geräusch der Waffe, und ich reagierte auch wie seinerzeit, nur langsamer: Mein Kopf schnellte nach vorn, und gleichzeitig rammte ich den rechten Ellbogen nach hinten in die Magengrube des Angreifers. Der Schlag streifte mein Ohr und traf mich voll auf der rechten Schulter.

Ich ging zu Boden, warf mich aber im Fallen herum und erwischte seine linke Wade. Mit meiner linken Hand zog ich ruckartig daran und stieß gleichzeitig mit meiner rechten Faust nach oben. Ich traf ihn, wo ich ihn treffen wollte – zwischen den Beinen. Er schrie auf und krümmte sich. Seine Hand mit der Waffe hing für einen Moment schlaff herab. Zeit genug, um das Handgelenk zu ergreifen und körpereinwärts zu drehen. Mit einem leisen, gedämpften Poltern landete die Pistole auf dem Fußboden. Ich drehte mich im Liegen zweimal um mich selbst, ergriff die Waffe und richtete sie auf den schwer atmenden Yahami.

Er sah mich aus glasigen Augen an, dann richtete er sich auf. Er grinste. Langsam schob er seine Hand in die

Tasche. Ich drückte ab. Nichts bewegte sich. Noch nie im Leben hatte ich eine Schußwaffe in der Hand gehabt.

Yahami zog ein blitzendes Messer an der Spitze aus seiner Jacke und hob die Hand über die Schulter.

»Stopp.« Claudine Demirel stand nahe der Tür und hielt eine kleine silberne Pistole in der Hand. Sie lächelte mich kurz an und sagte: »Der Sicherungshebel ist links vom Abzug, etwas oberhalb«, und zu Yahami gewandt: »Sie müssen Ihrer Sache sehr sicher gewesen sein, daß Sie uns nicht einmal durchsucht haben.«

Yahami hob langsam die Hände.

»Messer fallen lassen«, kommandierte Claudine.

Das blitzende Ding fiel zu Boden, überschlug sich einmal und blieb zitternd im Teppich stecken.

Ich steckte die Pistole ein, ging zu Yahami hinüber und nahm das Messer an mich.

»Und nun?« fragte ich.

»...wird er uns hier brav herausführen.« Claudine nickte mir aufmunternd zu.

Ich packte Yahamis linken Arm und drehte ihn mit einem Polizeigriff nach hinten. Das Messer setzte ich direkt an seinen Hals, dort, wo die Schlagader in schnellen Stößen pulsierte.

»Gehen wir«, sagte ich.

Claudine Demirel klopfte gegen die Tür, die sich sofort öffnete. Die Frau rief ein paar Worte in einer mir fremden Sprache. Auch Yahami sagte etwas mit gepreßter Stimme. Die Tür schwang vollends auf. Wieder sprach Claudine. Die beiden Leibwächter traten zwei Schritte zurück. Der junge Mann mit dem Kraushaar öffnete die Tür zum Korridor.

»Damit das klar ist«, sagte ich, »es würde mir überhaupt nichts ausmachen, eurem Chef den Hals aufzuschneiden.«

Langsam führte ich Yahami durch das Zimmer. Niemand sprach. An der Tür zum Korridor steckte innen ein Schlüssel. Claudine Demirel zog ihn ab. Ich drehte meinen Gefangenen so, daß er immer wie ein Schild zwischen mir und seinen Freunden stand. Jetzt bewegten wir uns rückwärts auf die Tür zu, durchschritten sie – noch immer im Krebsgang. Claudine Demirel warf die Tür zu und drehte den Schlüssel zweimal um. Dann wendete sie sich Yahami zu. Die Bewegung ihrer Hand hatte ich kaum wahrgenommen. Mit einem leisen Stöhnen sackte der Araber zu Boden »Kommen Sie«, flüsterte Claudine und sprang leichtfüßig die Treppe hinunter.

Das Auto war aus der schmalen Gasse verschwunden. Wir erreichten schnell das belebte Alsterufer. Ich winkte ein Taxi heran.

»Zum Hauptbahnhof«, sagte Claudine.

Während der Fahrt sprachen wir nicht.

»Warten Sie einen Moment«, sagte meine Begleiterin, als wir die Bahnhofshalle erreichten. Sie ging zu einem Imbißstand, sprach ein paar Worte mit einer alten Frau, die im weißen Mantel und mit weißem Häubchen hinter der Auslage mit belegten Brötchen und Getränkebüchsen stand. Die Frau nickte, packte ein paar belegte Semmeln ein und kassierte.

Claudine kam lächelnd auf mich zu. »Aufregungen machen mich immer hungrig.« Sie griff in die Tüte, nahm ein Brötchen heraus und biß kräftig hinein.

Mit der offenen Tüte in der Hand ging sie zielstrebig auf die Schließfächer zu. Wieder griff sie in die Tüte mit den Brötchen. Sie zog einen Schlüssel heraus. Er öffnete das Fach Nummer 49. Ich hob eine schwere Reisetasche heraus und schlug die Schließfachtür wieder zu.

Wir gingen Arm in Arm zum Taxistand und bestiegen einen Wagen. Claudine nahm aus einer Außentasche des Gepäckstückes einen Zettel und las: »Einsteinstraße 144.« Sie schaute noch ein paarmal durch die Heckscheibe und schmiegte sich dann beruhigt an mich. Leise sagte sie: »Wer hat bloß behauptet, du seist ein Amateur.«

Der Schlüssel, den Claudine Demirel aus der Reisetasche fischte, öffnete ein geräumiges Apartment im vierten Stock eines Hauses, dem die Anonymität in die Fassade geschrieben war: Gleichförmig reihte sich Balkon an Balkon. Hier konnte man fünf Jahre wohnen, ohne einen Nachbarn kennenzulernen.

Das Apartment war sachlich und zweckbezogen eingerichtet. Ein Schreibtisch, zwei Liegen, eine Sitzecke. Der Kühlschrank in der Küche war erst vor kurzem gefüllt worden. Ich nahm mir ein Bier und ließ mich in einen Sessel fallen.

»Mitten in einer Stadt voller braver Bürger spielt ihr verrückt«, sagte ich, »was für ein grenzenloser Schwachsinn.«

Claudine erschien im Rahmen der Tür zur Küche und lehnte sich müde dagegen.

»Warst du schon einmal in unserem Land?«

Ich schüttelte den Kopf.

»Das dachte ich mir. Sonst wüßtest du nämlich, daß es ums Überleben geht und nicht um ein Spiel.«

»Ich kann dazu nichts sagen, weil ich zu wenig darüber weiß.« Sie kam auf mich zu und kauerte sich vor mir auf den Boden. Ihre Ellbogen legte sie dabei auf meine Knie.

»Du hast mir vielleicht das Leben gerettet, auf jeden Fall aber eine Demütigung erspart«, sie lächelte, »ich bin bereit, dafür fast jeden Preis zu zahlen.«

Ich sah in ihr Gesicht, es hatte sich verändert, hatte plötzlich weiche Züge angenommen.

»Ich verlange dafür nichts«, sagte ich, »es gibt nichts zu bezahlen.«

Sie sah mich an, ohne ihren Kopf von meinen Knien zu heben. Ich spürte ihre Arme, die sich um meine Beine schlangen. Ich zog sie zu mir herauf und stand auf. Wir verharrten regungslos aneinandergeschmiegt. Ihr Atem strich warm über meinen Hals. Als wir uns küßten, roch ich den Angstschweiß, der noch an uns klebte. Sie nahm meinen Kopf in beide Hände und strich mir mit einer flüchtigen Bewegung über die Stirn. Ich sah ihr Gesicht in dem unwirtlich nüchternen Licht des fremden Apartments und fühlte ihr Herz vibrieren. Ich zog sie an mir hoch, bis die Füße über dem Boden schwebten, und trug sie zu einer der Liegen hinüber.

5

Nur für den Dienstgebrauch

Agentenführer H/E an Amtsleitung:
Horlacher kontaktiert wie geplant den Journalisten Stoller (siehe Akte H/K 4 677 362). Treff im TEE 17 Stuttgart-München zwischen Mercier und Horlacher. Waffenbeschaffungsliste wird von Mercier zur Einsicht kurzfristig an Horlacher übergeben. Horlacher teilt Agentenführer H/E Details mit (Leopard-II-Motor, Phantom-Elektronik). H. berichtet, daß Mercier in Begleitung von zwei nicht identifizierten Männern war.
H. wird von Unbekannten verschleppt, befreit sich aber. Verdeckte Ermittlungen nach den Tätern bisher ergebnislos.
Es ist anzunehmen, daß Horlacher enttarnt ist.
Mercier stellt Grünzweig und Stoller Jet zur Verfügung (Flug 7.12 h ab München am 23. August nach Hamburg).
Daraus ist zu schließen, daß Mercier nach allen Seiten offen bleiben will.
Vorschlag: Wir lassen uns auf das Spiel ein.
Demirel hat es vorerst übernommen, Stoller zu covern. Stoller wird seine Rolle spielen. Reagiert wie erwartet. Grünzweig bleibt

*problematisch, man kann verdeckte Ziele nicht ausschließen.
Rate hier zu Vorsicht und ggf. zusätzlicher Überwachung. Auch
Demirel im Auge behalten.
Erbitte weitere Weisung.* 24. 8. 1976
AF-H/E

*Aktennotiz an AF-H/E:
So weiter verfahren, wie in Ihrer Notiz vorgeschlagen. Bitte in
Zukunft Aktenvermerke übersichtlicher.* 24. 8. 76
CH-M/Sch

6

»Ich habe dich schockiert, gestern, nicht wahr?« rief Claudine Demirel von der Küche her, »willst du weiche Eier oder Spiegeleier mit Speck?«

»Spiegeleier... Stimmt! Du hast mich schockiert.«

»Und warum warst du dann so ungeheuer zärtlich – später, meine ich?«

Sie erschien in der Küchentür, nackt, makellos bis auf eine lange Narbe, die sich über ihre linke Hüfte zog.

»Unveränderliches Kennzeichen«, sagte ich. Sie sah an sich hinab. »Narbe von einem Streifschuß. Sechstagekrieg.«

»Erzählst du's mir?«

»Später vielleicht – Tee oder Kaffee?«

»Kaffee bitte.«

»Hat es dich sehr abgestoßen, daß ich so über dich hergefallen bin?«

»Nicht eigentlich abgestoßen. Ich habe so etwas wie Bedauern gefühlt, so eine Ahnung, daß man nicht mehr lieben kann, wenn man... nun, wenn man den andern so fordert. Vielleicht schützt du dich auf diese Weise vor den eigenen Gefühlen, oder du schützt den anderen, was weiß ich.«

Ich stieß die Decke mit den Füßen über den unteren Bettrand und richtete mich halb auf, erstarrte aber mitten in der Bewegung. Claudine stand unbeweglich im Rahmen der Küchentür. Tränen liefen plötzlich über ihr Gesicht. Ich stand auf, ging zu ihr hinüber und nahm sie in meine Arme. Wir standen lange so, bis es an die Tür klopfte.

»Das ist Kern«, sagte Claudine und ging ins Bad.

Ich ließ ihn ein.

Er trug einen dunkelbraunen Schneideranzug, dazu eine braun-weiß gepunktete Krawatte und ein Einstecktuch im gleichen Dessin.

»Sie sollten sich etwas anziehen«, sagte er in schulmeisterlichem Ton.

›Spießer‹, dachte ich und stieg in meine Hosen.

Er zog sein gepunktetes Tüchlein aus der Brusttasche und stäubte unsichtbaren Schmutz von einem Sessel.

»Wo ist Claudine?« sagte er in säuerlichem Ton, faltete das Tuch kunstvoll wieder zusammen, steckte es zurück und ließ sich in dem Sessel nieder.

»Im Bad.«

»Ich habe mit Ihnen beiden zu reden.«

Kern saß steif auf der vorderen Kante des Sessels, sein Gesicht hatte er in ärgerliche Falten gelegt.

Claudine kam aus dem Bad. Sie trug einen dunkelblauen Kimono, auf dem hellblaue exotische Vögel miteinander schnäbelten.

»Hallo!« rief sie aufgeräumt.

»Guten Morgen«, sagte Kern sachlich.

Claudine lehnte sich lässig gegen die Fensterbank. Dabei teilte sich ihr Kimono. Ein schlankes Bein, auf dem ein paar Lichtreflexe Fangen spielten, kam zum Vorschein. Kern starrte darauf und schluckte trocken.

»Ach du lieber Gott«, rief Claudine und sprang auf, »die verbrutzeln mir doch!« Sie rannte in die Küche.

»Demirel!« donnerte Kern.

Claudine erschien sofort wieder neben mir in der Küchentür. Ihr Gesicht hatte sich verändert. Sie sah plötzlich bleich aus, und ihre Augen sprühten vor Zorn. Leise sagte sie: »Glauben Sie ja nicht, Herr Kern, irgendein Deutscher könnte mich kommandieren!« Sie betonte das Wort ›Deutscher‹ übermäßig.

»Dein Haß ist grotesk«, sagte Kern mit belegter Stimme, »das habe ich dir oft genug gesagt.«

»Hören Sie auf, mich zu schulmeistern.« Claudine stand unbeweglich da.

Kern sah sie noch einen Augenblick an, dann flackerte sein Blick. Er schaute weg.

Claudine ging wieder in die Küche. Von dort sagte sie: »Und noch eins, Herr Kern, führen Sie sich nicht so auf, als ob Sie eine große Nummer wären.«

Nach einer Minute peinlichen Schweigens fragte ich: »Wie soll's denn nun weitergehen?«

»Sie halten sich erst mal eine Zeitlang hier versteckt.«

Ich lachte, ohne auch nur im mindesten heiter zu sein. »Das geht nicht, schließlich habe ich einen Job.«

»Ich habe mit Ihrem Chef gesprochen.«

»Und?«

»Keine Probleme.«

»Für ihn und für Sie vielleicht nicht«, sagte ich.

Claudine wandte sich an ihn: »Haben Sie meinen Bericht schon...?«

»Früher haben wir uns einmal geduzt«, unterbrach er sie.

»Dienstlich nie.«

Wieder trat eine peinliche Pause ein. Ich sah in das rechteckige Gesicht Kerns. Der Mann war eifersüchtig wie ein Pennäler.

»Wollen wir vielleicht mal zur Sache kommen?« fragte ich.

Kern erhob sich. Ich lehnte in der Tür zur Küche.

Claudine ging zu einem Sessel und fuhr mir im Vorübergehen mit einer fahrig-zärtlichen Bewegung durchs Haar. Kern starrte mich böse an.

Endlich sprach er: »Jetzt ist also genau das eingetreten, was wir verhindern wollten.«

Ich sah ihn verständnislos an.

Seine Stimme bekam einen aggressiven Ton. »Die Araber sind aufmerksam geworden. Jetzt haben wir sie am Hals.«

»Ich bin froh, daß wir ihnen erst mal entkommen sind«, sagt Claudine.

»Der Außenminister macht dem Chef die Hölle heiß«, sagte Kern, ohne Claudines Einwurf zu beachten, »die Botschafter aus dem Nahen Osten geben sich bei ihm die Klinke in die Hand.«

»Aber warum denn?« wollte ich wissen.

»Sie sagen, sie hätten nun endlich Beweise, daß unsere deutschen Dienste mit den israelischen kooperieren.«

»Was ist denn mit unseren Spiegeleiern?« fragte ich.

Kern hob fragend die Augenbrauen.

»Sie werden es nicht für möglich halten«, fuhr ich ihn an, »aber ich mag meine Arbeit und meinen Beruf.«

Claudine kam mit einem Tablett herein und deckte mit flinken Bewegungen den kleinen Tisch unter dem Fenster.

»Ich mache gleich noch mal Spiegeleier«, sagte sie und sah mich an.

Kern sprang unwillig von seinem Sessel auf. »Man könnte gerade meinen, ihr würdet hier die Flitterwochen verbringen.«

»Und wenn es so wäre...?« sagte Claudine. Kern ging zur Tür. Seine Augen sahen plötzlich verzweifelt auf die

Frau, die hochmütig seinen Blick erwiderte. Müde hob er die Schultern und ließ sie wieder sinken. »Keine Aktionen in den nächsten Tagen«, sagte er mit leiser Stimme. Er klinkte die Tür behutsam auf, warf einen Blick in den Korridor, sah noch einmal zu uns herein und sagte noch leiser, aber mit einem bösen Unterton: »Du machst ja immer mal wieder Flitterwochen.« Dann glitt er mit einer geschmeidigen Bewegung hinaus.

»Dieses hinterhältige Schwein«, zischte Claudine.

»Hattet ihr mal was miteinander?« fragte ich so beiläufig wie möglich.

»Ich habe immer etwas mit irgend jemandem«, sagte sie kalt und goß Kaffee ein.

Ich ließ ein paar Minuten vergehen, ehe ich fragte: »Müssen wir uns eigentlich hier versteckt halten?«

Sie antwortete nicht.

Ich stand auf und ging zum Fenster. Der Himmel war grau. Hamburger Schmuddelwetter. Es sah wieder einmal nach Regen aus. Unterm Fenster lag ein schmaler asphaltierter Hof, auf dem zwei Mädchen nach undurchschaubaren Regeln über zwei Gummischnüre hüpften.

»Laß uns wegfahren«, sagte ich.

»Ich muß erreichbar sein.«

»Wir fahren in den Sachsenwald, das ist nur dreißig Kilometer von hier. Die Nachfahren des alten Bismarck lassen dort ein Hotel betreiben. Du kehrst dort in eine andere Zeit, zur Jahrhundertwende zurück.«

»Klingt gut«, sagte sie.

»Also, fahren wir?«

»Ich müßte Kern verständigen.«

»Okay.«

Claudine stand auf, kam zu mir herüber, legte ihre Arme um meinen Nacken und schmiegte sich eng an mich.

»Es tut mir leid«, sagte sie kaum hörbar.

Der Regen verzog sich schon, als wir im Taxi die Stadtgrenze von Hamburg passierten. Die Sonne brach durch. Ich kurbelte das Fenster herunter. Die Luft strich warm und feucht um meinen Kopf. Es roch nach Erde und Laub, Asphalt und Diesel.

Das Zimmer war in blau gehalten, blaue Damastdecken auf den Betten, blaue Vorhänge, blaubezogene Ohrensessel, ein blauer Überwurf über der Ottomane. Die Wasserhähne im blau gekachelten Bad waren wie die Dolden von Glockenblumen gestaltet. Die blau emaillierte Badewanne stand auf Messinglöwenpfoten.

Wir legten uns dicht nebeneinander auf das breite Doppelbett, Claudine faßte nach meiner Hand und zog sie zu sich hinüber. Sanft glitt ihre Zungenspitze über meinen Handrücken. Dann küßte sie jede Fingerspitze einzeln.

Ich stützte mich auf meinen rechten Ellbogen und schaute sie an. Sie hatte die Augen geschlossen. Ihr schönes Gesicht war vollkommen entspannt. Mein Blick schien ihre Augen zu öffnen. In einer langen Bewegung hoben sich ihre Lider. Ganz ruhig trafen sich unsere Blicke. »Du hast schöne Augen«, sagte sie leise.

Ihre Hand zog die Linie meiner Augenbrauen nach. Unsere Augen ruhten immer noch ineinander.

»Komm!« sagte sie.

Ohne Eile legte Claudine meine Hand in ihren Schoß.

Es war an einem dieser drei Tage. Die Zeitabfolge läßt sich nicht mehr rekonstruieren. Wir lagen an einem kleinen waldgesäumten See. Auf der Suche nach einem Zugang zum Wasser waren wir zuvor durch den Kiefernwald geirrt und immer wieder an Stacheldrahtzäune geraten, welche die schmalen Wochenendparzellen von dem der Allgemeinheit zugänglichen Gelände abtrennten.

Ich hatte ein Gartentor aufgebrochen, und wir waren zu dieser versteckten Bucht vorgedrungen, in der ein grün gestrichenes Holzhäuschen stand und ein Nachen kieloben lag. Claudine war lange und ausdauernd neben mir hergeschwommen. Nun lagen wir in der wämenden Sonne dicht nebeneinander. Nackt. Ich küßte Wassertropfen von ihrer Haut.

»Erzähl mir was von dir«, bat Claudine.

»Nein, ich mag nicht.«

»Helmut Stoller, geboren 21. 12. 1938 in Klarenhausen, Schwaben, ein Meter 88 groß, 96 Kilo schwer, Beruf Redakteur, Vater Lehrer, ein älterer Bruder und eine ältere Schwester, Gymnasium ohne Abitur, Bundeswehr, Heirat, Scheidung...«

»Stopp mal«, sagte ich scharf, »woher weißt du das alles?«

»Das und vieles mehr habe ich aus den Akten, die inzwischen über dich existieren – und nicht nur bei uns wird es die geben.«

Ich saß plötzlich ziemlich aufrecht. Der Strand hatte mit einem Schlag viel von seiner Atmosphäre verloren.

»Und im übrigen wiege ich nur noch 93 Kilo«, sagte ich grimmig.

Sie sah zu mir herüber. »Ich verstehe nicht, warum dich das so aus der Stimmung bringt. Du kannst dir doch an fünf Fingern abzählen, daß die Nachrichtendienste schnell und gründlich alles über dich recherchieren, was es zu erfahren gibt, nachdem du dich zwischen die Mahlsteine begeben hast. Schließlich ist so etwas ja auch dein Job.«

»Ich bin aus der Stimmung, weil ich meine Angst schon vergessen hatte. Jetzt ist sie mit einem Schlag wieder da.«

»Das wollte ich nicht.« Sie beugte sich über mich und küßte mich.

»93 Kilo, sagtest du?«

Ich nickte.

»Wenn ich immer für dich kochen würde, wärst du bald auf 85 Kilo.«

»Kochst du so schlecht?«

»Nein, im Gegenteil, ich würde mir die raffiniertesten und schönsten Gerichte ausdenken, die alle nur ein Minimum an Kalorien hätten.«

Ich lachte.

»Was amüsiert dich daran?«

»Die Vorstellung von dir als Hausfrau.«

»Da gibt's doch nichts zu lachen. Eine Tages werde ich genau das machen, einen Haushalt versorgen. Kinder großziehen und einen Mann zu Hause glücklich machen.«

Ich sah sie an. Sie hatte jetzt ein ganz ernstes Gesicht.

»Und dein Mann, was wird das für einer sein?«

»Mal sehen.«

Ich ertappte mich dabei, daß ich eifersüchtig war.

»Ich bin wieder frei«, sagte ich mit einem mißlungenen Versuch zu scherzen.

»Du solltest darüber keine schlechten Witze machen.«

»So, und warum nicht?« fragte ich.

»Weil ich nicht mehr ausschließen kann, daß ich dich liebe.«

Wir sahen uns an. Es folgte eine lange Pause, ein Schweigen ohne alle Peinlichkeit.

Dann schliefen wir miteinander auf eine eigentümlich ruhige, sanfte Weise.

Der vierte Tag. Wir waren sehr spät aufgestanden. Als ich die hellblauen Fensterläden aufstieß, schlug mir eine drückende, schwüle Hitze entgegen.

Claudine lag unbeweglich auf dem Bett und sah an die Decke. Ich bestellte das Frühstück und ging ins Bad. Als ich zurückkam, lag sie noch immer in der gleichen Stellung und starrte auf denselben Punkt.

»Probleme?« sagte ich leichthin.
»Ahnungen«, sagte sie.
Im gleichen Moment klopfte der Etagenkellner.
Wir frühstückten in einer seltsam düsteren Stimmung, bis Claudine plötzlich mit einem Ruck den Kopf hob und sagte: »Das muß dich nicht stören, ich falle manchmal in depressive Stimmungen, vor allem in Zeiten, in denen es mir besonders gut geht.«
»Warum?«
»Vielleicht nur, weil ich weiß, daß es nicht dauern kann.«
Ich zuckte mit den Schultern: »Nichts dauert ewig.«
»Ja, aber es wäre sehr schön, wenn es anders sein könnte.«
Ich legte mich wieder aufs Bett. Schon beim ersten Schluck Kaffee war mir der Schweiß ausgebrochen.

Am späten Nachmittag war die Hitze erträglicher geworden. Wir verließen das Haus und gingen langsam in die Heide hinaus. Der Sommer schien alles auszusaugen – die Blätter der Bäume, die Pfützen am Weg, die Halme der Gräser.
Claudine hatte sich von meinem Arm gelöst und ging mit gesenktem Kopf einen halben Meter vor mir her. Manchmal bückte sie sich hinunter zu den staubigen Halmen und riß ein Büschel aus der verkrusteten Erde. Mühselig sortierten ihre Finger die Gräser. Ich beobachtete sie verstohlen. Als ich sah, daß sie das kleine Geflecht, das sie aus den Halmen gebunden hatte, wegwarf und die Arme kreuzförmig vor die Brust zog, als sei ihr kalt, machte ich einen längeren Schritt, um bei ihr zu sein. Mir schien, als brauche sie in diesem Augenblick meine Hilfe. Doch sie drehte die Schultern nach rechts und hob den Kopf.
»Schau, ein Reiter«, rief sie munter, und ich spürte, wie aufgesetzt diese Stimmung war.

(*ZWISCHENDURCH:*)

Claudine als Hausfrau und Diätköchin? Stoller kann sich kaum vorstellen, wie er unter ihrer Regie mit schmackhaften, aber kalorienarmen Gerichten viele Pfunde verliert.
Doch man braucht ja keine Hausfrau zu sein, um etwas Leichtes für den kleinen Appetit zu zaubern. Dazu genügt etwas, was auch in der schwierigsten Recherche problemlos zwischendurch bereitet werden kann: die ...

(Z W I S C H E N D U R C H :)

Die kleine, warme Mahlzeit in der Eßterrine. Nur Deckel auf, Heißwasser drauf, umrühren, kurz ziehen lassen und genießen.
Die 5 Minuten Terrine gibt's in vielen leckeren Sorten – guten Appetit!

»Wo?« Mir war der Reiter egal, aber es war wieder ein Kontakt zu ihr, wenn auch ein oberflächlicher.

»Dort«, rief sie. Sie zeigte auf ein Waldstück, über dem gerade die Sonne eintauchte. Ich blinzelte und hob die linke Hand gegen das Licht.

»Eine Staubwolke«, stellte ich fest.

»Ja, und ein Reiter.«

Langsam erkannte ich eine Silhouette. Ich bewunderte Claudines Aufmerksamkeit und sagte mir, daß auch so etwas trainierbar sei. Wir waren stehengeblieben und beobachteten das Pferd, das den Feldweg dahergetänzelt kam. Es war ein Apfelschimmel, schlank, mit langem Kopf. Mir schien, als gäbe der Reiter eine Dressur zum besten. Der Mann im Sattel war für den heißen Abend zu korrekt gekleidet: Reithosen, Jackett und Melone. Alles war jetzt klar gegen die untergehende Sonne erkennbar. Ich bemerkte, wie ich leicht zurückwich. Vor Pferden hatte ich immer schon eine instinktive Angst. Claudine stand nun zwei Schritt vor mir, mitten im Weg.

»Mercier!« entfuhr es mir, als der Reiter wenige Meter vor uns den Kopf drehte, die Melone zog, sich vornüberbeugte und im Vorbeireiten höflich grüßte:

»Bon soir, die Herrschaften.«

Sein schweizerischer Dialekt fügte Deutsches und Französisches nahtlos zusammen. Er gab dem Pferd leicht die Sporen und war vorüber.

Claudine hatte geschwiegen. Ich ertappte mich dabei, daß ich völlig perplex »'n Abend« gemurmelt hatte. Ihr Blick streifte mich kurz, dann sah sie dem Schweizer nach.

»Ich hätte ihn nicht grüßen dürfen«, sagte ich und stemmte meine Hände in die Hosentaschen.

7

Ich hatte Claudines Arm von meiner Brust genommen und war behutsam aufgestanden. Draußen vor dem offenen Fenster flirrte das Grillengezirp. Die Frösche sangen dazu in einem Tümpel. Ich konnte nicht schlafen. Im Bad fand ich ein Handtuch, mit dem ich mir den Schweiß von Brust und Stirn wischte. Langsam zog ich Hose und Hemd über.

Auf meinem Weg durch die Parkanlagen rauchte ich vor mich hin. Ich versuchte zu denken, zu systematisieren, doch immer wieder schweifte ich ab. Ich sah sie, wie ich sie im Zimmer zurückgelassen hatte, schlafend, ein Kissen umklammernd. Dann wieder war ich in Gedanken bei der Geschichte, die ich zu schreiben hatte, ermahnte mich, der Profi-Redakteur zu sein, der ich zu sein vorgab. Ich dachte an meine Freundin. Ich überlegte, ob ich jetzt anrufen sollte. Ich blieb stehen, wollte zur Rezeption zurück, zum Telefon, dann ging ich weiter, unablässig rauchend.

»Haben Sie Feuer?« fragte mich eine ruhige Stimme. Ich verharrte mitten in der Bewegung. Der kleine Mann, der Bote Merciers, trat heraus. Obwohl ich ihn in der Dunkelheit nicht genau sehen konnte, hatte ich ihn doch sofort erkannt. Vielleicht war es seine fließende Bewegung, vielleicht auch nur der Umriß von Haartracht und Brille.

»Ja«, antwortete ich und spürte die Furcht vor dem Kleinen in mir aufsteigen. Ich griff in die Tasche, um nach Streichhölzern zu suchen.

»So war es nicht gemeint«, zischte er und drückte mir von der Seite die Spitze der Klinge hinters Ohr.

»Monsieur Mercier läßt wieder bitten«, sagte er sachlich. »Gehen wir.«

Ich ging voran und der Kleine folgte mir, kaum einen Schritt abgesetzt. Leise befahl er mir den Weg. Nach etwa zehn Minuten erreichten wir eine Waldschneise, in der eine Limousine mit gelöschten Lichtern stand. Mein Begleiter öffnete den Schlag und ließ mich einsteigen. Er drängte sofort hinterher. Der Kopf des Fahrers war nur schwach als Silhouette zu erkennen.

»Aufsetzen«, befahl der Bote und gab mir eine Wollmütze in die Hand. Ich hatte mühselig meine Fassung wiedergewonnen und versuchte zu blödeln. Ich drapierte die Mütze wie einen Kopfputz auf meinem Schädel. Doch der kleine Mann neben mir riß den Rand herunter und sagte: »Das bleibt so.«

Er trat gegen die Lehne des Vordersitzes und rief: »Go, man«, dann fuhr der Wagen an.

Ich schwieg und zählte die Kurven, die das Fahrzeug nahm, wobei ich versuchte, die Abzweigungen zu unterscheiden.

Nachdem wir gehalten hatten, wurde ich aus dem Fond des Wagens gezerrt. Ich schlug mir dabei die Kniescheibe am Türholm an und hinkte, von meinen Bewachern am Arm gezerrt, einen kleinen Hügel hinauf. Dann wurde ich in ein Haus geführt, über ein paar Stufen geleitet, schließlich riß mir jemand von hinten die Kappe herunter.

Mercier stand vor mir, keine zwei Schritte entfernt. Er hob ein Glas Rotwein und prostete mir zu.

»A votre santé«, sagte er aufgeräumt und lud mich mit einer großzügigen Geste ein. Vor uns stand ein Tisch mit feinem Damast gedeckt, Silber, Porzellan und Platten mit Speisen drängten sich auf der Tafel. Dieses Mal setzte ich mich sofort und beobachtete ihn, wie er eine der Servietten nahm und sie langsam auseinanderfaltete, um sie über den Schoß zu legen.

Er goß mir ein.

»Danke«, brummte ich und schwenkte den Wein. Erst jetzt bemerkte ich, daß jemand hinter mir stand. Ein Mann mit kurzgeschorenem blonden Haar bediente uns wortlos, reichte Platten her, legte vor und häufte Fleisch und Gemüse auf meinen Teller. Ich versuchte, an der Einladung Geschmack zu finden, doch es gelang mir nicht.

»Sie können jederzeit gehen. Die Türen stehen offen, und niemand wird Sie daran hindern«, sagte Mercier.

»So, so«, lachte ich unfreundlich.

»In unserem Metier werden die Einladungen zum Dinner bisweilen etwas, na, sagen wir, ›direkt‹ übermittelt; doch nun mal ehrlich, mein lieber Herr Stoller: Wären Sie einer schriftlichen Einladung gefolgt?«

»Wer weiß?«

»Ich habe Ihnen ein interessantes Angebot zu machen«, sagte der Schweizer und reichte mir eine flache Zigarrenkiste herüber. Ich nahm eine, knipste sie ab und steckte sie an.

»Moment«, ich stand auf und ging zur Tür. Aus den Augenwinkeln beobachtete ich seine Reaktion. Er saß aber still am Tisch und blies Rauchringe in die Luft. Ich öffnete die Tür und sah in eine weite Halle hinter einer Brüstung hinunter. In einem Sessel saß der Kleine und ließ das Messer tanzen.

Ohne Gruß schloß ich hinter mir die Tür und schritt die Stufen hinab, ständig auf der Hut vor einem Angriff des Mannes mit der gelben Brille. Doch der blieb still sitzen und spielte weiter versonnen mit seinem Dolch.

Erst nachdem ich das Haus verlassen hatte und mich in einem parkähnlichen Garten befand, blieb ich stehen und sah mich um. Keiner folgte mir, alles blieb ruhig. Ich verharrte ein paar Minuten und zog nachdenklich an der Zigarre. Ich glaubte Mercier zwar kein Wort, war aber inzwischen der Ansicht, daß er es nicht wagen würde, mich zu beseitigen, denn das würde nicht unentdeckt bleiben. Immerhin wußte die Redaktion, daß ich mit dieser Recherche beschäftigt war. Langsam drehte ich mich um und kehrte zum Haus zurück.

Als ich eintrat, hob Mercier einen Kognakschwenker und sagte: »Auf gute Zusammenarbeit!«

»So will ich nicht verstanden sein«, entgegnete ich und setzte mich wieder. Mit einer knappen Geste wischte er meine Bemerkung fort, dann beugte er sich vor:

»Zu meinem Angebot: Sie bekommen von mir eine Geschichte für Ihr Blatt, die Ihnen mehr Ansehen eintragen wird als alles, was Sie bisher geschrieben haben.«

»Holla?« entfuhr es mir erstaunt, denn ich konnte mir kaum denken, daß ein Mann wie Mercier an Publicity interessiert war.

Er interpretierte meine Verwunderung richtig: »Vielleicht bin ich ebenso geltungssüchtig wie unser lieber Horlacher?« Er setzte das Glas ab und lächelte.

»Was ist das für eine Geschichte?« fragte ich. Ich war auf eine Finte vorbereitet. Mercier nippte wieder an seinem Kognak und lehnte sich zurück, dann sagte er gelassen:

»Sehen Sie, dieses Geschäft, in das Sie Ihre Nase gesteckt haben, ist kein gewöhnliches Geschäft, auch für mich nicht. Ich beabsichtige, viel daran zu verdienen. Danach kann und soll alles in den Blättern stehen.«

»So einfach ist das?«

»Ja, und es ist mir auch etwas wert, wenn das dann geschieht. Ich zahle hunderttausend Schweizer Franken auf ein Depositenkonto der Schweizerischen Bankgesellschaft, mit der Maßgabe, Ihnen das Geld auszuhändigen, wenn der Artikel erschienen ist und mein Name darin nicht erwähnt wurde.« Nach einer Pause fuhr er bedeutsam fort: »Sie wissen, unsere Bankiers in der Schweiz sind diskrete Leute.«

»Das mit dem Namen ist also der Haken?«

Er nickte.

»Bakschischjournalismus«, sagte ich trocken und merkte, daß er Bescheid wußte.

»Sie sehen das falsch«, belehrte er mich, »im Prinzip tut

mein Name nichts zur Sache. Er ist nebensächlich für ein politisches Magazin wie das Ihre. Bei Ihnen kommt es auf die Hintergründe an, auf die Dienste. Auf die Damen und Herren, die, von Steuergeldern bezahlt, ihr Metier betreiben. Der brave Steuerzahler Mercier, der interessiert nicht.«

»Mit ein paar Briefkastenfirmen in Vaduz«, sagte ich, »ist gut Steuern zahlen. Eine Treuhand wäscht die andere.«

»War dieser Artikel von Ihnen?« fragte er aufgeweckt.

»Ja, zum Teil.«

»Zurück zur Sache. Die Alternativen sind klar, Sie bekommen eine Story von mir mit mehr politischem und nachrichtendienstlichem Background, als Sie jetzt ahnen, da interessiert mein Name nicht mehr. Trotzdem zahle ich Ihnen dafür, na, sagen wir eine Garantiesumme – das Doppelte von dem, was Sie sonst im Jahr verdienen. Und Ihre Alternative: Sie steigen aus.«

Sein Gesicht war plötzlich hart geworden. Mit der Hand fuhr er durch die Luft. Mercier kam über die Reste des Essens bis nahe an mein Gesicht heran. »Ich lasse Sie von meinen Herren wieder in Ihr Hotel zurückbringen, und Sie sind weg von unserem Informationsstrang. Dann können Sie von den Krümeln leben, die Ihnen die Dienste hinwerfen. Und Sie wissen, diese Beamten sind nicht sehr mitteilsam.«

Er ließ sich zurückfallen und zog heftig an seiner Zigarre. Aufmerksam sah er mir in die Augen. Ich hielt seinem Blick stand. Dieses Mal wich er aus.

Ich muß zugeben, daß seine Argumente bei mir Wirkung zeigten. In der Tat war in unserem Magazin eine saftige Politstory mehr wert als die Geschichte über einen Ganoven, der mit Waffen oder Staatsgeheimnissen handelte. Weit mehr.

»Bekomme ich auch die Belege, die ich brauche?« fragte ich vorsichtig.

»Aber sicher«, sagte er und lächelte wieder.

Ich versuchte nochmals, meine Situation zu überschauen, denn mir war alles zu glatt, Merciers Verhalten zu entgegenkommend. Ich bereute schon wieder, vorhin nicht doch in der Dunkelheit verschwunden zu sein.

»Wir wählen die jeweils angebrachten Mittel«, hatte mir derselbe Mann, der jetzt Großzügigkeit und Freigebigkeit vorgab, vor wenigen Tagen gesagt. Damals hatte er mich nicht gehen lassen wollen. Auch heute war die Einladung zum Candlelight-Dinner etwas zu nachdrücklich erfolgt. Ich ermahnte mich, vorsichtig zu sein.

»Okay«, sagte ich leichthin, »wie sieht die Geschichte aus?«

»Gehen wir von dem aus, was Sie schon wissen oder sich zusammenreimen können; Sie sind ein kluger Mann.« Mercier reichte wieder die Zigarrenkiste herüber. »Da ist einmal ein Posten Waffen, der den Besitzer wechseln soll, aber das können wir vernachlässigen. Das machen meine Leute routinemäßig, und Ihr Blatt interessiert sich nicht dafür.«

»Man müßte Details wissen«, warf ich ein und versuchte den ausgefuchsten Reporter zu spielen.

Doch mein Tischnachbar zog seine buschigen Brauen hoch und sah mich fast mitleidig an. Er fuhr fort: »Auf der Liste, die Horlacher einsehen konnte, Sie erinnern sich doch an unsere gemeinsame Reise im Intercity? Also auf dieser Liste stand neben vielem Belanglosen auch das Triebwerk des neuen Leopard II. Eine interessante Konstruktion. Der Motorblock und einige wesentliche Teile sind aus einer neuen Legierung, die den Metallurgen anderer Nationen noch viele Rätsel aufgibt. Hinzu kommt, daß diese Maschine der erste perfekte Allesfresser ist. Zwei ungemein wichtige Vorteile: leicht und langlebig auf der einen Seite und außerordentlich genügsam andererseits; wen wundert's, wenn die Militärs vieler großer Nationen für einen Prototyp eine Menge Geld ausgeben würden, um ihn zu bekommen.«

»Leuchtet mir ein«, sagte ich knapp, »und Sie haben ein solches Triebwerk an der Hand, vermute ich?«

»Man könnte es so nennen«, antwortete er vorsichtig.

»Haben Sie es an der Hand oder nicht?« faßte ich nach.

»Sagen wir so: Ich habe meine Verbindungen geknüpft«, er lächelte und goß sich Kognak nach. »Der Witz ist der«, fuhr er fort, »daß der MAD, Ihr Militärischer Abschirmdienst, durch unseren gemeinsamen Freund Horlacher fatalerweise in meine Pläne der Konzeption nach eingeweiht ist.«

»Und der MAD wiederum weiß, daß Sie wissen...«, ergänzte ich und zeigte über den Tisch.

»Ja, ja«, nickte er versonnen.

»Mit anderen Worten, Sie stecken in der Klemme und ich soll mit dem Artikel eventuell für späte Rache sorgen? Ich verstehe: Wenn unser Blatt eine Enthüllung bringt, dann rollen die richtigen Köpfe.« Ich war aufgestanden. Ich war sicher, diesen skrupellosen Mann, dem es nur um sein Geld in diesen dreckigen Geschäften ging, zu durchschauen. Doch Mercier blieb gelassen. Er winkte mir, mich wieder zu setzen, und fuhr unbeeindruckt fort:

»Doch nicht so grob, mein Lieber, nein, nein, man kann auch mit offenen Karten spielen und gewinnen. Null ouvert, ein seltsam reizvolles Spiel, bei dem ein Spieler alles preisgeben muß, was er an Geheimnissen hat – mit allen Chancen, zu siegen.«

Ich muß zugeben, daß ich mich schnell wieder hinsetzte und, ohne zu fragen, Kognak nachgoß. Neugier hatte die Oberhand über die selbst auferlegte Vorsicht gewonnen. Mercier schien es nicht zu beachten und sprach weiter.

»Ich bin heute im Begriff zu reizen. Die Dinge stehen im Augenblick so: Ich habe bei der Herstellerfirma einen leitenden Ingenieur für unsere Pläne gewinnen können. Außerdem steht Horlacher in Verhandlungen mit meinen Interessenten. Ich weiß nun, daß Horlacher von dem deutschen Dienst zumindest gesteuert wird, und habe Anlaß zu der Vermutung, daß auch unser Konfident beim Hersteller zu derselben Truppe gehört. Ziel des Unternehmens ist es, meine Abnehmer und mich, wie man so schön sagt, auffliegen zu lassen.«

»Also nichts wie die Finger rauslassen«, schlug ich vor. Doch Mercier sah mich nachsichtig an.

»Passen? Aber nein, mein Lieber, nicht mit dieser Karte.« Er fächerte mit der Rechten ein imaginäres Kartenbündel auf. Er deutete auf mich. »Sie sind mein Trumpf in diesem Spiel.«

Ich verstand, worauf er anspielte. Ich blieb ruhig, denn es hing allein von meiner Entscheidung ab, ob er mit mir spielen konnte.

»Ja, Sie, mein lieber Herr Stoller«, Mercier lächelte hinterhältig und beugte sich weit herüber. »Denn Sie werden morgen zu Ihrer reizenden Freundin Claudine gehen und ihr berichten. Falls Sie ihr nichts sagen, werden Sie Kern oder Grünzweig ins Vertrauen ziehen. Denn hier«, er griff plötzlich zu einem Sideboard hinüber und gab mir einen dünnen Aktendeckel, »haben Sie Ihre Belege für Ihre Geschichte. Es sind Fotokopien, und die Gegenseite wird Ihnen – wenn man es will – die Authentizität bestätigen. Die Unterlagen sind so komplett wie in diesem Geschäft überhaupt nur möglich.«

Der Schweizer lehnte sich zurück und genoß sichtlich meine Verwirrung. Ich blätterte schnell in den Kopien und stellte fest, daß es sich dabei um Maschinenpläne, eine Betriebsanleitung und mehrere Schriftstücke aus den Schreibstuben des deutschen Dienstes handelte, alle mit entsprechender Geheimhaltungsstufe gestempelt. Es war unglaublich. Wenn diese Unterlagen tatsächlich authentisch waren, dann hatte ich eine Topgeschichte für mein

Magazin in der Hand. Um diesen Stoff würde sich jeder reißen, das wußte ich schon jetzt.

»Da hinten«, Mercier griff über den Tisch und blätterte in den Papieren, »finden Sie eine Dechiffrierliste für die benutzten Tarncodes, damit es keine Mißverständnisse gibt.«

Entweder der Schweizer hatte selbst einen Spion beim MAD sitzen oder er hatte Horlacher oder einen anderen Kunden in der Hand.

»Lassen Sie mich weiterreizen«, schlug er vor. Ich lehnte mich zurück und griff wieder nach der Kognakflasche. Ich spürte die Wärme des Alkohols.

»Einverstanden«, sagte ich.

»Wir waren bei Ihnen als Trumpfkarte stehengeblieben. Ich werde Sie mit diesen Papieren zu Ihrem Hotel zurückbringen lassen. Sie können dann in Ruhe entscheiden. Wie ich schon sagte, können Sie Ihre Bekannten bei dem deutschen oder bei dem israelischen Dienst informieren. Die Israelis interessieren sich für diese Maschine nur am Rande, man wird Sie auf jeden Fall an den deutschen Dienst verweisen. Dort wird man einigermaßen verblüfft sein, daß Sie diese Unterlagen besitzen. Man wird Ihnen sicher die Papiere wegnehmen. Da ist man nicht sehr zimperlich. Sie finden dann keinen Richter, der Herrn Kern, seine Organisation oder den MAD zur Herausgabe verurteilt.«

»Ich würde auch so Schwierigkeiten bekommen«, sagte ich, »strafrechtlich beispielsweise.«

»Sie irren, jedenfalls wird es nicht schlimm werden«, widersprach mein Tischnachbar. »Sehen Sie doch bitte einmal die Geheimhaltungsstufe an, die auf die Papiere gestempelt ist...«

Ich blätterte in den Unterlagen und las verblüfft: »Nur für den Dienstgebrauch.« Ich wußte, daß etwa die Toilettenpapierbestellungen für die Truppe in diese Geheimhaltungskategorie eingestuft wurden.

»Das kann nicht stimmen«, wandte ich ein.

»Doch, doch«, er beugte sich wieder herüber und deutete auf den Stempelabdruck. »Sie vergessen, daß hier Bürokraten am Werk sind. Einmal so eingestuft, immer so eingestuft. Zu Beginn hatte die Sache keine Brisanz. Erst jetzt, nachdem ein Journalist, den keiner außer einem ehrgeizigen Exbeamten wollte, die Nase in der Sache hat, wird es heiß. Die Konsequenz für Sie ist klar. Sie können zu dem deutschen Dienst gehen und Ihre Geschichte erzählen, der Erfolg wäre, daß man mit allen Mitteln versuchen würde, Ihnen diese Papiere abzujagen.« Er hob die Schultern und schnüffelte dem Rauch seiner verglimmenden Zigarre nach.

Dann wurde er ernst und zog die Brauen zusammen: »Eines wäre fatal, den deutschen Dienst zu unterschätzen. Man hat heute dort wieder vorzüglich ausgebildete Leute. Sie können es zwar durchaus versuchen, aber ich rate Ihnen ab.« Nach kurzem Zögern fuhr er fort: »Es wäre zwar noch denkbar, daß Sie ein guter Patriot sind, dann wären Sie in diesem Falle ein miserabler Journalist, und dies widerspricht meinen Informationen total.«

Er hatte recht. Vaterlandsliebe würde mich nie daran hindern, eine derartige Geschichte meinem Ressortleiter im Verlag auf den Tisch zu legen.

»Alternative zwei: Sie bitten mich, Sie nach Hamburg zum Pressehaus fahren zu lassen, dann sind Sie vor dem Morgengrauen wieder bei Ihrer Freundin, der Sie die Wahrheit oder eine Räubergeschichte erzählen können. Das ist dann relativ gleichgültig, denn die Papiere sind in Sicherheit.«

Ich nickte beeindruckt. Ich hatte das bohrende Gefühl, daß dieser Mann mir weit überlegen war. Die Präzision seines Kalküls bestach. Seine psychologische Spekulation ging auf. Ich glaubte, erst jetzt ermessen zu können, wie gefährlich und kaltblütig dieser Biedermann war, der mir gegenüber saß und unausgesetzt freundlich lächelte. Doch Mercier war noch nicht fertig.

»Alternative drei: Sie spielen Vogel Strauß und werfen die Unterlagen fort. Sie vergessen unser Gespräch. Immerhin haben Sie bei unserem ersten Rendevouz einmal gesagt, daß Sie nichts wissen wollen, was Sie potentiell in Gefahr bringen könnte. Ein nicht unkluger Standpunkt«, lobte er. »Doch dagegen spricht Ihre Neugier, die trotz Ihres Phlegmas deutlich in Ihrem Charakter ausgeprägt ist.«

Ich wollte widersprechen, doch er schnitt mir das Wort ab: »Sie sind vorhin auch wiedergekommen, obwohl Sie ungehindert hätten gehen können.«

Was sollte ich darauf sagen? Mercier fuhr fort: »Die Spekulation mit Ihrem Charakter ist schließlich deshalb überflüssig, weil wir noch eine vierte Alternative haben.«

»Welche?« fragte ich, denn ich konnte mir nun keine sinnvolle Handlungsvariante mehr denken.

»Setzen wir den Fall, daß diese Geschichte mit dem Panzertriebwerk nur ein kleiner Fisch ist, der möglicherweise dazu dient, Kräfte zu binden.«

»Dann müßten Sie ein weit größeres Geschäft in petto haben.«

»Genau.«

Mir fiel Grünzweig ein. Er hatte mir auf dem Flug nach Hamburg, der von Mercier arrangiert worden war, von den Uransogen seines Landes erzählt. Wie hatte er gleich gesagt? ›Besondere Situationen bedingen besondere Maßnahmen.‹

»Uran?« fragte ich. Mercier fixierte mich scharf.

»Sie wissen...«

»Ahnungen«, sagte ich und zitierte damit ungewollt Claudine.

»Nun gut. Gehen Sie einmal davon aus, daß Israel und auch andere Staaten im Nahen Osten nicht nur das

Know-how dafür besitzen, Atomkraftwerke zu bauen, sondern auch dafür, Atombomben zu konstruieren.«

»Das ist keine sehr geheime Tatsache«, sagte ich.

»Ihnen allen aber«, fuhr Mercier ungerührt fort, »fehlt es am entscheidenden Rohstoff.«

Ich sah ihn entgeistert an. »Jetzt behaupten Sie nur noch, daß Sie mit Uranerz handeln.«

Er lächelte sein feines Lächeln. »Das habe ich niemals behauptet. Aber ich weiß, wer wem Uranerz liefert, beziehungsweise beschafft. Daß ich es weiß und beweisen kann, ist für viele Leute eine ziemlich schlimme Angelegenheit – wenn sie es erst einmal erfahren.«

»Grünzweig hat es wohl schon erfahren?«

»Das könnte zum Beispiel zutreffen«, sagte Mercier.

»Und er hat Ihnen ein lukratives Angebot gemacht, für den Fall, daß Sie Ihr Wissen nicht versilbern?«

»Gegen Ihre Kombinationsgabe ist nichts einzuwenden.«

»Kombiniere ich denn auch richtig?«

»Sie werden Gelegenheit bekommen, dies selbst zu klären«, sagte er sibyllisch und goß noch einmal Kognak nach. Ich wurde nachdenklich.

»Lassen Sie mich versuchen, einen klaren Gedanken zu fassen und das Verwirrspiel ein wenig zu überblicken. Das Panzermotorgeschäft fingern Sie angeblich im Auftrag von – was weiß ich wem. Sie wissen, daß der MAD bereits mitspielt und nehmen an, daß Ihre westlichen Gesprächspartner bei diesem Geschäft im Grunde nur deshalb mitspielen, um Sie und andere Beteiligte in flagranti ertappen und dann aufs Kreuz legen zu können.«

Er nickte leicht.

»So weit, so gut«, sagte ich. »Sie haben aber andererseits Informationen, die für deutsche Geheimdienste so korrumpierend sein können, daß Sie, Mercier, die Dienste quasi zwingen können, das Panzergeschäft plötzlich doch zuzulassen.« Diesmal hob er leicht die Schulter. »Zumal, wenn einige Beamte durch meinen Artikel...«, ich unterbrach mich, »aber das gibt keinen Sinn. Wenn der Artikel erscheint, dann muß der MAD doch angreifen, da geht nichts mehr.«

»Ja, wenn der Artikel erscheint.« Mercier betonte das ›Wenn‹.

»Ein solches Manuskript wäre ein gutes Argument bei Verhandlungen.«

»Es wird erscheinen, sobald ich die Unterlagen in Sicherheit habe.«

»Und wenn Ihr Ressortleiter nicht will?«

»Das gibt es nicht!«

»Abwarten«, Mercier strich mit unbeteiligtem Gesicht Brotkrümel vom Tisch. »Mein Risiko«, sagte er dann. Ich war verblüfft, schwieg ein paar Augenblicke lang und dachte nach.

»Aber es geht noch weiter«, ich sah ihn an und sagte dann: »Aber wie?«

Er hob erneut kaum merklich die Schultern.

»Es klingt zwar absolut phantastisch«, sagte ich langsam, »aber es sieht fast so aus, als wollten Sie sich das Uran-Geschäft unter den Nagel reißen.« Er sah mich völlig gleichmütig an.

»Oder« – ich wagte kaum weiterzureden – »Sie kassieren bei den Israelis und sorgen dafür, daß die Schiffsladung schließlich doch in arabische Hände kommt.«

Er stand auf und lachte leise: »Sie sollten mich nicht gleich für James Bond und Guillaume in einer Person halten.«

»Und warum bieten Sie mir Geld und eine Story an?« wollte ich wissen.

»Weil ich Sie mir doppelt verpflichten will. Bei Leuten Ihres Schlages funktioniert das in der Regel.«

»Da steckt aber noch weit mehr dahinter.«

»Überschätzen Sie sich nicht, junger Freund.«

»Es geht nicht um mich, es geht um die Funktion, die Sie mir zugedacht haben.«

Er ging nicht darauf ein, sondern sagte überraschend: »Sie können übrigens die Reise auf dem Trawler mitmachen, der das Uran befördert.«

»Wie bitte?«

»Sie haben schon richtig verstanden. Es ist alles vorbereitet. Für Sie ist das doch eine gute Sache: Recherche vor Ort.«

»Wer ist eigentlich der Eigner des Schiffes?« wollte ich weiter wissen.

»Die Firma Almira-Chemie.«

»Wie bitte?«

»Ja, ja«, sagte er geduldig, »das ist ein Unternehmen, das unter anderem Uran für deutsche Kraftwerke heranschafft.«

»Nun mal ganz langsam«, sagte ich. »Also: Almira-Chemie holt Uranerz aus Australien, Kanada oder Südafrika. Das ist ein Geschäft wie jedes andere...«

»...nur, daß die Firma eng mit deutschen Diensten kooperiert und auch einmal in ganz andere Länder fährt.«

»Aha, und was ist nun mit dem Trawler?«

»Natürlich weiß niemand von der Mannschaft, daß das Schiff Uranerz geladen hat. Es wird von Eisenerz gesprochen, und kein Matrose kann das unterscheiden. Das Schiff fährt in diesem Fall die Linie Kapstadt–Haifa, getarnt als Eisenerztransporter, und um die Tarnung komplett zu machen, können für billiges Geld auch Passagiere mitfahren. Fünf bis maximal zehn. So etwas machen heute viele Frachter.«

»Also bin ich, falls ich auf Ihr Angebot eingehe, ein Passagier unter anderen.«

»Nicht ganz, Sie werden der einzige sein. Offensichtlich waren außen Ihnen keine Interessenten da«, er lächelte maliziös.

»Kennen Sie den Kapitän gut?« fragte ich.

Er sah mich nur an.

»100000 für einen Journalisten, 100000 für einen Kapitän. Die Gehaltsklassen dürften ähnlich sein und auch die Wünsche, die man so hat.«

Mercier stand auf und breitete die Arme aus. Er wirkte in diesem Augenblick wie ein Pastor, der am Schluß seiner Andacht den Segen erteilt.

»Das Geld«, rief er pathetisch und griff in das Futteral seines Jacketts. Er zog eine Bankanweisung auf die Schweizerische Bankgesellschaft heraus und legte sie vor mir auf den Tisch. »Hier sind die Papiere, aus denen Sie ersehen können, daß der Betrag von einhunderttausend Franken auf ein Nummernkonto angewiesen wurde. Die Anweisung ist unbedingt und unwiderruflich. Sie können über den Betrag verfügen, sobald Ihre Mission abgeschlossen ist. Sie erhalten dann von meinem Notar in Zürich, Herrn Dr. Hürlimann, am Limmatkai das Kennwort mitgeteilt, das Sie zur Verfügung über den Betrag bei der Bank berechtigt. Sie müssen dem Advokaten nur Ihren Presseausweis vorlegen.«

Ich nickte stumm und nahm auch das Avis noch zu den Unterlagen, die ich an diesem Abend von dem Schweizer bekommen hatte. Im Plauderton, den Arm auf meine Schulter gelegt, teilte er mir noch mit, wo und wie ich den Frachter erreichen würde. Schließlich sagte er noch: »Am liebsten wäre es mir, Sie behielten die Unterlagen für den Artikel noch bei sich, so lange, bis die Reise beendet ist. Dann haben Sie ein angerundetes Bild.«

Ich betrachtete ihn von der Seite.

Lächelnd sprach er weiter: »Sie werden sicher ein Plätzchen haben, wo Sie alles deponieren können, nicht? Es ist auch zu Ihrer eigenen Sicherheit, meine ich.«

An der Tür zog er an einer Brokatkordel. Kurz darauf erschien der Kleine und grinste verbindlich.

»Monsieur wird Sie anweisen, wohin er gefahren werden will«, sagte Mercier und drückte mir die Hand wie einem alten Freund.

8

Claudine lag schräg in unserem zerwühlten Bett. Sie hatte die Decke zwischen die Beine genommen, auf der Haut ihrer nackten Hüfte lag der erste Schimmer des Tages.

Ich hatte die Schuhe ausgezogen und mich in einen Sessel verkrochen. Zwischen meinen Knien lagen die Papiere, die ich immer wieder durchblätterte und neu sortierte. Ratlos stocherte ich mit meinem erloschenen Zigarillo in einem Aschenbecher herum. Ich versuchte, Ordnung in meine Gedanken zu bringen, versuchte zu entscheiden, wie und ob ich handeln sollte. Doch kaum meinte ich, eine Lösung gefunden zu haben, kamen neue Bedenken, kamen Angst und Zweifel auf, und der Kreislauf der Gedanken begann von vorne.

Ich beobachtete, wie das Licht hinter den halboffenen Vorhängen schnell an Intesität gewann und sich im Raum ausbreitete. Claudine lag regungslos. Ich erkannte auf ihrer Hüfte jene Narbe, die aus dem Sechstagekrieg stammte. Zwei Handbreit weiter hätte die Kugel ihren Bauch aufgerissen und ihre Därme zerfetzt.

»Zwei Handbreit«, murmelte ich und dachte an die zweifelhafte Ehre, für ein Vaterland zu sterben.

Ich zog krampfhaft an dem erloschenen Zigarillo.

Angst. Nein, es war nicht Angst. Angst ist vordergründiger. Sie packt einen, wenn man in einer Felswand hängt und die festen Tritte seltener werden, wenn im Auto die

Bremsen versagen, wenn ein Messer blinkt. Ich war beunruhigt, verstört, aber Angst hatte ich nicht an jenem Morgen.

Ich war da hineingeraten. An jenem verregneten Nachmittag in Stuttgart war alles journalistische Routine gewesen: noch mal schnell einen Mann anhören, der als Informant über irgendeine kuriose Geschichte berichtet und vielleicht ein paar Mark vom Verlag lockermachen will. Dann der spontane Entschluß, Horlacher in den Intercity zu folgen.

Jetzt hatte ich noch die Chance, auszusteigen – jedenfalls gaukelte ich mir das nach Merciers Beteuerungen vor. Es war aber eben nur eine theoretische Chance, denn das Kalkül des Waffenhändlers mit meiner Psyche ging nahtlos auf. Ich wußte, daß ich es tun würde. Mein Beruf, mein Phlegma, meine Neugier, alles zusammen, diese seltsame Mischung zwang mich.

Schließlich war da noch, wenn man es genau betrachtete, die Eitelkeit, der Frau zu imponieren, die vor mir ausgestreckt lag und schlief, die ich nicht kannte, deren Träume ich nie wirklich erfahren würde. Einer Frau, die Angst hatte zu sterben und selbst Menschen getötet hatte, einer Frau, die ich vielleicht morgen wieder aus den Augen verlieren, die mich vergessen würde, die mir vielleicht schon in diesem Moment entschwand.

»Scheiße«, brummte ich und stemmte mich aus dem Sessel hoch.

Stunden später hockte Claudine mit angezogenen Beinen im Bett und lackierte ihre Zehennägel. Ich blinzelte in das grelle Licht der Sonne, die einen gelben Streifen über die blauen Leintücher warf.

»Ich habe es mir überlegt«, sagte sie, ohne ihre Tätigkeit zu unterbrechen, »du solltest einsteigen.« Erst nach einer Pause setzte sie hinzu: »Wenn du willst.«

Ich verstand und fühlte mich gekränkt. »Ich habe keine Angst«, brummte ich und versuchte mich zu orientieren. Mühsam rappelte ich mich hoch. Mir war, als hätte ich seit Monaten traumlos geschlafen. Irgendwann hatte ich Claudine von meiner nächtlichen Session mit dem Waffenhändler aus der Schweiz erzählt und war darüber offenbar eingeschlafen.

»Halb drei«, staunte ich, als ich auf die Uhr sah.

Ich war verkatert und sah ihr zu, wie sie weiterlackierte und versonnen mit der Zunge über die Oberlippe fuhr.

»Wie steht's mit Essen?« fragte ich und setzte mich auf.

»Lunch?«

»Wenn's geht Fisch und scharfes Fleisch.« Mit Marmeladebrötchen hätte man mich jetzt jagen können.

Claudine hob den Hörer von dem Apparat neben ihrem Bett und erkundigte sich nach der Speisekarte. Der Zimmerkellner am anderen Ende schien die Litanei herunterzulesen. Sie nickte mehrmals und sagte an einigen Stellen »Ja.« Dann wiederholte sie die Zimmernummer und bedankte sich.

»Was gibt's denn?« wollte ich wissen.

»Überraschung.«

»Hm.«

Es war keine lebhafte Unterhaltung. Ich ließ mich in die Kissen zurückfallen und stierte die Decke an. So lag ich einige Zeit und versuchte die Erinnerungen in meinem Kopf zu sortieren.

»Du meinst, ich soll einsteigen?« wiederholte ich nachdenklich. Alles schien unwirklich, nicht mehr so zugespitzt wie gestern auf klar umrissene Handlungsalternativen. »Wie jetzt?« Mir war nicht klar, welche Möglichkeiten sie meinte.

»Merciers Angebot annehmen, ganz einfach.«

»Du vergißt, daß ich kein Profi in eurer Branche bin«, gab ich zu bedenken.

Der Kellner kam und rollte einen Wagen mit leichten Hors-d'œuvres herein. Forellenfilets mit Meerrettichbutter, Rollmöpse in Essig, Räucherschinken auf geeister Melone, Weißbrot und Butter. Dazu Bier in einer beschlagenen Flasche.

Ich war beschäftigt. Mit vollen Backen kaute ich das Essen wahllos in mich hinein und hörte Claudine zu, die aus dem Bad herüber sprach:

»Du bist sehr wohl ein Profi – in deinem Beruf. Warum sollst du denn da nicht einsteigen? Gefährdet bist du auf keinen Fall, solange du für Mercier arbeitest. Er hat ein gutes Team und ist ein skrupelloser Mensch. Genauso rücksichtslos, wie er Leute umlegen läßt, die ihm im Wege stehen, genauso skrupellos beschützt er die, die er brauchen kann, die für ihn arbeiten. Und du hast die Unterlagen.«

»Wenn er mich nicht mehr braucht, springe ich über die Klinge«, brummte ich mit vollen Backen.

»Irrtum, mein Lieber, denn du spielst ja außerdem nach seiner Anweisung den Doppelagenten, also muß dich auch euer Dienst schützen. Die gehen mit Sicherheit auf das Spiel ein.«

»Und die Araber?«

»Die wollen bei Mercier kaufen, die legen keinen von dessen Leuten um.«

»Hm«, mir fiel nichts mehr ein. Doch ich bin sicher, daß wir auch noch andere Möglichkeiten gefunden hätten, wenn wir länger nachgedacht hätten. Vielleicht sogar die, wie die Geschichte später ausging. Doch damals war auch ich verhältnismäßig sorglos.

»Okay, wie soll's weitergehen?« fragte ich.

»Wir werden heute abend ein Rendevouz mit Kern und einem seiner Mitarbeiter haben.«

»Wir? Heute abend?«

»Ja, ich habe das schon für uns arrangiert, während du noch geschlafen hast.« Claudine schaute lachend um die

Ecke der Badezimmertür und machte eine angedeutete Verbeugung. »A votre service.«

»Wohl nicht so ganz uneigennützig, du Schlange«, ich mußte grinsen.

»Nein, denn bei dem Geschäft kann durchaus ein Brokken für meinen Dienst mit abfallen. Vielleicht ein ganz dicker, wer weiß, was zum Beispiel aus dem Frachter wird. Du hast doch nichts dagegen, oder?«

Ich stellte den letzten Teller zurück auf den Servierwagen und sagte: »Eigentlich nicht.«

Kern hatte in Claudines Apartment einen Mann mitgebracht, der wie ein Rocker aussah. Alles an ihm war aus Leder. Die hohen engen Schaftstiefel, die Jeans, die Blousonjacke mit den Silberknöpfen, die Handschuhe. Seine langen Haare hingen ihm wirr ins Gesicht, das zu drei Vierteln zugewachsen war mit einem roten Bart. Vom Rest war nicht viel zu sehen, da er eine breite, verspiegelte Sonnenbrille trug.

»'n Abend«, brummte der Mann. Kern machte einen noch pikierteren Eindruck als sonst. »Das ist Kurti«, erklärte er und deutete auf den Rocker, der die Handschuhe auf den Tisch geworfen hatte und sich ohne zu fragen auf einem der Sessel breitmachte. Kurti war zwar kein Riese, aber man spürte, daß mit ihm im Zweifel nicht gut Kirschen essen war, auch wenn er nicht in dieser Montur aufgetaucht wäre.

»Quatsch nit, setz dich, Kern«, Kurti schien der Boß zu sein, Hesse obendrein, wie man schon den wenigen Worten entnehmen konnte, die er gesprochen hatte. Kern kam dem Befehl nach. Ich wunderte mich, welche seltsamen Blüten die deutsche Beamtenwelt im Untergrund trieb.

»Das ist der Mann?« fragte der Rocker.

»Ja.«

»Gebbese mal den Krempel her, den Ihne der Mercier angedreht hat.«

Kurti hielt mir seine breite Pratze unter die Nase. Ich schob die Hand zurück und sagte:

»Moment mal, so einfach geht das nicht.« Mir ging es gegen den Strich, mich von einem Rocker herumkommandieren zu lassen.

»Ich denk', der will mit uns ins Geschäft komme'?« Kern, an den die Frage gerichtet war, nickte indigniert.

Ich hakte ein: »Geschäft ist richtig. Wieviel ist Ihnen die Information wert?« Claudine sah mich schräg an.

»Sin' mir hier auf einem Bazar?« Wieder ging die Frage an Kern.

»Wieviel?« fragte ich wieder.

»Ich denk', Sie sin' Journalist?« fragte der Rocker, als ob das mit dem Geschäft etwas zu tun hätte.

»Eben, ich weiß nicht, mit wie vielen Leuten ich in meinem Beruf schon Geschäfte über Informationen abgeschlossen habe«, antwortete ich trocken.

Er nickte scheinbar beifällig und bemerkte mit schlecht gespielten Zynismus: »Schön, schön!« Kern sah angelegentlich auf den Fußboden. Ich schaute ihm schweigend zu.

»Für was wolle' Sie eigentlich Geld, Sie?« Diese Frage ging an mich. Ich war verblüfft, denn eine genaue Begründung für die Geldforderung hatte ich nicht. Es war nur eine Laune, eine Art Trotzreaktion auf die Erscheinung dieses Westentaschenrocker-Beamten. Ich hatte lediglich auf das Stichwort ›Geschäft‹ reagiert. Die Begründung? Nun, ich hatte in meiner Laufbahn schon vieles in dieser Art erlebt, etwa, wenn eine Hausfrau bei mir versuchte, für die tragische Geschichte ihrer Scheidung einen Tausender herauszuschinden.

»Ich gehe doch nicht fehl in der Annahme«, sagte ich vorsichtig, »daß Ihr Brötchengeber nicht den allergrößten

Wert auf eine Veröffentlichung der Geschichte im derzeitigen Stadium legt?«

»Nee«, sagte der Westentaschenrocker.

»Richtig«, pflichtete ich bei, »nur will es der Teufel, daß ich eine Geschichte in der Hand habe, die unter Brüdern in der Publizistik einiges wert ist. Ich soll nun ohne Not darauf verzichten und mich in ein – zugegebenermaßen – nicht ungefährliches Abenteuer begeben...« Ich ließ den Satz unvollendet und schaute ihm gerade ins Gesicht.

»Und da meine' Sie, Sie müßte' von uns eine Art finanziellen Ausgleich kriege'!« vollendete er den Satz ungerührt in meinem Sinne.

»So etwa!«

»Der vergißt, daß mir hoheitliche Befugnisse habe'«, Kurti sprach wieder mit Kern.

»Sie wollen mir drohen?«

»Ich will nix, ich weiß nur, daß einige Herre' von Ihrem Blatt schon einmal mit einer Militärgeschichte furchtbar aufs Maul gefalle' sind.« Er grinste sarkastisch. »Außerdem, was wolle Se mache, wenn ich Ihne die Unterlage einfach abnemm?«

»So schlimm war's dann auch nicht mit der Militärgeschichte damals, wenn man's rückblickend betrachtet«, stellte ich fest. »Sie können es ja mal probieren, die Papiere zu stehlen. Das gibt dann noch eine delikatere Geschichte. Ganz in meinem Sinne. Eines weiß ich nämlich sicher: daß in so einer Sache der Verlag noch keinen Reporter hängengelassen hat! Und schließlich kenne ich jetzt den Inhalt des Dossiers genau. Das kann ich auch ohne die Unterlagen in einen Artikel umsetzen.«

»Horch dir das an, Kern.« Kurti schien entrüstet, doch ich interpretierte es schon als Rückzug. Mit Recht:

»Wieviel?« fragte er mich.

»Zwanzig«, sagte ich ungerührt und sah, wie Claudine nickte.

»Zwanzig, was?« wollte er wissen.
»Zwanzigtausend Deutsche Mark«, präzisierte ich.
»Zehn«, sagte er kalt.
»Zehn, was?«
»Zehntausend, Sie Witzbold.«
»Fünfzehn!«
Kurti überlegte.
Ich beobachtete einen kurzen Seitenblick zu Kern hinüber. »In bar«, setzte ich hinzu.
»Also gut.«
»Doch Teppichbazar«, sagte ich sarkastisch.
»Kern, geh und hol den Zaster aus der Portokass'.«
Kurti überhörte meine Bemerkung. Zu mir sagte er: »Jetzt tun Sie mal was für Ihr Geld.«
»No, Sir«, ich blieb hart, »erst das Geld und dann die Ware.« Kern verließ den Raum und ließ einen leisen Hauch seines Rasierwassers zurück. Kurti zuckte die Achseln und flezte sich zurück.

Wir schwiegen, bis Kern wieder erschien. Die halbe Stunde überbrückten wir mit einem Bier, das ich aus dem Kühlschrank holte und kredenzte. Nur einmal unterbrach Kurti die Stille, indem er mehr zu sich sagte, daß man mich festnehmen lassen könnte und ich ein Jahr für den Verrat von Staatsgeheimnissen bekäme, wenn er wollte.

»Nur für den Dienstgebrauch«, zitierte ich, ohne ihn anzusehen, denn ich hatte meine Lektion bei Mercier gelernt.

Der Rocker grinste mich an und trank sein Bier: »Prost«, sagte er ungerührt.

Kern kam schließlich und zog aus seiner Jackentasche ein kleines Bündel Scheine heraus. Kurti nahm ihm die Geldscheine aus der Hand und zählte halblaut durch. Dann reichte er mir das Bündel herüber. Ich nahm es und gab es an Claudine weiter, die auf der Lehne meines Sessels saß. Bevor ich noch etwas sagen konnte, warf sie das Geld dem Rocker zurück.

»Das ist kein Monopoly«, sagte sie, »richtiges Geld!« Sie hatte schnell einen Schein geprüft.

Kurti bog die linke Hand über die Schulter und brummte, ohne sich umzudrehen: »Kern, das annere Päckche'.« Kern griff wieder in die Tasche und zog ein weiteres Geldbündel heraus, das er mir dieses Mal mit säuerlichem Grinsen selbst überreichte. Ich gab einen Schein an Claudine weiter und zählte den Rest.

»Fünfzehn«, bestätigte ich gelassen, »absonderlich, welche Methoden sich Ihr Dienst einfallen läßt«, rügte ich nebenbei.

»Sie sind doch auch Steuerzahler«, grinste der Ledermann, »mir sind umsichtig mit dem Geld vom Steuerzahler.«

»Wie beruhigend!«

»Das ist gutes Geld«, stellte Claudine fest.

Dann begann ich und erzählte meine Geschichte. Kurti war ein aufmerksamer Zuhörer. Er fragte sparsam, aber sinnvoll dazwischen und behielt dabei Kern im Auge, der fleißig mitstenografierte. Am Schluß ging ich ins Bad und holte aus dem Spülkasten, den ich vorher abgestellt hatte, Kopien der Papiere, die mir der Schweizer Waffenhändler in der letzten Nacht gegeben hatte.

Der beamtete Rocker prüfte die Unterlagen sorgfältig durch. Kein Wort wurde gesprochen. Nachdem er die letzte Seite gelesen hatte, steckte er die Papiere in seinen Lederblouson. Bevor ich protestieren konnte, sagte er unerwartet freundlich:

»Des sind Kopien von der Kopie, das seh' ich. Halten Sie sich mit den anneren Kopien zurück, Mann, des gehört zum Geschäft.«

»Gut«, lenkte ich ein.

»Jedenfalls ist das Zeug sein Geld wert«, erklärte er seinem Nachbarn, der still nickte, »e gefährliche Sach', des kann heiß werde', des Ding.« Kurti stemmte sich aus dem Sessel hoch und gab mir die Hand. Ich war verblüfft über diese plötzliche Höflichkeitsbezeugung.

»Mir werde des Ganze abkläre'«, sagte er friedlich, »und dann kriege' Sie Nachricht von uns.« Er ging hinaus, ohne sich noch einmal umzudrehen. Nur Kern sah zurück und machte eine kleine Verbeugung, bevor er behutsam die Tür hinter sich schloß.

»Du hast Merciers Bankanweisung vergessen«, rügte Claudine und zwinkerte mir zu, nachdem wir sorgfältig die Sitzpolster auf Wanzen durchsucht hatten. Eine Routinemaßnahme, die ich bereits von Horlacher kannte. Zwei Exemplare dieser sehr seltsamen Tiergattung fanden wir. Eine unterm Tisch und eine unterm Sessel. Ich hatte zwar aufgepaßt, aber trotzdem nicht bemerkt, wie Kurti die Abhörmikrofone unauffällig plaziert hatte.

»Vergeßlichkeit des Alters«, räumte ich ein und lachte.

»Du hast Talent.«

»Ich, wozu?«

»Um richtig ins Geschäft zu kommen. Die Idee mit dem Geld war spontan – ich habe das gemerkt. Aber die Deutschen hat das beeindruckt.«

»Warum?«

»So nach dem Motto: Was nichts ist, kostet nichts. Immerhin meint Kurti jetzt, er hätte dir die Geschichte für deine Zeitung abgekauft.«

»Apropos Kurti«, warf ich dazwischen, »was ist denn das für ein Vogel?«

»Wir haben keine genauen Informationen«, Claudine wurde merklich zurückhaltend.

»Quatsch«, sagte ich trocken, »Mädchen, der Mossad will sicher auch was von mir, also gebt mir mal die nicht so genauen Informationen.«

Sie zuckte die Schultern und sah mich von unten her an.

»Bitte«, beharrte ich.

»Nun gut, so wichtig ist es auch wieder nicht. Er ist Major beim MAD, der Vorgesetzte von Kern. Kerns Intimfeind.«

»Wie man leicht feststellen konnte«, bemerkte ich.

»Ja. Er liebt malerische Aufzüge und scheint recht erfolgreich gewesen zu sein.«

»Warum gewesen?«

»Nun, wir wissen nur, daß er bisher Fahnenflüchtige aus dem weiteren Umkreis von Terroristengruppen gejagt hat, Leute, die bei der Bundeswehr abgehauen sind und – meistens in Berlin in einschlägigen Kreisen untertauchen.«

»Aha, und jetzt hat er einen neuen Job?« wollte ich wissen.

»Scheinbar.« Wieder Achselzucken.

»Kurti, albern.« Ich schüttelte den Kopf und wechselte das Thema: »Wie geht's jetzt weiter?«

Wieder sah mich Claudine von unten her an.

»Grünzweig«, sagte sie.

Ich nickte.

»Was ist mit ihm?«

»Wir treffen ihn heute nacht, er wird mit uns über die israelischen Interessen sprechen.«

9

Die Modenschau hatte schon um 21 Uhr begonnen. Ich saß mit Claudine an einem Tisch in der zweiten Reihe. Sie hatte es sich nicht nehmen lassen, meine Garderobe auszusuchen. Dabei war schon ein guter Teil des ersten Tausenders aus dem bundesdeutschen Steuersäckel draufgegangen. Nachtblaues Jackett (das über meinen Schultern spannte), weiße, enge Hose (die mich zwischen den Beinen quetschte) und ein zart cremefarbenes Hemd, das bis zur Brust offenstand. Dazu hatte Claudine mir eines ihrer Seidentücher um den Hals geknotet.

Sie selbst hatte ein overallähnliches Kleid aus dunklem Chiffon angezogen, das weite, geheimnisvolle Falten warf. Ihre nackten Brüste schimmerten hie und da durch den dünnen Stoff. Ein Spiel, das ich unablässig beobachten konnte, ohne müde zu werden.

Auf dem Laufsteg produzierten sich Mädchen in der Winterkollektion für die kommenden kalten Tage. Ich beneidete keine von ihnen. Ohne Pause schleppten sie Pelze und Paletots, Ballroben und Straßenkleider von einer Seite des Raums zur anderen und wieder zurück, stets verschanzt hinter einem stereotypen Lächeln und gutwilligen Gesten. Immer dasselbe. Dazwischen wieder Dressmänner, verwegen dreinblickende Schönlinge, die sich mit Lederjacken und langen Schals abmühten.

Claudine schien unbefangen, applaudierte, lächelte.

Es dauerte mehr als eine Stunde, bis ich Grünzweig bemerkte. Er saß an einem Tisch links hinten in der Ecke des Raums und klatschte gerade beifällig. Ich hätte ihn beinahe nicht erkannt, denn er war ebenfalls modisch gekleidet und trug eine große Brille mit schmalem Rand.

Ich beugte mich zu Claudine hinüber und flüsterte:

»Grünzweig ist da!«

»Ach ja?« sagte sie beiläufig und wandte sich sofort wieder dem Laufsteg zu, denn dort war das ›furiose Finale‹ angekündigt worden. Ich trank einen Schluck und vermied es, wieder in die linke Ecke zu sehen. Nachdem wir am Ende der Modenschau noch einige Male an den Auslagen der Firmen vorbeigeschlendert waren, die den Abend arrangiert hatten und natürlich etwas verkaufen wollten, verließen wir den weißen Prachtbau.

Claudine ging vor mir die Treppe hinunter. Zielsicher

schritt sie auf einen anrollenden Jaguar los, der vor der Treppe hielt. Ich war zwei Schritte gelaufen und riß ihr den Schlag auf. Sie glitt wieselflink in den Fond des Wagens und rutschte durch. Am Handgelenk zog sie mich hinterher.

Noch bevor die Tür geschlossen war, schoß die Limousine mit leisem Zischen nach vorn und quetschte sich zwischen zwei Taxis in den fließenden Verkehr auf der Alsterchaussee. Grünzweig drehte sich zu uns um und sagte sachlich:

»Es war niemand zu sehen.«

Claudine nickte.

»Etwas umständlich, die Methode.« Ich versuchte ein Gespräch anzufangen, doch die aufgesetzte fröhliche Stimmung aus der Modenschau war verflogen. Meine Bemerkung blieb ohne Antwort. Grünzweig fuhr zügig, ohne zu rasen. Claudine behielt mit ihrem Schminkspiegel den Verkehr hinter uns im Auge. Ich kam mir überflüssig vor.

Wir näherten uns den Außenbezirken der Stadt. Die Lichter wurden matter, die Neonreklamen verschwanden. Schließlich gelangten wir auf eine der zahlreichen Bundesstraßen, die Hamburg verlassen. Der Jaguar lief leise an der Perlenkette der Reflektoren entlang, bis wir nach etwa zehn Minuten eine kleine Ortschaft erreichten. Grünzweig bog in eine der Straßen ein und hielt kurz danach vor einem unscheinbaren Gebäude, hinter dem dunkel das flache Land begann.

Wir stiegen aus. Grünzweig öffnete ein Garagentor und fuhr den Wagen von der Straße.

»Wie viele konspirative Wohnungen habt ihr?« fragte ich, nachdem wir uns in einem karg möblierten Zimmer niedergelassen hatten.

Die Frage wurde übergangen. Ich zuckte mit den Achseln und schwieg. Grünzweig kontrollierte die Fenster.

Erst nachdem er pedantisch überall nachgesehen hatte, ob nicht doch ein Lichtstrahl aus dem stickigen Zimmer hinausgelangen konnte, setzte er sich auf einen Stuhl. Er schob mir eine Flasche Limonade und ein Glas herüber und sagte: »Bedienen Sie sich.«

Widerwillig goß ich ein paar Schluck von dem abgestandenen lauwarmen Getränk in das Glas.

»Sie erinnern sich an unser Gespräch neulich auf dem Flug?« fragte Grünzweig.

»Sicher.«

»Von Uranerz war da nebenbei auch die Rede, einem Rohstoff, den wir dringend brauchen.«

»Ja.«

»Nun, wir haben durch Sie und Ihren Kontakt zu Mercier das bestätigt gefunden, was wir schon aus anderen Berichten umrißweise wußten.«

»Nämlich?«

»Daß Mercier tatsächlich das größte Geschäft machen will, das je ein Privatmann auf diesem Sektor gemacht hat: Uranerz an die Araber verkaufen!«

»Von den Arabern war bei mir nicht die Rede«, gab ich zu bedenken.

Grünzweig sah mich durchdringend an.

»Es ist nicht von Bedeutung, ob er darüber gesprochen hat.«

»Ich verstehe nicht, was Sie noch von mir wollen«, ich wurde langsam sauer, »Claudine ist über alles unterrichtet.«

Der Israeli schien von meinem Einwand keine Notiz zu nehmen. Gedankenvoll nahm er den Gesprächsfaden wieder auf.

»Das Uran ist für uns von existenzieller Bedeutung«, sagte er leise, »nicht so sehr die Frage, ob wir es bekommen, ist wichtig...«

Ich unterbrach ihn: »Klar, das erschließt sich mir auch.

Sie müssen verhindern, daß die Araber anfangen, Atombomben zu bauen.«

»Sicher«, sagte Grünzweig.

»Ich bin gegen Bomben, wer immer sie auch haben mag.« Claudine lachte bitter. »Man sagt, die Deutschen seien jetzt die Händler und die Juden die Militaristen.«

Ich sah sie an und fing einen Blick auf, der mir weh tat.

»Ich bin auch ein Pazifist«, sagte Grünzweig langsam, »solange ich es mir leisten kann.« Er hatte seinen Blick auf einen Punkt an der Decke gerichtet.

»Den Fetzen Land, den wir verteidigen müssen, kann man möglicherweise nur so halten. Wir müssen unverhältnismäßig stark sein. Besondere Situationen...«

Ich ließ ihn nicht ausreden, »...bedingen besondere Mittel, ich weiß. Aber was geht das mich an?«

Grünzweig sah erstaunt zu mir herüber.

»Aber das wissen Sie doch. Kein Mensch kann sich auf ein Spiel einlassen, wie Sie es getan haben, und nachher den Unbeteiligten mimen.«

»Das werden wir ja sehen.«

»Das werden wir, ja.« Er schwieg eine Weile, dann fuhr er mit seiner sanften Stimme fort:

»Wir haben folgendes Konzept: Mercier will an dem Verkauf des Panzermotors dranbleiben. Obwohl er weiß, daß die Deutschen über seine Pläne informiert sind, führt er den Coup durch.«

»Er sagt es zumindest«, wandte ich ein.

»Er wird dranbleiben, denn seine Besteller, die Tschechoslowaken, haben schon viel Geld und gute Agenten investiert; da macht man nicht so leicht einen Rückzieher.«

Ich spürte, daß ich immer tiefer in die Sache verwickelt wurde. Mit welcher Selbstverständlichkeit dieser Mann mir erklärte, wer hinter dem geplanten Coup stand.

Claudine nickte: »Da sind noch alte Kämpfer aus der Stalin-Zeit dabei. Mit denen ist nicht leicht umzugehen.«

»Okay, er wird also versuchen, mit seinem offenen Spiel die Deutschen in Sicherheit zu wiegen, um sie dann mit einem Trick aufs Kreuz zu legen.«

»Oder er will damit ›Kräfte binden‹, wie er einmal sagte«, gab ich zu bedenken.

»Nicht schlecht«, sagte Grünzweig trocken, und man merkte ihm an, daß dieser Gedanke neu für ihn war, »nicht schlecht, denn wir werden den Deutschen ein bißchen unter die Arme greifen.«

»Dann bindet Mercier auch euch?«

»Die Möglichkeit besteht immerhin. Aber jede Medaille hat zwei Seiten. Es könnte auch sein, daß wir – quasi im Windschatten der Tschechoslowaken – Mercier im richtigen Augenblick an der anderen Front beschäftigen können.«

Er lächelte listig.

»Warum helfen Sie ausgerechnet den Deutschen?« wollte ich wissen.

»Sicher nicht aus waffenbrüderlicher Freundschaft, wir sind nicht in der NATO«, spottete der Jude, »aber die Dinge liegen so, daß sich im Augenblick unsere Interessen ergänzen. Die Deutschen stehen wieder mal unter Erfolgszwang. Sie müssen Spione fangen und interessieren sich für Mercier, seine Organisation und die CSSR-Kontakte in der Bundesrepublik. Wir können da durchaus behilflich sein, da wir gute Erkenntnisse über die großen sozialistischen Freunde im Vorderen Orient haben und von dort aus einige nicht unwesentliche Einblicke in die Szene ihrer Waffenbrüder in Europa und in die Organisation des sauberen Herrn Mercier besitzen.«

»Und die Deutschen sollen euch bei der Urangeschichte helfen«, mir schien der Handel plausibel.

»Nicht direkt, aber sie sollen uns notfalls den Rücken freihalten.«

»Wie funktioniert das?«

»Oh, es gibt da die unterschiedlichsten Methoden; am gebräuchlichsten ist die, daß man einige Levantiner unter dem Verdacht der Beteiligung an kriminellen Vereinigungen für einige Zeit festsetzt und später sang- und klanglos abschiebt.«

»Eine interessante Technik für einen Rechtsstaat.«

Grünzweig zuckte die Schultern. »Richterliche Haftbefehle gibt es in jedem der Fälle, daran liegt es nicht. Die Terroristenfurcht ist bei Ihnen jedoch mittlerweile so tief verwurzelt, daß die Methode – mit etwas Spielmaterial unterstützt – bombensicher ist.«

»Wie auch immer«, lenkte ich ein, »Sie glauben, daß sich die maßgebenden Leute für diesen Coup drei Tage vorher in der BRD aufhalten?«

»Aber nein«, lächelte Grünzweig, »so naiv sind wir nicht. Diese Sache läuft bei den Arabern auf höchster Ebene, an die führenden Köpfe kommen wir ohnehin nie heran. Es sind gewisse Nachrichtenverbindungen, die Nervenstränge sozusagen, die uns zu schaffen machen. Und da könnte es sein, daß tatsächlich hier in der BRD etwas zu machen ist.«

»Was ist nun mit meinem Part?« fragte ich geduldig.

Grünzweig malte auf einem Zettel herum.

»Mercier will Sie auf dem Frachter wissen – auch dafür wird er seine Gründe haben. Uns ist das recht, denn Sie sollten für uns, na, sagen wir, als Beobachter fungieren.«

»... mit Funkgerät und so?« Es war mir sicher anzumerken, daß mir diese Vorstellung in die Glieder fuhr. »Da fliege ich doch bei der ersten Kontaktaufnahme auf!«

»Nicht erst beim Funken, sondern schon früher«, bestätigte Claudine, »die durchsuchen dich bis auf den letzten Faden, bevor du an Bord gehst.«

»Was nutzt es dann, wenn ich beobachte?« fragte ich unsicher.

»Viel«, sagte Grünzweig, »sehr viel sogar. Erstens wissen wir, wann und wo Sie an Bord gehen. Das ist eminent wichtig für uns.«

»Das Schiff wird sich doch wohl kaum fahrplanmäßig an eine Route halten, die man aus dem Anlegeort in Südafrika errechnen kann«, gab ich zu bedenken.

»Nein, aber wir haben genügend Zeit, einen Spezialtrupp auf den Frachter anzusetzen. Man braucht nur in Ihrer Nähe zu bleiben.«

»Sprengladung?«

»Nein, wir brauchen doch die Fracht. Wir werden durch Froschmänner einen Peilsender am Schiffsrumpf anbringen lassen, der auf einer bestimmten Frequenz, nur wenn wir ihn von außen anregen, wie man sagt, einen Peilton sendet, der uns dann genauen Aufschluß über die Position des Trawlers gibt.«

»Ganz einfach setzen Sie in einem fremden Land einen Froschmanntrupp ein?« fragte ich erstaunt.

»Wir haben eine gewisse Tradition und keine schlechten Erfahrungen mit solchen Einsätzen«, erklärte Claudine.

»Okay, ich soll also nur Eindrücke sammeln und sonst passiv bleiben.« So gefiel mir die Sache schon bessern.

»Fast«, sagte Grünzweig, »Sie sollten nur gelegentlich unseren Sender anregen, denn wir wollen ja peilen.«

»Also doch!«

»Nein«, Claudine schaltete sich wieder ein und lächelte herüber. Grünzweig klappte seinen schwarzen Lederkoffer auf und gab mir ein gebraucht aussehendes Etui. Ich zog den Reißverschluß auf und fand darin eine elektrische Zahnbürste, an deren Schaft noch die Überreste von Zahnpasta klebten. Ich drehte den Apparat verständnislos in den Fingern und sah zu Claudine hinüber.

»Eine elektrische Zahnbürste«, stellte ich fest.

»Ja, ein ganz normales Gerät, ohne irgendwelche Geheimkammern«, erklärte Grünzweig. »Es ist lediglich nicht entstört. Damit sendet die Zahnbürste Wellen aus, die den Sensor unseres Peilsenders anregen.«

»Das ist so ähnlich, als wenn du dir die Zähne putzt und dann im Nachbarzimmer Störgeräusche im Radio ertönen würden«, erklärte Claudine.

»Keine Tricks?« frage ich.

»Nein, absolut keine Tricks«, beruhigte mich Grünzweig. »Jeder Techniker, der die Zahnbürste auseinandernimmt, wird nicht mehr als den Ausfall der Entstörung feststellen können. Das ist absolut normal.«

Ich lachte und drehte das Gerät zwischen den Fingern. Kein schlechter Gedanke, diese Geschichte mit der Zahnbürste! Ich beschloß bereits, den Apparat zu behalten, um ihn später in der Redaktion als Beweisstück präsentieren zu können.

»Wir haben nur eine Bitte«, fuhr Grünzweig fort, »daß Sie sich jeden Morgen zwischen 7 Uhr 30 und 9 Uhr die Zähne etwa fünf Minuten lang putzen. Das genügt uns, um zuverlässig den Trawler anpeilen zu können.«

»Daran soll's nichts liegen«, sagte ich grinsend, »Stoller putzt die Zähne für die freie Welt.«

»Also kein Problem«, sagte Grünzweig und packte seinen Koffer mit beiden Händen.

»Kein Problem!« bestätigte ich.

»Gut, sobald Sie Ihre weiteren Instruktionen von Mercier erhalten, geben Sie uns bitte Bescheid.« Er erhob sich. Claudine und ich begleiteten ihn hinaus auf die Straße, um ihn zu verabschieden.

10

Ich war durch den penetranten Klingelton aufgeweckt worden. Zunächst hatte ich mich in dem kleinen Schlafzimmer kaum orientieren können und bin auf der Suche nach meinen Kleidern hilflos herumgetappt. Schließlich fand ich meine Hose. Wieder kreischte die Klingel. Ich schlurfte den kurzen Flur von Claudines Apartment hinunter und knurrte kurz vor der Tür: »Komme schon.«

Im gleichen Moment, als ich die Tür geöffnet hatte, wurde mir bewußt, daß dies wieder eine Falle sein könnte, in die ich ahnungslos tappen würde.

Doch dann erschien das mürrische Gesicht eines hanseatischen Briefträgers in dem Türspalt.

»Herr Stoller?«

»Ja.«

»Einschreiben, bitte da quittieren!« Er deutete mit dem Kuli auf den roten Zettel, auf dessen unteres Ende ich ohne Widerrede meinen Namenszug schmierte. Dann drückte er mir einen Briefumschlag mit einer Batterie bunter Marken und Aufkleber in die Hand.

»Mahlzeit«, brummte er, tippte an den Rand seiner abgewetzten Schirmmütze und ging.

»Mahlzeit?«, fragte ich hinter ihm her, doch er war schon auf dem nächsten Treppenabsatz verschwunden. Ich ging zurück. In der Küche hockte ich mich rittlings auf einen Stuhl und stellte fest, daß die Wanduhr schon fast 12 Uhr zeigte. Dann suchte ich in der Tischschublade vor mir nach einem Instrument, mit dem ich den Brief öffnen könnte; ich fand ein langes Brotmesser.

Draußen hingen schwere Gewitterwolken über dem anonymen Neubaugebiet, das durch die fahlgelbe Beleuchtung kaum anheimelnder wirkte. Stumpf starrte ich hinaus und wartete auf die ersten fetten Regentropfen, die in die dürftigen Anlagen klatschten. Ich las den Brief:

Roland Mercier *Genf, den... 1977*

Herrn
Helmut Stoller
c/o Katelbach
Fichtenweg 17
D – 2070 Hamburg 20

Sehr geehrter, lieber Herr Stoller,
ich darf nochmals auf diesem Wege meiner Dankbarkeit für Ihr kooperatives Verhalten und Ihr Entgegenkommen Ausdruck verleihen. Wie ich Ihnen schon bei unserer letzten Unterredung mitgeteilt habe, liegt es mir fern, im Rahmen unserer gemeinsamen Unternehmung irgendwelche Dinge zu verheimlichen. Ich bitte daher höflich um Ihr Verständnis, daß ich mich in dieser vertraulichen Angelegenheit an Sie wende.
Ich bitte Sie, dies als Beweis meines Vertrauens Ihnen gegenüber zu werten und – wie wir es vereinbart haben – über meine Person als solche Stillschweigen zu bewahren. Ich bitte Sie daher höflich, dieses Begleitschreiben zu vernichten und nur von den beiliegenden schriftlichen Anweisungen Gebrauch zu machen.
    Ich begrüße Sie mit dem Ausdruck meiner
    vorzüglichen Hochachtung
    Ihr R. Mercier

Hinter mir begann die Kaffeemaschine mit gurgelnden Geräuschen ihre Arbeit. Alles um mich herum kam mir wie eine Kulisse vor, unwirklich und nur für ein Schauspiel aufgestellt, um nach Gebrauch abgerissen zu werden. Gut, ich würde nach Südafrika fliegen und mit dem Trawler wochenlang nach Norden fahren, mir jeden Morgen pünktlich die Zähne putzen und sonst versuchen, die Zeit totzuschlagen. Warum eigentlich? Nur um den Israelis zu ermöglichen, ihr Schiff im Auge zu behalten, und als Statist in Merciers Plan, den ich trotz allem sicherlich nur ganz unvollständig kannte. Vielleicht war es nur aus Eitelkeit, Claudine zu gefallen, ihr zu imponieren wie ein Vierzehnjähriger, der auf dem Schulhof Handstände macht, um bei einer Fünfzehnjährigen Eindruck zu schinden?

Das Geld? Sicherlich spielte das Geld auch eine Rolle. Wer läßt sich nicht von dem Gedanken bestechen, so nebenbei hunderttausend Franken – zusätzlich zu den fünfzehntausend Mark, die ich schon besaß – auf einer Schiffsreise zu verdienen. Wünsche hat jeder, die er sich mit Geld erfüllen kann. Das Bauernhaus im Schwarzwald, sicherlich keine lebensnotwendige Anschaffung, aber wenn man es so nebenbei bezahlen kann, warum nicht?

Ich wandte mich wieder der Küche zu. Mein Entschluß, das Spiel mitzuspielen, stand fest, ich könnte auch nicht mehr aussteigen, das war klar. Was sollte also die Grübelei?

Ich hatte nur noch die Redaktion zu unterrichten und meiner Freundin Bescheid zu sagen. Es würde dabei die alten Schwierigkeiten geben, die alten Mißverständnisse, die wir schon häufig ohne Erfolg diskutiert hatten, bis wir schließlich nur noch in verteilten Rollen darüber sprachen, nach immer derselben Dramaturgie.

Draußen fegte ein Blitz über den gelben Himmel, dem ein Donner folgte, der zwischen den Mauern der Silos hin und her waberte. Ich beschloß, das Frühstücksei für Claudine diesmal besonders sorgfältig zu kochen.

»Ich hatte Sie immer als kreuzbraven Schwaben eingeschätzt«, mein Chef lehnte sich in seinem Schreibtischsessel zurück und legte seine Beine auf den Tisch. In der rechten Hand hielt er ein Whisky-Glas, durch das er mich mit zusammengekniffenen Augen ansah.

»Und?«

»Jetzt präsentieren Sie sich hier als der Reporter des Teufels.«

»Es hat sich so ergeben.«

»Die Geschichte hat noch eine Menge Löcher«, brummte der Mann hinter dem Schreibtisch und sprang plötzlich auf. »Erklären Sie mir zum Beispiel, warum dieser Mercier ausgerechnet einen Journalisten einweiht. Das widerspricht allen Erfahrungen. Geheimdienstler suchen sie nicht – sie meiden die Publicity.«

»Es sei denn, die Publicity ist Teil ihres Kalküls.«

»Ja eben, und danach frage ich Sie, wie sieht Merciers Kalkül aus, was hat er mit Ihnen und mit uns im Sinn?«

Ich konnte nur mit den Achseln zucken.

Mein Chef stand jetzt vor mir und stellte die plötzliche Frage:

»Hat er Ihnen Geld angeboten?«

Ich wich seinem Blick aus. »Nein, keine müde Mark!«

Er fixierte mich. Ich starrte auf seine Nasenwurzel. Irgend jemand hatte mir einmal erklärt, das wirke auf ein Gegenüber, als ob man ihm in die Augen sähe.

»Stoller«, sagte mein Chef leise, »wenn Sie jetzt nicht die Wahrheit sagen...«, er ließ den Satz in der Luft hängen.

»Was soll das denn?« fuhr ich auf, »ich habe schließlich eine Menge riskiert, und jetzt ist nur noch die Frage: Wollen Sie, daß ich weitermache oder nicht? Ich steige liebend gern aus!«

Der Chef sah mich nachdenklich an.

»Gibt es irgendwelche Belege für die Geschichte?«

»Ich werde nichts schreiben, was ich nicht auch dokumentieren kann«, sagte ich gereizt.

»Ich meine, haben Sie jetzt irgendwelches Material, das Sie mir zeigen können?«

Meine Umhängetasche, in der ich den schmalen Ordner untergebracht hatte, stand neben mir auf dem Boden.

»Nein«, sagte ich.

»Stoller, Stoller, Sie laufen da in einer Geschichte mit, der Sie nicht gewachsen sind.«

Ich sah zu ihm hinüber. Der Mann hatte mich schon immer irritiert, weil er instinktiv Situationen und Personen durchschauen und analysieren konnte.

»Sie könnten Recht haben«, brummte ich.

»Und trotzdem wollen Sie weitermachen?«

Ich hätte sagen können: ›Ich muß weitermachen, ich habe keine andere Wahl, ich laufe schon im Hamsterrad des Herrn Mercier‹, aber ich sagte nichts dergleichen, sondern nickte nur bestätigend.

»Na gut, dann werde ich noch mal mit der Chefredaktion Rücksprache nehmen. Immerhin fallen Sie für ein paar Wochen fürs Routinegeschäft aus, und Spesen wird das Abenteuer ja außerdem noch kosten.«

Er griff zum Telefon.

»Moment«, sagte ich, »warum spielen Sie eigentlich den Unwissenden?«

»Wie bitte?« Er sah mich indigniert an.

»Immer haben mir die Leute von den Diensten gesagt, es sei alles mit unserem Haus besprochen. Sie sind also doch die ganze Zeit informiert gewesen.«

Er ließ sich auf der Kante seines Schreibtisches nieder.

»Sie haben zum Teil recht«, sagte er langsam, »ich hatte zwei Gespräche mit Ihrem Informanten Horlacher, und ich habe ihm damals anheimgestellt, daß er sich an Sie wenden möge, nachdem Sie einige ziemlich brauchbare Geschichten in ähnlichem Genre geschrieben hatten. Im übrigen wurde mir zweimal von der Chefredaktion bedeutet, daß man über Kontakte, die niemand zu interessieren hätten, über Ihren Verbleib unterrichtet sei. Für mich bedeutete das, daß ich zunächst nicht weiter nachfragte. Erst heute bekam ich ein einigermaßen brauchbares Bild.«

»Ganz schön frustrierend«, sagte ich.

»Wenn Sie mal so lange im Geschäft sind wie ich, stecken Sie das ohne weiteres weg«, gab er zurück. Dann ging er zur Tür.

»Ich schau' mal schnell in die Chefredaktion rauf. Lesen Sie solange was.«

Ich ging um seinen Schreibtisch herum und ließ mich in seinen bequemen Sessel fallen. Dann griff ich zum Telefon und wählte Annelieses Nummer.

»Oh«, sagte sie, als ich mich meldete.

»Es ist alles wahnsinnig kompliziert«, sagte ich müde, »es wird noch einige Wochen dauern, bis ich wieder aufkreuze.«

»Und du denkst, daß du das mit mir machen kannst?«

»Mir bleiben wenig Chancen, darüber nachzudenken, im Augenblick kann ich darüber nicht selbst bestimmen.«

»Du mußt keine Geschichten erfinden, sag mir einfach, wenn du nicht mehr kommen willst, aber häng mich nicht so hin.«

Ich überlegte. Wollte ich das?

»Hallo!« rief sie.

»Ich häng' dich ja nicht hin«, sagte ich leise.

»Wie bitte?«

»Es ist ganz anders, als du denkst«, ich sprach nun wieder lauter. »Ich bin da in einer wirklich tollen Geschichte. Morgen fliege ich nach Südafrika, wenn alles klappt, und dann bin ich noch ein paar Wochen auf See, und wenn ich dann zurückkomme...« Ich brach ab. Ja, was war dann?

»Ein paar Wochen, sagst du?«

»Ja, sicher.«

»Ich weiß nicht«, sagte sie unbestimmt, »das halte ich nicht aus.«

»Aber was ist denn?«

»Du trampelst über mich weg. Warum fragst du nie, wie ich dazu stehe. Hast du schon einmal mir zuliebe den Beruf zurückgestellt?«

»Ach, Liebling.«

Sie lachte nur bitter.

»Hör doch mal«, rief ich, »das ist doch...« Mir fiel nichts ein.

»Ja, ich weiß«, sagte sie, »die alte Leier.«

»Nein.«

»Doch.«

»Hör doch mal, ich sitze im Zimmer meines Chefs, er kann jeden Moment hereinkommen. Wir können jetzt keine Grundsatzdiskussion führen.«

»Klar, dein Chef ist wichtiger. Das ist auch eine Art Grundsatzdiskussion.«

Ich gab es auf. »Laß uns noch einmal darüber reden, wenn ich wieder in Stuttgart bin.«

»Reden, reden, reden«, sagte sie müde und dann in ganz verändertem Ton, »ich hatte gehofft, du könntest mich lieben.«

Ich war verletzt, grundlos, es war, als ob mir jemand nachgewiesen hätte, daß ich nicht leistungsfähig, daß ich ein Versager sei.

»Aber Anneliese«, sagte ich beinahe schulmeisterlich, »das muß ich aber schließlich besser beurteilen können.«

Sie lachte wieder.

»Das denkst du!«

»Ja, das denke ich.«

»Okay«, ihre Stimme klang unendlich resigniert, »dann denk mal weiter.«

Sie legte auf.

Bis mein Chef kam, saß ich bewegungslos in seinem Stuhl, in einer Art Wachschlaf, die Hände über dem Bauch gefaltet. Ich dachte an Anneliese und hatte ein seltsames Ziehen in der Magengegend. Selten hatte ich mich schlechter gefühlt.

»Grünes Licht von oben«, rief der Chef aufgeräumt, als er hereinkam.

Ich quälte mich aus seinem Sessel und sah an ihm vorbei.

»Auch gut«, sagte ich.

»Na, hören Sie mal, ich dachte, sie springen an die Decke vor Freude.«

»So, dachten Sie – dann denken Sie mal weiter«, brummte ich und ging aus seinem Zimmer.

In einem Café auf der Mönckebergstraße ließ ich mir eine Portion Tee und einen doppelten Whisky servieren und studierte noch einmal in aller Ruhe die Unterlagen, die ich fast schon im Wortlaut auswendig kannte. Ich suchte den Pferdefuß. Doch selbst bei kritischer Lektüre konnte ich nirgends eine Lücke finden. Der Fall lag klar. Vor ungefähr zwei Monaten war die tschechische Firma Omnipol an Mercier herangetreten. Sie bot ihm für die Beschaffung eines Leopard-Motorblocks eine Vermittlungsgebühr von 1,5 Millionen Schweizer Franken an. Mercier hatte zunächst abgelehnt, die Aufgabe sei unlösbar.

Doch Mercier nahm Kontakte zu Horlacher/Manstein auf, von dem in der Waffenbranche das Gerücht ging, er könne oft auch das Unmögliche möglich machen, vor dem aber auch gewarnt wurde, weil niemand erklären konnte, wie seine Erfolge zustande kamen.

In dem schmalen Aktenordner fanden sich Briefe und Aktennotizen, die über erste Kontaktversuche berichteten. Zumeist waren Strohmänner im Spiel, Briefträger, die lediglich verschlüsselte Nachrichten übermittelten.

Tatsächlich waren sich Horlacher und Mercier im Zug zwischen Stuttgart und München zum erstenmal begegnet. Die Liste, die Mercier bei dieser Gelegenheit Horlacher zu lesen gegeben hatte, war beigefügt. Erstaunlich die Akribie, mit der jedes Detail festgehalten war.

Dann folgten allerdings siebzehn Blätter aus Akten des Militärischen Abschirmdienstes. Daraus ging eindeutig hervor, daß Horlacher dem Dienst seine Mitarbeit freiwillig und von sich aus angeboten hatte. Er, der als Waffenfachmann beim Bundeskriminalamt mit großem Erfolg als vermeintlicher illegaler Waffenhändler in die internationalen Schieberkreise eingedrungen war, konnte mit enormer Erfahrung und hervorragenden Verbindungen aufwarten. Er wurde auf Herz und Nieren geprüft. Daß man nicht auf Anhieb auf Horlachers fast schon anbiederndes Angebot einging, zeigte eine Aktennotiz Kerns, in der die Personenüberprüfung referiert wurde:

›*Horlacher gilt als geltungsbedürftig. Er neigt zum Hasardieren. Die Zusammenarbeit mit internationalen Waffenhändlern als Under-Cover-Agent konnte verifiziert werden. Seine Erfolge sind unbestritten, umstritten sind aber beim BKA die Methoden, mit denen er sie erreicht. Horlacher lebt in gesicherten persönlichen Verhältnissen. Er hat keine Schulden. Sein Aufwand entspricht seinem Einkommen. Frauengeschichten sind nicht bekannt. Er hat keine Verwandten in einer der Volksdemokratien. Kollegen Horlachers erzählen, daß er publicity-süchtig sei. Manchmal war er wohl nur schwer davon abzuhalten, nach einer gelungenen Aktion in die Öffentlichkeit zu gehen. Der MAD hat nur ein einziges Mal mit Horlacher zusammengearbeitet. Die Kooperation erwies sich als schwierig, weil Horlacher dickköpfig und eigenmächtig immer nur seine Taktik gelten ließ.*
Als Einzelkämpfer mag er gleichwohl einzusetzen sein.‹

Die MAD-Akten belegten eindeutig, daß Horlacher mit einem Ingenieur der Krauss-Maffei-Werke zusammengebracht wurde. Der Techniker hatte versucht, dem einstigen Kriminaldirektor Bauplan und Funktion des Motors zu erläutern. In den Akten fanden sich sogar Handskizzen des Ingenieurs.

Das Dossier enthielt auch den Plan, wie Mercier und die Tschechen aufs Kreuz gelegt werden sollten. Es gab exakte Angaben darüber, wie der Motor mit Wissen der

Münchener Werksleitung aus den Fabrikräumen geschleust und zur schweizerischen Grenze nach Konstanz gebracht werden sollte. Dort wäre das Geld von Mercier übergeben und der als Schiffsmotor deklarierte Leopard-Antrieb übernommen worden. Und das wäre dann auch der Augenblick gewesen, in dem der MAD zugreifen wollte. Horlacher wäre zum Schein mitverhaftet worden.

Auch ein Brief Horlachers an General Scheerer, den Chef des MAD, war eingeheftet, der mich betraf:

›Wie bereits in früheren Gesprächen betont, möchte ich bei der Aktion einen Zeugen dabei haben, und zwar einen Vertreter der Öffentlichkeit. Dafür nenne ich zwei Gründe:

1. Dies wird mein letzter aktiver Fall sein, und da mir für frühere Erfolge persönliche Genugtuung immer versagt blieb, möchte ich in diesem Fall einmal die mir durchaus zukommende öffentliche Würdigung erfahren. Eine Veröffentlichung der Aktion nach erfolgreichem Abschluß würde aber m. E. durchaus auch im Interesse des MAD liegen und zudem eine abschreckende Wirkung haben.
2. Mir ist durchaus bekannt, daß es seitens Ihres Hauses Zweifel in meine Zuverlässigkeit gibt. Ein Zeuge, der Planung und Abwicklung der Under-Cover-Aktion verfolgen könnte, würde diese Zweifel ausräumen können...‹

Es kamen dann ein paar technische Passagen über den Ablauf der ersten Kontaktaufnahme, und schließlich schlug Horlacher mich als begleitenden Journalisten vor, weil...«

›...er in den letzten Monaten mehrere aufsehenerregende Geschichten über die Polizeiarbeit veröffentlicht hat (Rauschgiftfall Zeppelin). Andererseits gehört er nicht zu den prominenten Journalisten. Unter Kollegen gilt er eher als langsam und phleg-

matisch, ein Mann also, der nicht unüberlegt vorprescht und sicherlich geführt werden kann.‹

»An der Nase herum«, brummelte ich und klappte den Aktendeckel zu.

Ich zahlte und verließ das Café. Auf dem Weg durch die belebte Fußgängerzone überlegte ich wieder, ob es nicht besser gewesen wäre, hier und jetzt auszusteigen, die Story, soweit ich sie jetzt kannte, zu schreiben und den ganzen übrigen Krams als unguten, aber schnell verblassenden Traum zu betrachten. Wenn Claudine nicht gewesen wäre... wenn ich nicht schon in der Redaktion so aufgetrumpft hätte... wenn ich nicht scharf auf das Geld gewesen wäre... wenn... wenn... wenn.

Meine Hand umfaßte den Aktendeckel in meiner Umhängetasche. Ich ließ ihn nicht los, bis ich vor dem Apartmenthaus in der Stifterstraße stand. Hier wohnte Kunzmann. Ein alter Kollege und Freund, mit dem mich viele Redaktions- und Saufstunden verbanden. Er hatte mit mir volontiert und war zusammen mit mir als Jungredakteur in der gleichen Provinzzeitung gewesen. Auch als sich unsere Wege trennten und er zum Fernsehen ging, hielten wir den Kontakt. Immer wenn es mich nach Hamburg verschlug, wohnte ich bei ihm oder wir gingen doch wenigstens auf ein oder ein paar mehr Gläser in seine Lieblingspinte.

Seine Fragen beantwortete ich nicht. »Eine Story, über die man selbst mit dem besten Freund nicht spricht, bevor sie ausgebrütet ist«, sagte ich. Trotzdem war er bereit, den Umschlag aufzubewahren, in den wir den Aktenordner schoben. Er nahm es mir nicht einmal übel, als ich das große Kuvert so mit Tesafilm verklebte, daß schon sehr viel Aufwand dazu nötig gewesen wäre, das Muster nachzukleben, ohne daß ich es bemerkt hätte.

Kunzmann schob den Umschlag in seine unterste

Schreibtischschublade zwischen Klarsichtmappen und Aktendeckel. »Ich garantiere, da kommt keiner ran«, sagte er fast pathetisch und legte mir dabei seinen Arm um die Schulter. Ich hatte volles Vertrauen zu ihm.

11

Das Hotelzimmer im Esplanade von Kapstadt unterschied sich in nichts von den Unterkünften in anderen guten Hotels, die ich bislang kennengelernt hatte: Genormte Unpersönlichkeit.

Ich kam mir verlassen vor. Ich sehnte mich nach unserer kleinen Wohnung, nach meinem Büro, meiner Stammkneipe, meinen Freunden und nach Claudine. Ich fühlte mich in eine fremde, feindliche Welt geworfen.

Ich war unglücklich.

Es klopfte.

Ich blieb bewegungslos auf meinem Bett liegen. Mir fiel der Spruch eines meiner Deutschlehrer ein: »Wenn's in einem Stück nicht recht weitergehen will, schreibt der Autor erst einmal ›es klopft‹.«

Es klopfte wieder.

Ich stand auf, ging zur Tür und rief: »Wer ist da?«

»Machen Sie auf, dann werden Sie es sehen.« Die Stimme kannte ich. Es war Merciers kleiner Messerwerfer.

Ich öffnete.

»Hallo«, er tänzelte ins Zimmer.

Ich hatte ein seltsam flaues Gefühl im Magen.

»Was wollen Sie hier?«

»Ich will Sie abholen.«

»Wohin?«

»Aufs Schiff, was dachten Sie?«

»Fahren Sie auf demselben Dampfer?«

Er nickte.

»Das ist aber ganz neu für mich.«

»Das kann ich mir denken.« Er versuchte, meinen Tonfall zu imitieren.

»Hat Mercier das angeordnet?«

»Keine besonders kluge Frage.« Er grinste schief.

»Und warum?«

»Es gibt da so etwas wie eine Rollenverteilung«, sagte er unbestimmt. »Was auf dieser Reise möglicherweise auf uns zukommt, kann ein Mann alleine gar nicht bewältigen.«

»Und, was kommt auf uns zu?«

»Warten wir's ab. Sind Sie soweit?«

Ich reise mit kleinem Gepäck und war in zehn Minuten fertig. Ich zahlte an der Rezeption, während der Kleine einen schnittigen Wagen, ein japanisches Modell, vor den Eingang fuhr. Ich stieg ein. Aus den vier Lautsprechern im Wagen erklang flotte spanische Gitarrenmusik. Der Kleine klopfte mit seinen schmalen Chirurgenfingern den Takt dazu auf das Lenkrad. Er startete.

»Sie könnten sich eigentlich vorstellen«, sagte ich.

»De Breuka.«

Wir schwiegen eine Weile. Er fuhr konzentriert und hatte offensichtlich keinerlei Schwierigkeiten mit dem Linksverkehr. Seine Augen wanderten regelmäßig zu den Außenspiegeln und zum Rückspiegel.

»Haben Sie Angst, verfolgt zu werden?« fragte ich.

»Wir werden verfolgt!« sagte er.

Ich fuhr mit dem Kopf herum.

»Nicht doch, keine Panik«, sagte er.

Ich sah einen blauen Renault, der etwa dreißig Meter hinter uns fuhr.

»Der Renault?« fragte ich.

Er nickte.

»Der ist in jedem Fall schneller.«

Wieder nickte er.

De Breuka schien keinerlei Anstalten zu machen, den Verfolger abzuwehren. Wir erreichten die Außenbezirke der Stadt und fuhren jetzt auf einer breiten Straße, die sanft zum Meer hin abfiel. Der Tacho zeigte sechzig Meilen. Der Abstand zu dem Renault hatte sich jedoch nicht verändert.

Ich sah zu De Breuka hinüber. Sein Gesicht wirkte gespannt, aber nicht gehetzt. An seiner Schläfe perlte ein einsamer Schweißtropfen. Wir passierten einen Mast mit zahlreichen Verkehrsschildern. Links ging es zum Frachthafen, recht zum Passagierhafen. De Breuka bog nach rechts ab und nahm Geschwindigkeit weg, sein Blick wechselte nun in immer kürzeren Abständen zum Rückspiegel.

»Ist er noch da?« fragte ich.

»Mhm.«

Wir kamen an eine lange Reihe von eingezäunten Höfen. De Breuka verlangsamte die Fahrt noch mehr und schaltete in den zweiten Gang. Etwa zweihundert Meter vor uns schob sich das Hinterteil eines Lastwagens aus einem der Höfe. De Breuka straffte seinen Oberkörper. Der Fahrer des Lastwagens schien unseren Wagen nicht bemerkt zu haben, oder er rechnete damit, daß er anhalten würde. Die Lücke wurde enger. De Breuka behielt seine Geschwindigkeit bei.

»Das reicht nicht!« schrie ich.

»Ruhe!« herrschte er mich an. Ich drehte mich um. Der Renault war jetzt dicht hinter uns. Ich sah zwei dunkle Gesichter. Der Lastwagen hatte die Mitte der Straße längst passiert und rollte nun mit den Hinterrädern auf den linken Bordstein zu.

»Bremsen Sie doch«, brüllte ich, aber de Breuka trat plötzlich das Gaspedal durch, der Wagen schoß mit einem gewaltigen Satz nach vorne. Die linken Räder polterten auf den Bordstein, de Breuka ließ das Lenkrad ein wenig nach links ausschlagen. Mit einem Wischer huschte das Fahrzeug hinter dem Heck des Lastwagens durch und machte dabei einen kaum merklichen Schlenker in eine gegenüberliegende Hofeinfahrt hinein. Ruhig zog de Breuka das Auto wieder gerade. Der Fahrer im Lastwagen, ein Neger, bemerkte uns erst, als wir schon vorbei waren. Er hob wild gestikulierend die Arme und schrie hinter uns her, während sein Lastwagen gemächlich weiterrollte. Wir hörten kreischende Bremsen und einen blechernen Schlag, der von Splittergeräuschen begleitet wurde. De Breuka grinste zufrieden. Ich zitterte am ganzen Körper.

Nach einiger Zeit fand ich meine Sprache wieder.

»Was waren das für Leute?«

»Weiß ich nicht.«

»Wer weiß, daß wir hier sind, weiß auch, warum wir hier sind, also würde es doch genügen, den Hafen zu überwachen.«

»Das schon«, lächelte de Breuka, »aber die ›Sunrise‹ ist schon gestern abend ausgelaufen.«

»Was sagen Sie da?«

»Es gibt Vorsichtsmaßnahmen, um die man nicht herumkommt.«

»Wir fahren also nicht mit.« Ich war richtig erleichtert.

»Doch, natürlich.«

»Wir schwimmen wohl hinterher?«

»So ähnlich«, de Breuka gab Gas.

Wir verließen die Stadt und fuhren in westlicher Richtung. Ich wußte, daß es wenig Sinn hatte, diesen Mann aushorchen zu wollen. Deshalb lehnte ich mich in die Polster zurück und döste vor mich hin.

Tatsächlich schlief ich auch nach einiger Zeit ein. Zwischendurch tauchte ich aus dem Schlaf auf, sah kleine Dörfer mit weißgetünchten Mauern vorbeihuschen. Das

Land war topfeben. Die Straße führte schnurgerade durch weite Felder. Ich schlief immer wieder ein. ›Einmal‹, dachte ich, › komme ich noch mal als Tourist hierher, dann schaue ich mir das alles an.‹

Der Wagen stoppte. Mühsam fand ich in die Wirklichkeit zurück.

»Sie sind ein angenehmer Beifahrer«, sagte de Breuka, »nicht so geschwätzig.«

Ich versuchte, mich zu orientieren. Wir standen auf einer Art Plateau, um uns herum kahle, rote Erde, weit und breit keine menschliche Ansiedlung. Von dem Plateau aus fiel eine felsige Böschung etwa vierzig Meter steil ab zum Meer. Unter uns lag eine enge Bucht, die rechts und links von schroff aufragenden Felsen begrenzt war.

»Kommen Sie«, sagte de Breuka.

Ich packte meine Reisetasche und folgte ihm.

Er ging mit schnellen Schritten auf die Böschung zu. Erst als wir den Rand erreichten, erkannte ich den schmalen Pfad, der in engen Windungen herabführte, und der zu großen Teilen aus groß in den Fels gehauenen Treppenstufen bestand.

De Breuka sah auf die Uhr. Dann nickte er zufrieden. Wir erreichten den Strand.

»Hübscher Badeplatz«, sagte ich.

»Wenn man sich nicht vor Haien fürchtet«, sagte de Breuka und setzte sein häßlichstes Grinsen auf.

»Sie waren schon einmal hier?«

Er nickte.

»Dann ist das also gar nicht der erste derartige Transport?«

»Damals ging es um Diamanten«, sagte er knapp.

Er setzte sich auf den Boden und ließ Sand durch seine Finger rieseln. Sein Grinsen saß immer noch wie eine Maske auf seinem Gesicht.

»Ein tolles Ding«, erinnerte er sich. »Wir hatten den gleichen Treffpunkt ausgemacht wie heute, und es gab da ein paar Leute, die uns die Ware noch abjagen wollten. Gut informierte und gut ausgerüstete Leute mit einer hervorragend ausgebildeten Tiefseetaucherriege – erstklassige Froschmänner.«

Ich merkte, wie ich fröstelte, obwohl die Sonne unbarmherzig stach.

De Breuka lachte: »Sie hatten versucht, im Hafen von Kapstadt an uns ranzukommen, aber dort war es zu schwierig. Immerhin ist es ihnen gelungen, einen Peilsender zu installieren und so den Kurs des Schiffes zu verfolgen.«

Jetzt fror ich.

»Geht das denn technisch?« fragte ich mit belegter Stimme.

»Nur wenn jemand an Bord ist, der den Sender auf Touren bringt«, er sah mir direkt in die Augen und verzog sein Gesicht, »den Mann gab es bei uns an Bord. Armer Kerl!« sagte er und zündete sich eine Zigarette an, die er in den linken Mundwinkel klemmte wie Charles Aznavour, mit dem er ohnehin eine gewisse Ähnlichkeit hatte.

»Weiter«, sagte ich.

»Na gut, wir tuckerten also los, immer nahe der Küste – sechzig Meilen oder so.« Er zeichnete mit dem abgebrannten Streichholz, mit dem er gerade seine Zigarette angezündet hatte, die Konturen Südafrikas in den Sand und strichelte dann den Kurs des Diamantenschiffes.

»Bis hierher etwa. Da schwenkten wir nun ein, Richtung Küste, und schickten ein schnelles Beiboot los. Hier, wo wir sitzen, saß ich mit vier anderen.«

»Und was war Ihre Aufgabe?«

»Wir hatten den zweiten Teil der Ware, der auf keinen Fall nach Kapstadt transportiert und dort verladen werden durfte.«

»Aha.«

Er sah zu mir herüber und hatte einen lauernden Gesichtsausdruck.

»In dem Moment, da unser Schnellboot eintraf, erschien doch tatsächlich auch ein Hubschrauber am Himmel. Er drehte eine Ehrenrunde und verschwand hinter der Klippe dort hinten.« De Breuka zeigte mit seinem Finger nach rechts.

In diesem Augenblick tauchte auf dem Meer weit hinten am Horizont ein kleiner Punkt auf.

»Schauen Sie mal«, sagte ich.

De Breuka legte eine Hand über die Augen.

»Das werden sie sein. Die brauchen noch gut eine halbe Stunde, bis sie hier sind.«

Er stieß seine Zigarette tief in den Sand.

»Natürlich hat uns der Hubschrauber beunruhigt«, sagte er.

»Verständlich«, murmelte ich, »aber sagen Sie mal...« Weiter kam ich nicht. Wir hörten ein brummendes Geräusch und fuhren gleichzeitig herum. Von Land her näherte sich ein Hubschrauber.

Die Situation war grotesk.

»Wie sich die Bilder gleichen«, sagte de Breuka.

Beinahe hätte ich gesagt: Aber ich kann doch den Sender noch gar nicht angeregt haben.

»Man sollte niemals zweimal denselben Treffpunkt wählen«, sagte de Breuka und gab damit eine vernünftige Erklärung für das, was sich ankündigte. Er legte sich in den Sand zurück und steckte sich mit ruhigen Bewegungen eine neue Zigarette an.

»Ich werde Ihnen die Geschichte schnell zu Ende erzählen: Wir kletterten in das Boot. Wenn man aus dieser Bucht heil herauskommen will, muß man sehr nahe an der rechten Klippe vorbeifahren, sonst bleibt man auf den Riffen hängen. In dem Moment, als wir die Klippe passierten, sprangen von den Felsen sieben Taucher ins Wasser und schwammen auf uns zu.«

»Waren Sie nicht bewaffnet?« fragte ich.

»Sicher, aber da waren noch ein paar, die uns vom Ufer unter Beschuß nahmen, und außerdem startete der Hubschrauber und tauchte plötzlich hinter dem Felsenriff auf.«

Er holte tief Luft und setzte sich auf. Es schien, als ob ihn seine Erinnerung noch immer aus der Fassung bringen könnte.

»Ich brüllte dem Steuermann noch zu, er solle mit voller Kraft voraus weiterfahren. Wir lagen am Boden und schossen mit unseren lächerlichen Pistolen auf die gut gedeckten MP-Schützen an Land.«

»Aber Sie sitzen doch ziemlich lebendig...«

Er unterbrach mich.

»Der Hubschrauber ist dasselbe Modell«, er deutete zum Himmel.

»Scheißjuden«, entfuhr es ihm.

Dann wurde er wieder ruhiger und erzählte, ohne den Helikopter noch eines Blickes zu würdigen, seine Geschichte zu Ende:

»Plötzlich brüllte einer von uns: ›Haie‹. Ich kenne die Biester und habe deshalb etwas getan, was mir nicht leichtgefallen ist. Ich habe mir mein eigenes Messer in den Arm gestoßen. Geblutet habe ich wie ein Schwein und dabei immer den Arm über Bord gehalten, was mir zu allem Überfluß auch noch einen Steckschuß einbrachte. Aber das Blut tat seine Wirkung. Ich habe es gerade noch gesehen, ehe ich zusammenbrach. Die Haie müssen es schnell gerochen haben. Sie schossen wild heran. Haben Sie das schon einmal gesehen? Die steile Flosse, die mit unheimlicher Geschwindigkeit durch das Wasser fährt. Na ja, der erste Taucher kam wild um sich schlagend und schreiend an die Oberfläche. Um ihn herum breitete sich eine rote

Lache aus, in der er auch unterging. Vier hat es erwischt. Die Kameraden unserer Gegner nahmen nun natürlich die Biester unter Feuer, selbst vom Hubschrauber aus versuchten sie die angreifenden Haie zu erwischen.« De Breuka lachte begeistert auf.

»So bestußt waren sie, daß sie den Helikopter direkt vor unsere Nase bugsierten. Es war kein Problem mehr, dem Piloten ein Loch in den Kopf zu schießen. Das Ding trudelte ins Wasser. Und da war noch mehr Fischfutter drin.«

Er lachte glucksend in sich hinein. Mich schauderte. »Wie haben Sie denn den Mann gefunden, der an Bord...« Ich brach ab, weil das Rotorengeräusch des Hubschraubers meine Worte übertönte. Ich drückte mich eng gegen die Erde, denn der Helikopter kam wie ein riesiges Insekt immer tiefer.

Er war mit zwei Mann besetzt, die auf uns herunterstarrten. Ich schaute zu de Breuka hinüber, aber er hatte seine Augen aufs Meer gerichtet. Lange stand der Hubschrauber über uns und drehte dann in einer verwegenen Kurve nach rechts ab. Er verschwand hinter der Felsklippe, genau wie es de Breuka erzählt hatte. Das Geräusch verebbte.

De Breuka sagte ruhig: »Den Mann an Bord haben wir schnell gefunden. Er hatte sich gegen Geld bei den anderen verdingt.«

»Und?« fragte ich atemlos.

»Wir haben ihn über die Reling geschmissen. Da draußen sind die Haie noch schneller da, wenn man dem armen Teufel noch ein bißchen Blutgeschmack mit auf den Weg gibt.«

Das Boot war jetzt gut zu erkennen. Es war ein schmales weißes Schiff mit niedrigen Aufbauten. De Breuka erhob sich und griff nach seiner Tasche. Ich blieb noch sitzen. Die Geschichte meines Begleiters war mir in die

Knochen gefahren. Sie hatte zu viele Anleihen bei unserer Wirklichkeit genommen. Das konnte kein Zufall sein.

Ich schielte zu dem Auto auf dem Plateau hinauf. Aber es war sinnlos, jetzt an Flucht zu denken. De Breuka war zu schnell mit seinem Messer. Das Boot passierte die Klippe und nahm Fahrt weg. Es blieb dicht unter Land und fuhr die Bucht am äußersten Rand aus. Zwanzig Meter von uns entfernt blieb es liegen.

»Der Strand ist flach, wir können hinauswaten«, sagte de Breuka.

»Und wenn uns Haie in die Quere kommen?« versuchte ich zu witzeln.

Er drehte sich zu mir um, und seine stechenden Augen fixierten mich. »Nicht im flachen Wasser.«

12

Als wird durch die Wellen zu dem schmalen Boot wateten, unsere Gepäckstücke über dem Kopf, sagte ich zu de Breuka: »Glauben Sie, daß wir Schwierigkeiten bekommen?«

Er ging hinter mir. »Kaum«, sagte er.

»Das Schiff ist doch ein ganz normaler Frachter.«

Er gab mir keine Antwort.

»Oder etwa nicht?« Meine Beunruhigung wuchs. Ich blieb in dem seichten Meerwasser stehen und drehte mich zu de Breuka um.

»Gehen Sie weiter«, brummte er. Und nach einer Pause: »Natürlich ist das ein normaler Frachter.«

Wir erreichten das weiße Boot und gaben unsere Taschen hinauf. Ein junger, drahtiger Bursche in einer weißen Uniformjacke streckte uns die Hand entgegen. De Breuka ließ sich nicht helfen. Er kletterte katzengewandt über die Strickleiter hinauf, während ich Schwierigkeiten hatte und die Hilfe des Seemannes gerne in Anspruch nahm.

Das Boot wendete und glitt mit geringer Fahrt unter den Felsen entlang. Ich lehnte an den Aufbauten und behielt den Kamm der Klippen im Auge. Das Boot hatte schon mehr als die halbe Strecke zum offenen Meer zurückgelegt, als ich die beiden Männer sah. Sie standen dicht über uns in den Felsen und hatten ihre Ferngläser auf das Boot gerichtet.

Ich rief nach de Breuka, der neben dem Steuermann stand und auf ihn einredete. Als er neben mir war, fragte ich: »Haben Sie die beiden gesehen?«

»Bin ja nicht blind.«

Ich sah zu ihm hinüber. Er spielte gedankenverloren mit seinem Messer und schaute in die Felsen hinauf.

»Die Juden sind überall«, knurrte er.

»Woher wissen Sie, daß es Israelis sind?«

Er schaute überrascht zu mir herauf und sagte: »Aber natürlich sind's Juden, wer denn sonst?«

»Deutsche zum Beispiel«, sagte ich, nur um etwas zu sagen. Jetzt sah er mir voll ins Gesicht.

»Es sind Juden«, sagte er noch einmal mit Nachdruck und ging mit raschen Schritten davon.

Das Schnellboot gewann ohne Zwischenfälle die freie See. Sofort ging der Steuermann auf volle Fahrt. Der Bug stieg hoch. Der Fahrtwind kühlte angenehm. Ich ging langsam nach vorne und setzte mich auf einen ungeordneten Haufen aus Tauen.

Ich ließ mir meine Situation durch den Kopf gehen. Mercier hatte mir gesagt, ich sollte in Kapstadt neue Direktiven bekommen. Die neue Direktive hieß offensichtlich de Breuka, denn er hatte jetzt eigentlich die Fäden in der Hand. Das Gefühl, eine hilflose Marionette zu sein, wurde wieder stark in mir. Ich hob meinen Kopf und sah zum Steuer hinüber. De Breuka stand bei dem jungen Seemann. Sie schauten beide auf mich herunter. Ganz offensichtlich hatten sie über mich gesprochen. Wie auf Kommando wandten sie gleichzeitig ihre Blicke ab.

Das Frachtschiff lag etwa dreißig Meilen vor der Küste vor Anker. Wir erreichten es am frühen Abend.

Die Sonne stand tief und legte eine orangefarbene Gloriole um das tiefliegende weiße Schiff, an dessen Bug das Wort ›Sunrise‹ stand. Eine Gangway wurde heruntergelassen. Wir stiegen hinauf.

»Willkommen an Bord.« Der Mann, der uns dies entgegenrief, war mir von Anfang an sympathisch. Er war noch einen halben Kopf größer als ich und entschieden dicker. Seinen runden Kopf umkräuselten dichte schwarze Haare in unzähligen ungeordneten Löckchen. Ein schmaler Bakkenbart zeigte erst graue Haare. Seine Stimme paßte gut zu ihm, sie war tief und trug weit.

»Kommen Sie in meine Kabine«, sagte der Kapitän, »das Essen steht bereit.«

Der Raum überraschte mich, er war groß und mit Holz getäfelt. In der Mitte stand ein ovaler Tisch, auf dem das Essen vorbereitet war.

Ein Steward brachte ein Tablett mit gefüllten Portweingläsern. Der Kapitän hob sein Glas.

»Noch einmal willkommen auf der Sunrise, ich begrüße Sie an Bord und wünsche Ihnen einen angenehmen Aufenthalt.« Wir tranken einen Schluck. »Ich bin der Kapitän«, fuhr er fort, »wie Sie sich wahrscheinlich denken können. Mein Name ist Tremel.«

»Stoller«, stellte ich mich vor.

»De Breuka«, sagte mein Begleiter.

Der Mann, der uns mit dem Schnellboot abgeholt hatte, kam herein.

»Das ist mein Erster und Zweiter Offizier, Herr Knabel«, sagte der Kapitän.

»Erster und Zweiter?« fragte ich.

»Ja, die Reeder sparen, wo es geht, viele Frachter und Tanker fahren heute mit reduzierter Mannschaft, vor allem die Deutschen, weil die Konkurrenz der Koreaner, aber auch die der Russen immer drückender wird.« Der Kapitän schloß das für ihn unerfreuliche Thema mit einer resoluten Handbewegung ab.

»Setzen Sie sich, meine Herren, wir wollen essen!«

»Ich werde zu dick«, versuchte ich schwach einzuwenden.

»Papperlapapp«, sagte der Kapitän, »sehen Sie sich meinen Bauch an, wohlgebaut aus Speisen, wie es Brecht einmal ausdrückte.« Er klatschte sich wohlgefällig auf seinen ausladenden Leib.

Ich griff zu, denn nichts ist für einen Dicken tröstlicher als ein noch Dickerer.

Nach dem Essen blieben wir noch für eine halbe Stunde sitzen. Ich fühlte mich behaglich. Ein Calvados, der verdauen helfen sollte, beschloß das Mahl.

»Nun, wie sind Sie darauf verfallen, diese Reise mitzumachen?« fragte der Kapitän.

Ich sah ihn verwundert an, war er denn nicht eingeweiht?

De Breuka sagte schnell:

»Ein Freund hat Sie uns empfohlen, ich habe übrigens schon einmal dieselbe Passage belegt gehabt. Es gibt nichts Entspannenderes als eine solche Seereise ohne den Rummel, der auf den Passagierdampfern herrscht.«

Der Kapitän nickte mit seinem schweren Kopf.

»Das nächste Mal sollten Sie aber ein bißchen weniger umständlich einsteigen«, brummte er.

»Es ist uns klar«, sagte de Breuka eifrig, »daß die Wartezeit für Sie unangenehm war, aber wir hätten den Abfahrtstermin in Kapstadt nicht halten können, und die Wartezeiten im Hafen sind ja ungleich teurer. Natürlich kommen wir für die Mehrkosten auf.«

Tremel sah de Breuka mit einem seltsamen Blick an.

»Sie wissen, daß das eigentlich gesetzwidrig ist.«

»Wer kann sich heute schon noch an die Gesetze halten«, grinste de Breuka, »oder wollen Sie mir etwa sagen, daß es einen Tanker oder einen Frachter in Ihrer Flotte gibt, der sein Getriebe- und Altöl nicht nachts irgendwann weit draußen auf hoher See abläßt, was ja nun auch streng verboten ist.«

Der Kapitän fuhr sich mit dem Zeigefinger unter den Hemdkragen, und es war ihm anzusehen, daß ihm das Thema nicht behagte. Er stand abrupt auf und sagte mit einer Stimme, die keinen Widerspruch duldete: »Meine Herren, ich wünsche Ihnen eine angenehme Ruhe.«

Wir erhoben uns zögernd. Die Kapitänskajüte lag an Oberdeck. Ich trat hinaus und lehnte mich an die Reling. Es hatte sich abgekühlt. Über der Wasseroberfläche lag ein seltsames Leuchten. Ich sah zu den Sternen hinauf. Meine Unruhe war verflogen. Für die nächsten zwei Wochen fühlte ich mich sicher. Dieses Gefühl hielt auch noch an, als ich den Niedergang hinabstieg und in meine Kabine ging. Es hörte aber schlagartig auf, als ich bemerkte, daß meine Reisetasche nicht mehr an demselben Platz stand wie zuvor. Ich riß den Reißverschluß auf. Keine Frage, die Tasche war durchsucht worden. Ich pflegte meine Hemden immer so zu legen, daß abwechselnd der Kragen und der Bruch übereinander kamen. Derjenige, der sich an meiner Tasche zu schaffen gemacht hatte, war zwar bemüht gewesen, die Hemden ordentlich zurückzustapeln, aber er hatte meine Marotte nicht beachtet. Die Hemden lagen alle in der gleichen Richtung. Stück für Stück räumte ich meine Habe aus. Zuunterst in der Tasche lag mein Waschbeutel. Ich packte ihn aus und drehte die elektrische Zahnbürste in der Hand. Lange stand ich so da.

Als ich meine Augen hob, sah ich direkt in den Spiegel über dem Waschbecken. Die Angst hatte sich wieder tief in meinem Gesicht eingenistet.

Ich warf mich aufs Bett. Das Schiff rollte gleichmäßig in einer langgezogenen Dünung. Die sich ständig wiederholende Bewegung schläferte mich ein. Ich war plötzlich zu müde, um mich zu entkleiden. Der Schlaf kroch von allen Seiten in meinen Körper.

Ich schwamm auf das weiße Boot zu. In gleichmäßigen Zügen. Schon als Schüler war ich ein guter Schwimmer gewesen. Im Boot stand ein Mann, der mich genau beobachtete. Es waren vielleicht noch vierhundert Meter. Da gab er irgend jemandem hinter sich ein Zeichen. Links und rechts neben dem Boot tauchten zwei steile Flossen auf. Sie bewegten sich synchron, zeichneten zwei gleiche Kurven und trafen sich dann vor der Mitte des Bootes. Ihre neue gemeinsame Richtung zielte genau auf mich.

Das Wasser war kalt. Ich schwitzte. Salzige Tropfen liefen mir in die Augen. Ich war stehengeblieben und hielt mich mit Wassertreten. Gedankenfetzen jagten durch meinen Kopf: ruhig bleiben, direkt auf die Haie zuschwimmen, tauchen, sie anschreien.

Der Mann im Boot rief etwas. Es klang wie ›Packt ihn‹ oder ›Faßt ihn‹. Lächerlich, dachte ich für einen Moment, als ob Haie Hunde wären. Doch es blieben Haie.

Die Angst ließ meine Glieder erstarren. Ich war paralysiert. Sank ohne Gegenwehr in die Tiefe. Sie kamen auf mich zu. Gemächlich fast. Ihrer Sache sicher.

Das letzte, was ich sah, waren zwei aufgerissene Rachen. Ich wollte schreien, schreien. Ich riß den Mund auf, doch meine Stimme versagte. Ich rang nach Luft, bis endlich ein Gebrüll aus mir herausbrach.

Ich warf mich auf den Rücken, fuhr hoch. Meine Kehle war ausgetrocknet. Schweißtropfen rannen von meiner Stirn über die Schläfen ins seitliche Haar und in die Ohren. Ich schüttelte mich. Jetzt nur nicht wieder einschlafen.

Ich stand auf und taumelte zum Bullauge, um es aufzureißen. Lange stand ich am offenen Fenster und schaute auf die gelassen vorbeiziehenden Wellenberge hinaus. Mein Atem wollte sich nicht beruhigen, das Herzklopfen nicht abklingen.

Warum hatte de Breuka meine Tasche durchsucht? Denn daß er es gewesen war, stand für mich fest. Vielleicht wollte er nur sichergehen, daß ich keine Waffe bei mir trug? Konnte mich die Zahnbürste verraten?

Ich konnte immer nur Fragen stellen.

Leise verließ ich meine Kabine und ging durch den schmalen Gang auf die eiserne Treppe zu. Unter de Breukas Kabinentür sah ich einen Lichtschimmer. Auf bloßen Füßen schlich ich mich bis zu der Kabine vor. Ich hörte Stimmengemurmel. Einzelne Worte waren auszumachen, aber schon nach kurzer Zeit glaubte ich dem Tonfall der beiden Stimmen entnehmen zu können, daß sich das Gespräch seinem Abschluß näherte. Ich hastete die Treppe hinauf und blieb oben neben dem Austritt aufs Oberdeck hocken, hinter ein großes Rohr gekauert.

Tatsächlich näherten sich schon bald Schritte, begleitet von fröhlichem Pfeifen, der Mann mußte musikalisch sein, denn er pfiff eine Toccata von Bach. Als er die Decktür erreichte, war er gerade bei einer schwierigen Passage mit einigen komplizierten Läufen angelangt. Er ging an mir vorbei, ohne mich zu bemerken. Es war der erste und zweite Offizier.

Ich konnte ihm leicht folgen. Er betrat das Funkerzimmer und machte Licht. Die Fenster waren nicht verhängt. Ich konnte sehen, wie der Offizier einen Funkspruch absetzte.

Eines war immerhin klar, der Offizier und de Breuka kannten sich und spielten zusammen. Also konnte es auch der Seemann gewesen sein, der meine Sachen durchsucht hatte.

Ich schlich zum Niedergang zurück und an de Breukas Tür vorbei in meine Kabine zurück.

Schließlich schlief ich doch noch ein, der schreckliche Traum kehrte nicht wieder. Als ich am anderen Morgen zu mir kam, war es kurz vor neun Uhr. Mit beiden Beinen sprang ich gleichzeitig aus dem Bett. Der Waschbeutel stand noch auf der Ablage vor dem Spiegel. Ich zog die Zahnbürste heraus und hielt sie unschlüssig in der Hand.

Es klopfte.

Ich schob das kleine Gerät schnell in den Waschbeutel zurück.

»Ja, bitte?« meine Stimme zitterte.

Die Tür wurde einen Spalt weit aufgemacht, de Breuka sah zu mir herein:

»Kommen Sie mit zum Frühstück?«

»Ich bin gerade erst aufgestanden.«

Er lehnte an der Tür.

Jetzt, dachte ich, kann ich vielleicht herausbekommen, wieviel er weiß.

»Wollen Sie auf mich warten?« fragte ich und zog für ihn deutlich sichtbar die elektrische Zahnbürste aus dem Waschbeutel.

»Okay«, rief er, »klopfen Sie bei mir, wenn Sie vorbeigehen.«

Ich nickte wortlos, denn ich hatte schon die Zahnbürste im Mund.

Aber was nun? Wollte er nur wissen, ob ich das Gerät auch einsetzte?

Wieder schossen mir Fragen durch den Kopf, die ich

nicht beantworten konnte. Selbst wenn de Breuka festgestellt haben sollte, daß mit diesem unscheinbaren Gerät ein Peilsender angeregt werden konnte, bedeutete das noch lange nicht, daß ich es – aus eigener Sicht – wissen mußte. Oder? War ich denn nicht nur ein Werkzeug, dem man leicht etwas unterschieben konnte?

Andererseits: Warum hat er die Zahnbürste nicht einfach verschwinden lassen, wenn er darin eine Gefahr sah? Oder war er so clever, daß er das Gerät selbst entstören konnte? Und die wichtigste Frage: Was enthielt der Funkspruch, den der Erste und Zweite Offizier heute nacht abgegeben hatte?

Als ich mit de Breuka alleine am Frühstückstisch saß, kam der Kapitän auf ein Täßchen Kaffee herein.

»Na, wie fühlen Sie sich?« fragte er aufgeräumt.

»Sehr gut«, sagte ich und de Breuka brummte etwas, was wie Zustimmung klang.

Ich sah den Kapitän an. Konnte er von Mercier bestochen sein?

»Sagen Sie, Käpt'n«, ich bemühte mich um einen jovialen Ton, »was für eine Art Schiff ist das?«

Er lachte, daß es in den Ohren dröhnte.

»Was für eine Art Schiff, ein 65-Bruttoregistertonnen-Frachter.«

»Und wem gehört er?«

»Einer Hamburger Reederei, Merstaller und Co.«

»Aha«, sagte ich, »und Sie fahren immer diese Route?«

»Nein, nein, wir sind ein Tramper, wie man bei uns Fahrensleuten sagt. Wir wissen eigentlich nie, wo es hingeht. Klar, jetzt wissen wir, daß wir Ladung für Haifa haben. Erz nämlich. Aber in Haifa bekommen wir einen neuen Auftrag, von dem wir jetzt noch nichts wissen. Vielleicht geht's nach Venezuela, oder nach Indien, oder auch heim nach Hamburg.« Er hob die Hände zum Himmel.

»Das ist doch schrecklich«, sagte ich.

»Sie meinen, weil man nie weiß, wann man wieder mal nach Hause kommt. Na ja, vier Jahre kann das schon dauern.«

»Mannomann«, entfuhr es mir.

»Sehen Sie, das ist ja gerade der Grund, warum ich mich so freue, daß mal wieder Leute an Bord sind, mit denen man ein vernünftiges Wort reden kann.«

»Wie erträgt das denn die Mannschaft?« wollte ich wissen.

»Och, das sind alles Asiaten, Koreaner zumeist, die nehmen das mit Fassung. Die Heuer ist nicht schlecht, und wenn so ein Kerl nach ein paar Jahren Fahrt von Bord geht, kann er sich schon was leisten. Dort, wo er herkommt, ist er dann der Fürst.«

Der Kapitän goß uns einen Korn ein.

»Und Sie selbst?« fragte ich.

»Auf mich wartet keiner«, sagte der Kapitän und goß den Korn hinunter.

»Das tut mir leid«, sagte ich lahm.

Er sah mir in die Augen.

»Diese Fahrt noch, dann ist sowieso Schluß«, brummte er und stand auf.

»Und dann?«

»Tja, dann hoffe ich, daß ich mir ein paar Wünsche erfüllen kann«, er lächelte, und seine Stimme klang ein wenig nach Sehnsucht.

»Ein Häuschen möglichst nahe am Meer, vielleicht eine alte Windmühle, die ich ausbauen kann.« Er machte eine Pause und beugte sich noch einmal über den Tisch.

»Und ich will Ihnen ein Geheimnis verraten: Vielleicht such' ich mir auch noch mal eine Frau«, er lachte verlegen, ging zur Tür und drehte sich zu mir um, »aber nicht weitersagen.«

Ich mußte lachen und sah zu de Breuka hinüber, der steif auf seinem Stuhl saß und in seine Tasse stierte.

»Komischer Kauz«, sagte ich.

»Schwachsinniges Gefasel«, fuhr er mir über den Mund und stand so heftig auf, daß sein Stuhl um ein Haar umgekippt wäre.

»Mann, müssen Sie einen Haß haben«, entfuhr es mir.

»Sie machen mich rammdösig mit Ihrem Gelaber«, er sah mich voller Abscheu an.

»Sagen Sie bloß, Sie hätten keine Träume.«

Er antwortete nicht, sondern ging zur Tür und schlug sie wütend hinter sich zu.

Ich schlenderte zu der gut ausgestatteten Bibliothek hinüber, die in einem bleiverglasten Schrank aufbewahrt wurde.

Die Wahl fiel mir nicht schwer. Das Schiff oder vielmehr der Kapitän verfügte über eine Gesamtausgabe der Romane von Joseph Conrad.

Ich griff mir den Band ›Der Geheimagent‹, ging auf das Oberdeck und suchte mir einen Liegestuhl.

Eine Zeitlang sah ich der Mannschaft zu.

Es mochten zwölf oder fünfzehn Männer sein, die eifrig miteinander redeten, während sie ihrer eintönigen Arbeit nachgingen, die aber sofort verstummten, wenn sie in meine Nähe kamen.

Ich las ein paar Seiten und schlief völlig entspannt ein. Als ich wieder zu mir kam, lehnte Knabel an der Reling. Sein Blick ruhte auf mir.

»Suchen Sie mich?« fragte ich.

Er lächelte. Mir fiel plötzlich ein, daß ich dieselbe Frage an Horlacher gestellt und daß damit diese ganze unglaubliche Geschichte begonnen hatte.

»Ich hab' gerade Pause«, sagte Knabel und begann sich

umständlich eine Pfeife zu stopfen. Er trug ein kurzärmliges Khakihemd und Shorts. Um sein dichtes blondes Haar hatte er eine bunte Kordel geschlungen. Sein Gesicht, lang und hager, war braungebrannt, die Augen standen dicht beisammen und waren sehr klein.

»Sind Sie auch der Funker an Bord?« fragte ich unvermittelt und war selbst von der Frage überrascht.

Er nickte unbeeindruckt: »Warum?«

»Ich frage nur so.«

»Ach ja?«

»Sicher!«

»Es muß doch einen Grund geben, warum Sie so plötzlich auf diese Frage kommen.«

»Nun gut«, sagte ich, »heute nacht konnte ich nicht schlafen, und da bin ich an Deck spazierengegangen. Ich habe Sie da drin gesehen«, ich deutete auf die Tür zur Funkstation.

Knabel drehte sich um und spuckte über die Reling, dann wandte er sein Gesicht wieder mir zu. »Sie werden an Bord dieses Schiffes keine Probleme haben«, sagte er unvermittelt. Und nach einer längeren Pause: »Es sei denn, Sie machen sich welche.«

Ich lachte plötzlich los, richtig befreit; denn der Gedanke, der mir durch den Kopf schoß, war mir äußerst unangenehm. Wenn Knabel etwas über den Peilsender gewußt hätte, wäre seine Drohung sicher anders ausgefallen.

»Warum lachen Sie?« fragte er ein wenig indigniert.

»Weil ich komisch finde, was Sie sagen. Ich bin auf Urlaub programmiert und sonst auf nichts.«

»Das ist ja schön«, sagte er mit Sarkasmus in der Stimme und ging davon.

So wie dieser Tag verlaufen war, verliefen auch die folgenden. Ich putzte mir vorschriftsmäßig ausgiebig und zur vorgegebenen Zeit die Zähne, frühstückte mit de Breuka, wobei die Gespräche immer schleppender wurden, bis jeweils der Kapitän zu seinem Täßchen Kaffee und seinem Korn hereinkam.

Ich las oder döste den Tag über in der Sonne und spielte abends Schach. Ich erholte mich zusehends und vergaß oft sogar die Umstände, die mich auf dieses Schiff gebracht hatten.

Am elften Tag saßen wir wie immer abends in der Kapitänskajüte. Tremel hatte seltsam unkonzentriert gespielt. Es war eine der wenigen Partien, die ich gewinnen konnte.

»Revanche?« fragte ich.

Er schüttelte seinen schweren Kopf.

»Probleme?«

Kapitän Tremel hob seine massigen Schultern.

»Ich weiß nicht, was ich davon halten soll.«

Er fiel in dumpfes Brüten. Ich sah ihn an, wagte aber nicht, in ihn zu dringen. Nach einer Weile sagte er: »Eine Kursänderung.«

»Im Ernst?«

Er sah mich befremdet an.

»Für Sie ist das kein Problem. Es geht nur darum, daß wir in Ceuta Station machen sollen, statt in Algeciras.«

»Na und, beides sind spanische Hafenstädte.«

»Tja, nur die eine liegt in Europa und die andere in Afrika.«

»Und das stört Sie?«

»Mich stört jede Kursänderung, weil damit selten etwas Gutes verbunden ist – da können Sie der Nase eines alten Seebären ruhig trauen.«

»Nun gut«, sagte ich und tat so, als ob ich mich nicht besonders dafür interessieren würde. Kapitän Tremel sah mich an. »Sagen Sie mal, wußten Sie etwas davon?«

»Ich?«

»Ja, Sie, verdammt noch mal.«

Ich starrte den alten Mann an, der sonst ein Muster an Jovialität war. »Ich möchte wissen, wie Sie darauf kommen.«

Er griff in die Innentasche seines reichlich mitgenommenen Uniform-Jacketts und schob mir einen Zettel über den Tisch:

FUNKSPRUCH AN SUNRISE Z. HDN. KAPITÄN ABRAHAM TREMEL. NEHMEN SIE BITTE KURS CEUTA STATT ALGECIRAS. IN CEUTA WIRD PASSAGIER STOLLER VON BORD GEHEN. WEITERFAHRT. KURS HAIFA.

MAST- UND SCHOTBRUCH
KERNMAIER

Auf meiner Stirn perlte der Schweiß, mein Atem ging plötzlich viel zu schnell. Ich bemühte mich um ein möglichst gleichgültiges Aussehen und fragte: »Wer ist Kernmaier?«

»Der für die Routen zuständige Mann in unserem Hamburger Büro.«

Ich überlegte fieberhaft, wie ich mich verhalten sollte. »Da hat offensichtlich ein Funkspruch den anderen überholt. Ich weiß nämlich noch nichts von meinem Glück.«

Tremel war anzusehen, daß er mir kein Wort glaubte.

Vorsichtig fragte ich: »Besteht irgendeine Möglichkeit, daß dieser Funkspruch nicht von diesem Kernmaier ist?«

Tremel hob überrascht den Kopf. »Wie kommen Sie darauf?«

»War nur eine Frage.«

»Nur Kernmaier grüßt mit der Floskel ›Mast- und Schotbruch‹, kein anderer käme auf die Idee, einen offiziellen Funkspruch so abzuschließen.« Tremel lächelte in sich hinein.

»Also keinerlei Zweifel?«

»Ich müßte die Loyalität meines Ersten Offiziers anzweifeln, und dafür besteht nun weiß Gott kein Anlaß.« Tremel wurde langsam wütend.

»Na ja«, sagte ich, »vielleicht hat meine Redaktion was Wichtiges und gleich Ihre Reederei benachrichtigt, bevor sie mir das mitgeteilt hat, das ist bei den Chaoten immer drin.«

Der Kapitän blieb bei seinem skeptischen Gesichtsausdruck. »Herr Stoller«, sagte er förmlich, »Sie sind mir ein ausnehmend angenehmer Gast, und ich bin dankbar für die vielen anregenden Gespräche und Schachpartien der letzten Tage, aber wenn auf meinem Schiff etwas Krummes laufen sollte, kenne ich kein Pardon.«

Dieser durch und durch ehrliche Mann hatte keine Ahnung, wie sein Schiff längst zum Spielball internationaler Profimannschaften geworden war. Seine Rolle war die eines Statisten, und selbst die würde vermutlich über kurz oder lang jener Erste Offizier übernehmen, an dessen Loyalität der vierschrötige Tremel nicht rütteln lassen wollte. Ich war nahe daran, dem Kapitän die ganze Geschichte zu erzählen.

Statt dessen stand ich auf und sagte ein wenig pathetisch: »Lieber Kapitän Tremel, wenn es einen Menschen gibt, der Ihnen keine Schwierigkeiten machen will, dann bin ich es!« Ich verbeugte mich und verließ steif die Kajüte des alten Tremel.

Zwei Minuten später stand ich de Breuka gegenüber.

»So was nennt ihr nun Organisation«, fuhr ich ihn wütend an und warf ihm den Funkspruch vor die Füße.

Er saß auf seinem Bett und sah kalt zu mir herauf.

»Langsam«, sagte er.

Aber ich war nicht zu bremsen. »Wer den zweiten Schritt vor dem ersten tut, ist ein Stümper.«

Er grinste sein schiefes Grinsen und stand gemächlich auf. »Der Fehler könnte bei mir liegen«, sagte er, »denn ich weiß von Anfang an, daß wir in Ceuta landen und daß Sie dort aussteigen. Aber mein Auftrag lautete klar, daß ich Sie erst zu informieren habe, wenn wir die Straße von Gibraltar erreichen.«

Irgendwie war ich froh über die Panne. Sie zeigte, daß auch Mercier nicht fehlerfrei agierte.

De Breuka ging zu seinem Schrank und holte einen schwarzen Samsonite-Koffer heraus. Er wählte eine Zahlenkombination und ließ den Deckel aufspringen. »Den Koffer bekommen Sie mit«, sagte er gönnerhaft, als ob er mir ein besonderes Geschenk machen wollte.

»Die Zahlenkombination ist leicht zu merken: 1984 rechts und 1933 links.« Er grinste.

»Sehr sinnig«, sagte ich.

In dem Koffer lag ein schmaler gelber Umschlag. Er nahm ihn heraus und reichte ihn mir. Das Kuvert war nicht beschriftet. Ich öffnete es mit dem Fingernagel. »Sie wissen ja wohl, was drin steht?« fragte ich de Breuka.

»Das ist nicht mein Bier«, sagte er und setzte sich wieder auf sein Bett, aber ich sah über den Rand des Schreibens, daß er mich gespannt beobachtete. Ich las:

Anweisung an Stoller:
Bitte verlassen Sie in Ceuta das Schiff und nehmen Sie Quartier im Hotel Tamar. Ein Zimmer auf Ihren Namen ist reserviert.

Fahren Sie am 23. 8. morgens mit einem Wagen, der Ihnen bereitgestellt wird, zum Flughafen Tanger. Dort müssen Sie um die Mittagszeit sein – Standplatz für Privatmaschinen. Erwarten Sie dort Lear-Jet.

De Breuka kann Ihnen weitergehende Auskünfte geben.

»De Breuka kann Ihnen weitere Auskünfte geben«, zitierte ich mit einem kleinen Gefühl des Triumphs. Er lag auf dem Bett und sah mich an. Ich warf ihm den Papierbogen zu, aber er ließ ihn zu Boden flattern, ohne ihn zu beachten.

»Glauben Sie mir nicht?« fragte ich.

»Was, daß das da drinsteht?«

»Ja.«

»Glaub' ich, aber es ist eine Kann-Bestimmung, oder?«

Ich zuckte die Achseln, wendete mich ab und ging in Richtung Tür.

Leise sagte ich, und niemand wird mir erklären können, warum dieser Satz ausgerechnet in diesem Moment über meine Lippen kam: »Sie hätten mich lieber umgelegt als mit mir zusammengearbeitet.«

Das Messer pfiff nur Millimeter an meinem Ohr vorbei und bohrte sich tief in die Vertäfelung rechts neben der Tür.

Ich blieb stehen.

Ich weiß nicht mehr, wie lange ich dort stand, aber es reichte, daß eine kalte Wut in mir aufsteigen konnte, ein Gefühl, das völlig neu für mich war. Ich machte noch zwei Schritte, faßte das Messer am Griff und zog es ruckartig aus der Wand. Dann drehte ich mich um. De Breuka lag immer noch auf dem Bett, aber sein ganzer Körper war gespannt, seine aufmerksamen Augen registrierten jede meiner Bewegungen.

»Kein zweites Messer?« fragte ich und erschrak selbst vor meiner Stimme.

Er richtete sich auf seinen rechten Ellbogen auf. »Ich würde mich nicht zuviel bewegen«, sagte ich und machten einen Schritt auf de Breuka zu.

Alles, was ich über Wurfmesser wußte, stammte aus meiner Pfadfinderzeit vor gut zwanzig Jahren. »Ich habe früher einmal mit solchen Dinger trainiert«, log ich und wog das Messer in der Hand, »man kann sie flach aus der Hand schleudern – Spitze nach vorn, oder man kann sie an der Spitze fassen und über die Schulter der Wurfhand schleudern. Da die Spitze schwerer ist als der Griff...«

Ich unterbrach meinen Vortrag.

De Breuka hatte zu zittern begonnen. Das überraschte mich, oder stimmte es wirklich, daß Leute dieses Schlages nur mutig waren, solange sie das Gesetz des Handelns in der Hand hatten? Ich spürte, wie mir die Wut verlorenging.

»Was wissen Sie über meine...« das Wort Mission wollte nicht über meine Lippen, »...meinen Auftrag?«

»Sie bekommen in Tanger die Orderpapiere für den Leopard-Motor. Sie sind auf einen Schiffsmotor ausgestellt.«

»Und die bringe ich hierher?«

»Das erfahren Sie in Tanger.«

Ich machte einen Schritt auf ihn zu.

»Ich weiß es wirklich nicht. Alles, was ich weiß, ist, daß der Motor zur Zeit auf einem Lastwagen in einem Schuppen irgendwo an der deutsch-schweizerischen Grenze steht und nach Genua gebracht werden soll. Die Papiere werden in einem neutralen oder halbneutralen Land übergeben. Das machen wir immer so.«

»Ich bin also der Kurier.«

De Breuka nickte.

Die Situation erschien mir plötzlich grotesk. Ich stand in de Breukas Kabine, angespannt bis in die letzte Faser meines Körpers, undd hielt ein Wurfmesser in der Hand, das tödlich sein konnte. Und ich war tatsächlich bereit, es einzusetzen, so wie ich an jenem Abend in Hamburg bereit war, den Araber Jussuf Yahami niederzuschießen.

Aber die Spannung ließ langsam nach. De Breuka schien es sofort zu bemerken, er rückte auf dem Bett ein Stück nach vorne und sagte in besänftigendem Ton: »War nicht so gemeint, ich treffe, wenn ich es will«, er versuchte ein Lächeln, das zu einer Grimasse wurde. »Bekomme ich mein Messer wieder?«

Ich schüttelte den Kopf und steckte es in den Gürtel meiner Jeans. Sofort war er auf den Beinen. Ich hatte das Messer schneller wieder in der Hand als ich dies je für möglich gehalten hätte. De Breuka sah mich staunend an. Ich ging in meine Kabine und verschloß sie.

Beim Frühstück am anderen Tag schob mir der Kapitän wortlos eine Depesche über den Tisch. Sie lag zwischen Brotkrümeln und Kaffeeflecken, als ich ohne sonderliches Interesse zu lesen begann:

BITTE VERLASSEN SIE IN CEUTA DIE SUNRISE STOP WICHTIGER REDAKTIONELLER AUFTRAG IN MAROKKO STOP RUFEN SIE SOFORT REDAKTION AN STOP REEDEREI IST BENACHRICHTIGT!
GRUSS REDAKTION

Ich sah zu Tremel hinüber, dessen Blick voller Sorge auf mir lag.

»Wann sind wir in Ceuta?« fragte ich.

»Übermorgen«, sagte Kapitän Tremel, und das war das letzte Wort, das er an diesem Morgen von sich gab.

13

Das Motorboot schob eine breite Bugwelle vor sich her. Der kleine Diesel klingelte unwillig. Ich saß auf der zweiten Bank der Barkasse und sah dem Bootsführer in den haarigen Nacken. Den kleinen Koffer mit meinen Habseligkeiten hatte ich vor mir auf den Knien. In meinem grauen Anzug kam ich mir vor wie ein Gerichtsvollzieher, der gerade eine Schiffsladung gepfändet hatte. Trotz der Hitze, die hier noch im September herrschte, hatte ich mich fein gemacht, weil ich wußte, daß im Süden nur der etwas gilt, der mit Anzug und Schlips auftritt; Kleider machen hier noch Leute. Ich versprach mir von dem Mummenschanz, an der Grenze wenig behelligt zu werden.

»Mui bien«, rief der Bootsführer und machte mit dem Daumen und Zeigefinger der rechten Hand einen Ring. Er deutete zur Uferpromenade hoch, unter der wir langsam entlangtuckerten. Oben promenierte eine Gruppe blonder Touristinnen in engen Jeans und luftigen Kleidchen.

»Klasse«, bestätigte ich abwesend.

Der Bootsmann lachte heiser und zeigte ein verfallenes gelbes Gebiß, dann hängte er noch eine obszöne Geste an.

Hinter uns schoß ein Tragflächenboot heran. Ich wandte den Kopf und sah, wie die Geschwindigkeit weggenommen wurde und der Rumpf des Bootes träge ins Wasser sackte. Langsam näherte sich das Schiff vor uns dem Landesteg. Das kleine Boot, in dem ich saß, zappelte in den kurzen Wellen. Mein Bootsführer fluchte böse.

Nachdem auch unsere Barkasse angelegt hatte, gab ich ihm ein paar Peseten Trinkgeld und schritt die Stufen zu der Uferpromenade hinauf.

Ceuta ist – vom Meer aus gesehen – eine malerische Stadt, die im nördlichsten Winkel von Nordafrika an den Abhängen des Rif-Gebirges liegt. Ähnlich wie die Engländer Gibraltar aus strategischen Gründen in Besitz halten, haben die Spanier Ceuta aus der Kolonialzeit herübergerettet. Alle Proteste und Drohungen der marokkanischen Regierung halfen da wenig, die Spanier blieben in diesem Punkt starr und beriefen sich auf das Unabhängigkeitsabkommen mit Marokko.

Anders als die übrigen alten Kolonialstädte in Nordafrika, wie zum Beispiel Tanger oder Algier, hat Ceuta nicht den Mischcharakter der neuarabischen Metropolen angenommen. Schon in der Silhouette fehlen die vergammelten Beton-Glasbauten, die bereits bald nach ihrer Errichtung zu verfallen beginnen. Es fehlt aber auch die Kasbah, die typische Altstadt. Die alten Bürgerhäuser an den Hauptstraßen mit ihren strengen Fassaden sind leidlich erhalten. Die Bäume in den Alleen sind nicht vertrocknet, aber auch nicht in gutem Zustand. So alltägliche Dinge wie Nummernschilder und Reklametafeln, die in lateinischer Schrift gehalten sind, geben der Stadt einen europäischen Charakter.

Obwohl ich nicht sicher sein konnte, daß ich mich nicht schon seit meiner Ausschiffung im Visier eines Feldstechers befand, ging ich zu Fuß die Promenade entlang, um die abendliche Atmosphäre der Stadt zu genießen.

Zwischen den Dattelpalmen, die den Gehweg säumten, standen die Händler und boten in kleinen Kiosken Zeitungen, Süßigkeiten, Lotterielose und Souvenirs feil. Bisweilen gab es an einzelnen Ständen auch Hot dogs und Hamburger zu kaufen.

Das Publikum war gemischt. Anders als in den Touristenmetropolen fünfzig Kilometer weiter nördlich auf dem europäischen Festland, waren hier die Spanier in der Überzahl. Sie flanierten, eifrig schnatternd, in Familienklans auf und ab; die Kinder in sauberen Erwachsenenkleidchen, stets gemaßregelt von ihren Matronenmüttern; in kleinen Trupps die Mädchen, fast alle attraktiv oder doch wenigstens ansehnlich, untereinander eng eingehakt. Sie kicherten jedesmal oder steckten die Köpfe zusammen, wenn ein Mann, Tourist oder Spanier, vorbeikam. Die Väter repräsentierten im Anzug oder in Uniform.

Dazwischen traf man Deutsche, Holländer, Schweden,

Engländer, Touristen aus allen Winkeln Europas, zum Teil in malerischer Ferienkleidung, so daß sie wie Papageien wirkten. Hie und da saß ein Grüppchen Hippies zusammen und bettelte oder musizierte unbeholfen auf orientalischen Instrumenten, nur widerwillig von der Polizei geduldet.

Nach der langen Seereise genoß ich jeden Schritt auf festem Boden. Ich sog die Luft ein, die nach Salzwasser, Popcorn, Pomade, Maschinenöl und Blüten roch. Den Koffer in der linken Hand, schritt ich langsam die Promenade entlang zu dem kleinen Fort. Von dort bog ich links in die bergan führende Hauptstraße ein. Nach ein paar hundert Metern fand ich gegenüber einer Kirche das Hotel Tamar. Es hatte eine marmorgetäfelte Fassade und sah so aus, als könne man ohne Belästigung durch Ungeziefer dort übernachten.

Das Fenster hatte ich abends weit aufgemacht. Von draußen waren zwar die Geräusche der Stadt, die erst nach Sonnenuntergang richtig erwachte, zu mir heraufgedrungen. In den alten Bäumen im Garten schrien ganze Schwaden von Zugvögeln, die sich hier an der Nordspitze Afrikas versammelt hatten und ihren weiteren Wanderweg zu besprechen schienen.

Ich war schnell in einen tiefen Schlaf gefallen.

Jetzt saß ich in der hellen Morgensonne auf der Terrasse über dem kleinen Park hinter dem Hotel. Neben dem Milchkaffee lag eine drei Tage alte Ausgabe einer deutschen Tageszeitung, die ich mir hatte besorgen lassen. Es war doch schwierig für einen Journalisten, ein paar Wochen ohne das geliebte und zugleich verhaßte Papier auszukommen. Ich mußte zugeben, daß ich einige Berichte nicht verstand, weil ich die Vorgeschichten nicht mitbekommen hatte.

»Mr. Stoller«, ich ließ die Zeitung sinken und sah in das Gesicht eines etwa fünfundzwanzigjährigen Mannes in dunklem Maßanzug, der vor meiner Nase einen Wagenschlüssel pendeln ließ, »der Wagen, den Sie bestellt hatten. Er steht draußen vor dem Hotel, Sie müssen nur hier unterschreiben. Ihre Kreditkarte haben wir bereits notiert.«

Ich hatte zwar keine Kreditkarte für einen Mietwagen der Firma Intercar, aber ich war sicher, daß Mercier die Rechnung bezahlen würde, deshalb unterschrieb ich das Formular, das mir der Vertreter vorlegte, ohne den Text durchzulesen.

Nachdem sich der Mann mit überschwenglichen Gesten verabschiedet hatte und gegangen war, ließ ich die Rechnung kommen, die, verglichen mit mitteleuropäischen Verhältnissen, spottbillig war, bezahlte und gab Trinkgelder, für die ich im Gegenzug meinen Koffer ausgehändigt bekam. Ein Boy hielt mir die Eingangstür auf, ein anderer spurtete vor mir her zu dem schwarzen Porsche 911, der vor der Treppe in der stechenden Morgensonne stand.

Der Junge riß den Schlag auf, ›eine feine letzte Reise‹, dachte ich in einem Anflug von Depression und bestieg den Sportwagen, der sicher hierzulande ein Vermögen an Miete kostete. Mercier ließ sich nicht lumpen.

Ich verstaute meine langen Beine mühselig unter der Lenksäule und stellte den Sitz in die hinterste Position. Den Koffer legte ich in den Fußraum des Beifahrersitzes. Der Wagen sprang sofort an. Mit einigen sanften Bewegungen meines Fußes brachte ich die Maschine auf Touren. Ich steuerte den Wagen langsam durch die Straßen. Die Fenster hatte ich geöffnet und ließ nebenbei die Klimaanlage laufen. Aus dem Radio tönte das Neueste aus den Hitparaden vom Festland herüber. Auf der Straße am Meer, die zur Grenze führte, trat ich, um den Wagen auszuprobieren, das Gaspedal durch und schoß an zwei Citroëns vorbei, um mich sofort wieder brav vor den Überholten einzureihen und weiterzutrödeln. Ich hatte ja Zeit, denn ich sollte erst um halb zwölf in Tanger am Flughafen sein.

Die Schlange vor dem Grenzhäuschen war kurz, dennoch ging es nur langsam weiter. Man wurde nicht, wie ich es aus Europa kannte, im Auto abgefertigt, sondern mußte aussteigen, Formulare abholen, alles genau ausfüllen, wieder abgeben, warten, bis ein Beamter jede Position geprüft hatte, wenn er einmal kurz sein Gespräch mit den Kollegen unterbrach.

Ich wurde bald abgefertigt, denn meine Spekulation mit dem feinen Anzug ging auf, der schwarze Wagen, um den sich in Trauben Kinder drängten, tat ein übriges. Ich wurde sichtlich bevorzugt, der Beamte, der alles zum Schluß prüfte, lächelte kurz und sagte »Thank you«, als ich meinen Paß mit den Formularen hineinreichte. Alles wurde sorgsam gestempelt, dann konnte ich zum Schlagbaum vorfahren, wurde dort nochmals vorgezogen, kurz kontrolliert, endlich konnte ich fahren.

Marokko.
Ich war das erste Mal in einem arabischen Land. Ich wartete, daß sich etwas verändern würde, daß grundsätzlich Neues hinter der Grenze zu sehen wäre. Doch außer anderen Wegweisern, die auch arabisch beschriftet waren, konnte ich nichts bemerken.

Ich rollte in meinem Porsche zunächst durch eine mediterrane Landschaft auf der gut ausgebauten Uferstraße entlang, ich passierte dabei einige Hotels, die aber durchaus auch in Spanien oder Italien stehen könnten. Urlauber aalten sich an breiten, herrlichen Sandstränden in der prallen Sonne.

Doch dann führte die Straße in weitgeschwungenen Kurven in das Gebirge hinein. Die heiße Luft wehte durch das offene Fenster herein und brachte den Duft von Nadelhölzern und Blüten mit. Oben an einem Aussichtspunkt hielt ich noch mal an und stieg aus, um nach Europa hinüberzusehen, das als grauer Streifen im Dunst der See zu erkennen war. Unten in den ersten Serpentinen kam einer der beiden Citroëns heran. Vorsichtshalber ging ich zurück zu meinem Wagen, startete und fuhr zügig weiter in Richtung Tanger.

Ich war zu früh. Das kleine Flugfeld liegt weit außerhalb der Stadt in einer Wüstenei von Staub und Schutt. Die pralle Vormittagssonne brach sich in den grünen Scheiben des kleinen Towers, der nur mit Mühe die flache Abfertigungshalle überragte. Davor standen zwei alte Propellermaschinen und dösten in der Hitze. Alles schien verlassen und menschenleer. Ich ließ den Wagen am Rande eines großen, nicht benutzten Parkplatzes stehen, um mich nach der Parkposition der Privatmaschinen zu erkundigen. Erst nach längeren Rückfragen wies mich eine einsame Bodenstewardeß zu einer Baracke, die einen knappen Kilometer seitlich draußen am Rande einer Rollpiste stand.

Hier hockte ich nun schon fast eine dreiviertel Stunde, von niemandem behelligt, im Schatten der Blechbaracke auf dem Kotflügel meines Porsche, den ich vorsichtshalber mitgenommen hatte. Da mir nichts zu tun blieb, beobachtete ich die Zufahrtsstraße vom Flughafen, die hinter einem ausgedorrten Erdwall in der Nähe vorbeiführte. Außer einem Eselkarren war jedoch kein Fahrzeug gekommen, auch der Citroën ließ sich nicht mehr sehen. Ich war beruhigt.

Drei Minuten nach halb zwölf vernahm ich ein leises Pfeifen in der Luft und spähte herum, da ich nicht wußte, von wo die Kuriermaschine einfliegen würde. Erst unmittelbar vor der Landung aus nördlicher Richtung erkannte ich den Jet, weil sich die Sonne blitzend auf den Tragflächen spiegelte. Die Maschine setzte weich auf und rollte lange aus, bevor sie sich träge herüberwandte und auf der Rollpiste langsam näher kam, um endlich die Parkposition etwa fünfzig Meter vor der Baracke zu erreichen. Die Turbinen fielen im Geräusch um einige Oktaven und brummten im Leerlauf weiter. Ein Mann in schmierigem Overall mit der Reklame einer Ölgesellschaft auf dem Rücken erschien, lief auf die Maschine zu und legte die Bremsklötze vor.

Neben dem Cockpit öffnete sich eine ovale Tür, und ein Fallreep entfaltete sich zum Boden hin. Der weißuniformierte Pilot ging, ohne mich anzusehen, an mir vorbei auf die Baracke zu. Ich wartete auf halbem Weg, bis mich ein zweiter Mann aus der Tür herbeiwinkte.

In der Maschine war es angenehm kühl. Das grelle Licht, das auf dem Flugfeld reflektierte, wurde von den Rollos an den Fenstern angenehm gedämpft. Der Mann, der mir gewinkt hatte, trug dennoch eine flächige Sonnenbrille. Er war mittelgroß und zeigte, trotz seines jungen Alters, Anzeichen einer Glatze.

Er gab mir die Hand, die sich wie ein feuchter Schwamm anfühlte. Mit der anderen Hand schob er mich durch den Kabineneingang und schloß hinter mir die Tür.

»Stoller?« fragte er.

Bevor ich antworten konnte, spürte ich auf meinem rechten Schulterblatt den Druck von einer Pistolenmündung, die mir ein zweiter Mann grob in den Rücken preßte.

Ich hob langsam die Hände und sah aus dem Augenwinkel, wie sich der Glatzköpfige seitlich an mir vorbeischlängelte. Ich stand vor Schreck starr, denn ich hatte nicht vermutet, daß man mich in dem Flugzeug überfallen würde. Der eine der beiden fingerte mit seinen

Schwammhänden an mir herunter und sagte mehr zu sich: »Ist sauber«.

Dann griff er mir flink in die Innentasche meines Jacketts und kramte meine Brieftasche heraus. Er setzte sich und studierte den Inhalt lang und ausgiebig, während mich sein Helfer weiter mit der Waffe bedrohte. Schließlich sagte er: »Okay, er ist es.«

Die Pistolenmündung zog sich zurück. Ich blieb stehen und hatte immer noch die Hände oben.

»Setzen Sie sich«, die Stimme des Glatzköpfigen war förmlich.

»Schöne Begrüßung«, beschwerte ich mich.

»Wir sind in einer entscheidenden Phase«, erklärte er, »da dürfen wir keinen Fehler machen.«

Der Glatzköpfige zeigte keinerlei Gemütsbewegung.

»Wer ist ›wir‹?« fragte ich, denn ich war noch immer nicht sicher, ob ich in eine Falle gelaufen war.

Der Mann ging auf meine Frage nicht ein.

Er forderte mich mit einer Geste nochmals auf, Platz zu nehmen. Ich ließ mich in einen der ledernen Bordsessel fallen. Der Schreck saß mir noch in den Knien.

»Ich habe Ihnen diese Mappe zu übergeben«, begann er und reichte mir eine flache schwarze Tasche aus billigem Skai herüber.

»Sie enthält einen versiegelten Umschlag. Sie sind nicht befugt, den Umschlag zu öffnen und vom Inhalt Kenntnis zu nehmen«, sagte er geschraubt.

Ich öffnete den Chromverschluß und sah neugierig hinein. Mein Gegenüber schüttelte tadelnd den Kopf.

»Ihre Befehle entnehmen Sie bitte diesem Schriftstück«, er gab mir einen weißen Umschlag.

Auch hier wollte ich sofort neugierig nachsehen, was Mercier mir an Befehlen zu übermitteln hatte.

Mein Nachbar zuckte mit der Hand herüber und legte sie feucht auf meinen Unterarm.

»Nicht hier!«

»Wo denn?«

»Draußen! Sie gehen jetzt hinaus und öffnen den Brief auf halber Strecke zwischen der Baracke«, er zeigte hinaus, »und der Maschine, lesen die Anweisungen sorgfältig durch und verbrennen dann den Brief so, daß wir das kontrollieren können.«

Ich hatte meine Fassung wiedergewonnen.

»Ein bißchen umständlich«, spottete ich.

Der Mann zuckte mit den Achseln und brummte:

»Monsieur Mercier wird dafür seine Gründe haben, nicht?«

Ich begriff die Maßnahme zwar nicht, aber vielleicht wollte der Schweizer damit sicherstellen, daß die Kuriere nicht wußten, was ich zu tun hatte, und andererseits sichergehen, daß ich den Befehl verbrannte. Mir war das im Grunde egal. Ich war froh, daß mich die beiden nun schnell verabschiedeten und ich aus dem Jet hinaus in die Hitze des Flugfeldes klettern konnte.

Ich ging langsam auf die Baracke zu.

Unter dem linken Arm hatte ich die Skaitasche, und in der Rechten hielt ich den Brief aus meiner Brieftasche, die mir der Glatzköpfige zurückgegeben hatte. Im Gehen verstaute ich die Brieftasche mit dem Brief im Jackett und zog dabei, gedeckt durch meinen Körper gegen die Blicke der Männer im Flugzeug, das Vertragsduplikat der Mietwagenfirma heraus, das mir am Morgen übergeben worden war.

Immer noch mit dem Rücken gegen das Flugzeug tat ich so, als würde ich den Umschlag aufreißen, denn ich war schon fast dreißig Meter von der Gangway entfernt, zu weit, als daß man in der flimmrigen Luft das Schriftstück erkennen konnte, in dem ich nun, nachdem ich mich langsam zur Maschine gedreht hatte, deutlich sichtbar las.

So nahm ich einen Teil der Vertragsbedingungen der

Autoverleihfirma zur Kenntnis und wartete mit angehaltenem Atem, ob sich die Männer im Jet melden würden.

Nach einer angemessenen Zeit knüllte ich den Vertrag zusammen und grub mein Feuerzeug aus der Tasche. Umständlich zündete ich das Papier an und ließ es in der Hand ankokeln. In dem grellen Licht konnte man die Flammen nicht erkennen. Erst als sich der schwarze Fleck auf meinen Daumen zufraß, ließ ich das Papierknäuel fallen und auf dem Asphalt ausglühen. Dann trat ich mit dem Fuß auf das Klümpchen verkohlten Papiers und zerrieb es unter meinen Sohlen zu grauem Staub, der vom Wind weggetrieben wurde.

Ich hielt wie ein Taschenspieler die Hände nach außen gekehrt in die Richtung des Flugzeugs, dann drehte ich mich um und ging langsam zu dem Porsche im Schatten der Baracke.

Hinter mir hörte ich, wie die Gangway langsam in den Rumpf der Maschine zurückgezogen wurde. Ich blieb stehen und beobachtete, wie das Flugzeug wieder anrollte und in der flimmernden Luft der Betonpiste abhob.

Ich war vor einer halben Stunde zügig vom Flughafen weggefahren, ohne mich weiter um den Lear-Jet zu kümmern. Ich fuhr den Porsche aus, soweit ich das als Amateur konnte. Der Wagen lief mühelos durch die Kurven, fraß Schlagloch um Schlagloch. Ich hatte Mühe, mich nicht von der Straße fesseln zu lassen und den Rückspiegel im Auge zu behalten.

Sorgfältig achtete ich darauf, daß mir niemand folgte, aber alle Fahrzeuge, die ich überholte, blieben schnell hinter mir zurück. Auf einer kahlen Kuppe, von der aus ich die Straße in beiden Richtungen gut einsehen konnte, hielt ich an. Dort überflog ich das barsche Schreiben meines Auftraggebers:

Die Ihnen übergebenen Papiere haben Sie unverzüglich nach Marrakesch zu transportieren. Benutzen Sie die Straße via Fes.

Da Sie spätestens um 12 Uhr den Airport von Tanger verlassen werden, müssen Sie noch heute in Marrakesch eintreffen.

Dort begeben Sie sich zum Club Atlantic. Der Weg ist bereits ab der Stadtmauer deutlich ausgeschildert.

Im Club Atlantic schreiben Sie sich unter dem Namen Borgmann ein. Bungalow ist auf diesen Namen reserviert.

Sogleich bei der Ankunft geben Sie die schwarze Tasche mit Inhalt an der Rezeption ab, damit man sie im Safe deponiert.

ACHTUNG! Wir erwarten von Ihnen, daß Sie die Siegel am Tascheninhalt nicht brechen und auch sonst nicht versuchen, vom Inhalt des versiegelten Umschlags Kenntnis zu nehmen!

Sie werden über das Wochenende im Club bleiben, ohne die Tasche zurückzuverlangen. Am Montagmorgen reisen Sie ab. Die Rechnung ist bereits beglichen. Unmittelbar vor Ihrer Abfahrt lassen Sie sich die Tasche wieder aushändigen.

Sie werden die Tasche dann unverzüglich nach Casablanca bringen. Dort steigen Sie im Hotel Metropol ab. Zimmer ist für Mr. John B. Cooper reserviert. Sie gehen auf Ihr Zimmer und deponieren die schwarze Tasche im rechten Nachttisch. Danach haben Sie das Zimmer unverzüglich zu verlassen und abzuschließen. Kehren Sie nicht vor Ablauf einer halben Stunde zurück. Die Tasche wird dann abgeholt sein.

Am Dienstagmorgen begeben Sie sich zum Schalter der Swissair am Flughafen, dort holen Sie sich ein Flugticket auf Ihren Namen ab für den Flug am selben Nachmittag nach Zürich und von dort nach Hamburg.

Sie können die Geschichte wie verabredet schreiben. Ihr Auftrag ist erledigt.

Bevor Sie dieses Blatt vernichten, prägen Sie sich bitte die beiden Namen für die Hotelbuchungen ein:
Marrakesch: Borgmann   Casablanca: John B. Cooper

Ich faltete den Bogen Papier mit den befehlswidrig nicht

vernichteten Anweisungen sorgfältig zusammen und steckte ihn zurück in meine Brieftasche. Ich hatte den Ton der Befehle registriert. Die Sache schien jetzt wirklich in eine entscheidende Phase zu kommen. Nun gut, mir konnte es recht sein. Meine Aufgabe war nun zum erstenmal überschaubar, ein Ende war abzusehen. Gerade deshalb beschloß ich, noch vorsichtiger zu sein.

Gerade hatte ich den Zündschlüssel wieder herumgedreht, da fiel mir ein, daß Mercier mich vielleicht kontrollieren lassen könnte. Ein Mann wie dieser Waffenschieber arbeitete selten ohne Rückversicherung. Deshalb nahm ich das Papier, das ich als Beleg für meinen Artikel brauchte, wieder aus der Brieftasche heraus und versteckte es unter dem Polster des Beifahrersitzes, dann gab ich Gas, um auf die Straße zurückzufahren.

Die Täler wurden enger. Die zunächst nur sanft ansteigenden Hänge fielen nun schroffer ab und waren nur in den Tälern und Einschnitten von wildem Buschwald bestanden. Die Flanken und Kuppen waren kahl und schimmerten rotgelb in der Sonne. Ich war nach einem weiteren Zwischenstopp hinter einem dichten Tamariskengesträuch nun sicher, daß mich keiner verfolgte, deshalb fuhr ich ruhiger weiter und drosselte das Tempo.

Der Weg folgte jetzt dem Bett eines ausgetrockneten Flusses. Hie und da hatte ich einen Ochsenkarren, einen vergammelten VW-Bus oder Landrover zu überholen. Die Sonne zeichnete die schwarzen Schatten des Buschwaldes und der Telegrafenstangen auf den löchrigen Asphalt. Nur selten passierte ich eine kleine Ansiedlung mit flachen, lehmbeworfenen armseligen Hütten ohne jeden Schmuck, die sich kaum von der Gegend abhoben.

Hinter einer Biegung der Straße tauchte plötzlich eine gespenstische Szenerie auf. Im Dunst der Nachmittagssonne lag ein Betongebäude mit weit ausladendem, geschwungenem Dach mitten auf dem Weg, so daß sich die

Straße gabeln mußte, um an dem Hindernis vorbeizukommen.

Ich bremste den Wagen verblüfft herunter und ließ ihn langsam näherrollen.

Außer einem alten Weib, das im Schatten eines Eukalyptusbaumes auf einem buntgestickten Tuch grüne Paprikaschoten feilbot, regungslos auf dem Boden kauernd, die Gestalt mit schwarzen Tüchern vermummt, war kein Mensch zu sehen. Erst hundert Meter vor dem Gebäude bemerkte ich, daß es sich um eine verlassene Zollstation handeln mußte. Alles war vorhanden. Abfertigungsgebäude und die Überdachung, die nun nutzlos in den wolkenlosen Himmel ragte. Auch die Stahlsockel, in denen früher die Schlagbäume eingelassen waren, standen rostig und verbogen am Straßenrand. Die Scheiben des Gebäudes waren herausgebrochen oder mit Steinen eingeworfen. Einige wenige Scherben stachen bizarr in die leeren Fensterhöhlen.

Hier war die Grenze zwischen Spanisch- und Französisch-Marokko verlaufen. In der kolonialen Euphorie hatte man eine Grenzabfertigungsmaschinerie errichtet, sie in den Sand des alten Flußbettes betoniert, als hätte man für immer zwei Hälften eines Volkes an einer willkürlich gezogenen Linie auseinanderzuhalten. Jetzt war daraus ein Monument für die Vergänglichkeit der imperialistischen Epoche geworden. Leer, unwirtlich und nur von Skorpionen bewohnt.

Ich fuhr den Wagen rechts auf den Sandstreifen und stieg aus, um mir das Gebäude näher anzusehen. Vorsichtig stellte ich mich auf die Zehenspitzen, um durch die Fensterhöhlungen in das Innere sehen zu können. Außer Abfall und nacktem Betonboden konnte ich nichts erkennen, denn meine Augen waren nicht an die Dunkelheit gewöhnt. Ich ging um den ovalen Bau herum und entdeckte auf der anderen Seite die stählernen Flügel der Eingangstür, die mit einer rostigen Kette zusammengehalten wurden. Das Schloß war noch intakt, doch auch hier waren die großen Scheiben längst zerbrochen und gaben so den Weg ins Innere frei. Ich stieg durch die Füllung der Stahltür und ging einige Schritte in dem Vorraum auf und ab.

Blind gähnten mir die Abfertigungsschalter entgegen. Mich schauderte.

Schneller als nötig verließ ich die Halle und genoß draußen die brennende Mittagssonne.

Bevor ich über die Straße zurück zu meinem Wagen gelangte, mußte ich zwei klapprige Lkws passieren lassen, die mühselig herangetuckert kamen. Deshalb konnte ich meine Aufmerksamkeit nicht dem Porsche widmen, der schon seit zehn Minuten unverschlossen abgestellt war. Ich lief hinüber und bemerkte erst kurz bevor ich den Schlag öffnete die Silhouette einer Gestalt auf dem Beifahrersitz. Ich erschrak und tauchte instinktiv nach hinten weg. Aus dem offenen Fenster kam ein helles, freundliches Lachen.

»Unser Spezialagent!« Es war Claudines Stimme.

So schnell, wie ich hinter dem Wagen verschwunden war, kam ich nun wieder hoch und starrte ungläubig durch die Heckscheibe. Sie öffnete die Tür und kam zu mir heraus.

»Claudine?«

Sie nahm meinen Kopf in beide Hände, stellte sich auf die Zehenspitzen und küßte mich. Ich faßte ihre Hüften und zog sie dicht zu mir heran. Wir mochten fünf Minuten regungslos am Straßenrand gestanden haben, bis ein Bus vorbeikam, dessen Fahrer laut hupte. Aus den Fenstern drang Geschrei und das Rufen der Männer.

Wir lösten uns voneinander und schwiegen immer noch. Ich hatte jetzt Claudine bei den Schultern gepackt und hielt sie auf Armlänge von mir weg. Ich betrachtete ihr Gesicht und ihre Gestalt. Sie lächelte und legte ihren Kopf sanft auf meine linke Hand.

»Komm!« sagte ich mit belegter Stimme und zog sie zum Wagen. Erst als wir die alte Zollstation schon eine ganze Weile hinter uns hatten, fragte ich: »Wo kommst du her?«

»Zufall«, Claudine zwinkerte mit den Augen zu mir herüber.

»Sag schon.«

»Also gut. Man hat mich als direkte Assistentin unseres Spitzenagenten wider Willen abgestellt.«

»Und woher wußtet ihr, daß ich gerade hier entlangkommen werde, daß ich überhaupt in Marokko bin?«

Sie sah geradeaus auf die Straße. »Du hast zuverlässig gearbeitet. Wir haben das Schiff ständig überwachen können.«

Ich dachte an meine Angst in der Bucht, als de Breuka plötzlich gesprächig wurde, und wie der Hubschrauber über uns wegzog. Ich hatte die Szene noch vor Augen, wie ich am ersten Morgen vor dem Toilettenspiegel meiner Kabine stand, das Kabel der elektrischen Zahnbürste in die Steckdose steckte und zögerte, den Schalter an dem kleinen Ding auf ›on‹ zu stellen.

Es war letztlich doch nur mein Vertrauen zu Claudine gewesen, das mich dazu bewogen hatte, den Apparat einzuschalten und nicht aus dem Bullauge zu werfen.

»Es war ja völlig problemlos«, sagte ich und beschloß, die Geschichte später zu erzählen. »Aber das erklärt immer noch nicht deine plötzliche Anwesenheit«, bohrte ich weiter.

»Nun, wir wußten immer Bescheid, wo sich die ›Sunrise‹ befand und konnten unsere Leute jeweils vorher alarmieren. Als das Schiff auf der Reede von Ceuta ankerte und nicht Algeciras anlief, war uns klar, daß etwas passieren würde, denn ein solcher Aufenthalt ist ungewöhnlich genug. Unser Mann in Algeciras mußte mit einem Tragflächenboot über die Meerenge und hat wohl gerade noch beobachtet, wie du an Land gingst. Der Mann hat dich dann im Auge behalten.«

»Das Boot habe ich gesehen«, bestätigte ich.

»Wir waren also informiert. Ich hätte zunächst in Ceuta in dein Hotel kommen sollen, doch dann schien uns das zu riskant. Wir haben beschlossen, dich weiter zu überwachen.«

»Ich habe niemanden gesehen«, sagte ich verblüfft, »ich habe mehrmals gehalten und mich versteckt, um Verfolger auszumachen, aber da war niemand.«

»Du warst gut anzupeilen«, lächelte Claudine.

»Ihr habt mir einen Peilsender an den Wagen montiert?« fragte ich.

»Ja, vor deinem Hotel, solange du noch deine Croissants verspeist hast«, sie lächelte, »und zum Glück bist du ja mit diesem Renner recht zivil gefahren, sonst hätten wir dir wohl nicht folgen können. Wir mußten ja selbst auch nach den Arabern oder Merciers Leuten Ausschau halten, denn es hätte ja sein können, daß die dich weiter überwachen.«

»Tun sie's?« wollte ich wissen.

»Ich glaube nicht«, Claudine strich sich mit einer ihrer beiläufigen Bewegungen übers Haar.

»Wie habt Ihr mich denn genau an der alten Zollstation abgepaßt?« Mir war immer noch nicht völlig klar, wie Claudine es geschafft hatte, in meinen Wagen zu kommen, als sei sie vom Himmel gefallen, perfekt frisiert und geschminkt, nicht abgehetzt, einfach so, als sei es ganz selbstverständlich, daß wir uns nach mehreren Wochen Trennung auf diese Weise wiedersehen würden.

»Das Straßennetz dieses Landes ist nicht sehr dicht. Wir konnten aus dem bisherigen Verlauf deiner Fahrt schließen, daß es nach Süden geht. Deshalb haben wir auf einer weiter im Westen verlaufenden Straße eine wilde Aufholjagd gefahren. Wir haben den alten Zoll nur wenige Minuten vor dir erreicht.«

»Wir?«

»Unser Mann aus Algeciras hat mich begleitet.«

»Wo ist er jetzt?«

»Auf dem Weg zurück nach Ceuta.«

»Und wenn ich einfach durchgefahren wäre?«

»Hast du mich nicht gesehen? Ich stand doch am Rande eines Gebüsches und bin erst wieder in mein Versteck zurück, als ich sah, daß du anhalten würdest. Viele, die das Land nicht kennen, halten an dieser Stelle.«

»Der Rest war dann nicht mehr schwer«, ergänzte ich, »du hast den Sender abmontiert und dich ins Auto gesetzt.«

»Ja, ich bin wieder da«, strahlte sie.

»Es war schwer, die ganze Zeit ohne dich«, sagte ich leise. Claudine antwortete nicht. Nur ihr Kopf legte sich sanft an meine Schulter, und ihre Hand fuhr zärtlich über meine Brust aufwärts zum Hals, wo sie liegenblieb. Ich wollte rechts in einen staubigen Seitenweg einbiegen, doch sie sagte behutsam:

»Fahr weiter, bitte.« So gab ich Gas und zog den Porsche zurück auf die Straße.

»Und du?« fragte sie nach einer Weile, »was machst du hier?«

»Sag bloß, ihr wißt das nicht, gibt's das denn?« lachte ich.

»Ja, das gibt's, also raus mit der Sprache!«

Ich erzählte ihr, daß ich die Orderpapiere für das Panzeraggregat in Tanger auf dem Flughafen abgeholt hatte und sie nach Marrakesch bringen mußte und daß ich dann, endlich, aus dieser ganzen Geschichte herauskommen und mein Geld kassieren würde.

Sie sah aus dem Seitenfenster und schwieg. Dann sagte

sie plötzlich: »Komisch, die Geschichte mit den Orderpapieren.«

»Warum?« fragte ich irritiert.

»Nun, es ist nicht üblich, mit solchen Papieren halbe Weltreisen für die Übergabe zu veranstalten, das erhöht das Risiko.«

»Aber mir leuchtet das ein«, widersprach ich, »die Tschechen wollen die Sache in einem befreundeten neutralen Land abwickeln, da ist doch die Gefahr geringer.«

Sie schüttelte den Kopf.

»Keinesfalls, hier haben die östlichen Dienste fast keine Stützpunkte. Ihre Netze sind hier kaum ausgebaut, also fällt ein wesentlicher Schutzfaktor weg. Nein, wenn dieses Argument im Geheimdienst ziehen würde, könnte man praktisch jede Tätigkeit in anderen Ländern aufgeben. Risiko gehört eben zum Geschäft. Die Geschichte mit den Orderpapieren ist faul. Profis würden nie einen so weiten Weg für eine Übergabe machen, fernab von den Transport- und Nachrichtenwegen, die ausgebaut sind.« Sie schüttelte wieder ungläubig den Kopf und grübelte weiter.

»Wo ist die Mappe mit dem Umschlag?« fragte sie plötzlich.

Ich deutete auf den Rücksitz, wo jetzt mein Koffer lag. »Dort hinten im Außenfach.«

Claudine drehte sich um und zog die Skaimappe heraus. Versonnen drehte sie den Umschlag in den Händen.

»So kann man kaum etwas sagen«, murmelte sie.

»Wir können das Ding nicht aufmachen, sonst fällt das doch auf«, sagte ich, denn ich ahnte Claudines Gedanken. Sie nickte abwesend mit dem Kopf.

»Es bleibt mir nichts anderes übrig.« Claudine sah mich an.

»Ich komme in die größten Schwierigkeiten«, sagte ich.

»Nein«, widersprach sie, »so war das nicht gemeint. Es

bleibt mir nichts anderes übrig, als dir mehr zu erzählen, als du eigentlich wissen dürftest. Du mußt dann entscheiden, wie du handeln willst. Ob du mir oder besser uns helfen willst, oder ob du Merciers Auftrag zu Ende führen willst.«

Es war ohne Zweifel keine echte Alternative, denn Claudine konnte sich ausrechnen, wie ich mich entscheiden würde, nach allem, was zwischen uns vorgefallen war.

Ich hatte eine Idee: »Weißt du kein Mittel, wie man den Umschlag aufbekommt, ohne daß Merciers Leute etwas merken?«

»Doch, schon«, antwortete sie, »aber dafür braucht man ein gut ausgerüstetes Labor, und das haben wir hier nicht zur Verfügung.«

»Mhm«, brummte ich, »dann schieß mal los.«

»Der Verdacht verstärkt sich«, begann sie, »daß Mercier – auf welche Weise auch immer – den Trawler mit dem Uranerz in seine Macht bekommen hat. Wir befürchten, daß er den Kapitän oder einen der Offiziere bestochen haben könnte. Um nach Haifa zu gelangen, muß das Schiff in den nächsten Tagen an der Küste verschiedener arabischer Länder vorbei, die mit Israel in einem Fastkriegszustand stehen.«

»Aber dann könnten doch die Araber ganz einfach selbst den Kahn kapern, wozu dann das teure Geschäft mit dem Schweizer«, wandte ich ein.

»So einfach ist das nicht, denn wir haben das Schiff unter Kontrolle und könnten zur Not eingreifen. Das wissen auch die Araber. Nein, das Schiff muß schon in Ufernähe gebracht werden.«

»Wie wollt ihr denn eingreifen, so weit von Israel entfernt?«

»Gute Frage«, lobte sie, »wir könnten kaum das Schiff schützen, militärisch meine ich, aber wir könnten das Schlimmste verhüten...«

»Daß die Araber in den Besitz des Uranerzes kommen«, unterbrach ich sie.

»Ja, wir könnten zur Not das Schiff sprengen, das wäre möglich. Aber ohne Not tut man so was nicht.«

»Ich verstehe.«

»Erst wenn der Trawler unter Land ist, können die Araber ihn so abschirmen, daß unsere Taucher nicht mehr drankommen. Wir meinen, um nochmals auf unseren Verdacht zurückzukommen«, fuhr Claudine fort, »daß der Trawler südöstlich von Tunis plötzlich noch einmal den Kurs ändern könnte. Dann wäre das Schiff in der Nähe libyscher Gewässer. In der Straße von Messina herrscht so lebhafter Schiffsverkehr, daß wir die Ladung kaum so effektiv schützen können, um unser Ziel zu erreichen...«

»...daß das Schiff weiter nach Haifa fährt, und zwar mit dem Uranerz an Bord«, ergänzte ich.

»Ja, das ist praktisch nur dann möglich, wenn wir den Frachter hautnah im Griff haben.« Claudines Hand ballte sich zur Faust. Ich mußte an den alten Tremel denken, der sicher die Schwierigkeiten bekommen würde, die er eigentlich vermeiden wollte.

»Du meinst also, daß unter Umständen in diesem Umschlag das Geheimnis des Kursänderungsortes verborgen ist.«

Ich klopfte mit dem Zeigefinger auf die schwarze Mappe, die auf Claudines Schoß lag.

»Ja.«

Ich spürte, daß sie mich ansah, und tat, als würde ich mich auf die Straße konzentrieren.

»Das ist doch ein bißchen umständlich«, gab ich zu bedenken, »ich meine, daß Mercier die Koordinaten des Punktes, an dem die Kursänderung erfolgen soll, per Kurier weiterreichen läßt. Die Geschichte mit dem Zwischenstopp in Ceuta lief doch auch über Funk.«

»Das war für die Schiffsbesatzung. Aber es müssen auch die Araber und ihre Freunde informiert werden. Dafür ist jetzt genau der richtige Zeitpunkt, wenn die Sunrise ins westliche Mittelmeer einfährt, und außerdem will Mercier sein Geld haben, sonst könnten seine arabischen Geschäftsfreunde doch auf die Idee kommen, ihn hinterher nicht auszuzahlen«, Claudine lachte bei diesem Gedanken vergnügt und amüsiert in sich hinein.

»Funksprüche sind übrigens durchaus von uns abzufangen und schnell zu dechiffrieren«, setzte sie hinzu. »Das Risiko für unseren Schweizer Freund wäre zu groß – und er scheut das kleinste Risiko.«

»Aha, deshalb soll ich die schwarze Tasche, nachdem ich sie im Club Atlantic abgeholt habe, weiter nach Casablanca transportieren und sie mir im Hotel von meinem Freund de Breuka stehlen lassen?« Mir war jetzt der Plan des Schweizers klar. Ich konnte den Gedanken nicht ausschließen, daß nach meiner Rückkehr in das Hotel Metropol – so wie die Anweisung lautete – der kleine Mann mit der gelben Brille wartete, um mir endlich sein Messer in die Gurgel zu stoßen. Mich schauderte.

»Was ist?« fragte Claudine besorgt und legte ihre Hand auf meinen rechten Unterarm.

»Nichts, ich habe bloß dran gedacht, daß vielleicht gar nicht das große Geld, sondern das Messer meines Reisebegleiters auf mich wartet.«

»Bei Mercier kannst du nie wissen«, sagte sie leise.

»Also gut, mach den Umschlag auf.« Ich war entschlossen, das große Geld in den Wind zu schreiben.

»Wirklich?« fragte sie unsicher und sah mich von unten her an. Eine Haarsträhne war ihr in die Stirn gefallen. Ich sah wieder auf die Straße und schüttelte meine Zweifel ab.

»Ja«, sagte ich schnell und gab Gas.

aimun oplij xnmtz imnbz qomzr inufr inhtz inhtf indoi loiew iewqp myxni kjuwy ohmng izlso ohdtu iduby iwxim mmdiewniwky nillk ohpwq poers

Nach einem kurzen Blick auf das Papier hielt mir Claudine den Bogen, der in dem Umschlag gesteckt hatte, unter die Nase.

»Verdammte Scheiße«, entfuhr es mir, »verschlüsselt. Dann war die ganze Sache umsonst!«

»Aber nein«, Claudine lächelte und strich mit dem Zeigefinger über die Zeilen, als könne sie das Kauderwelsch lesen, »das dürfte kein unlösbares Problem sein. Dafür haben wir unsere Spezialisten. Es ist sicher ein Privatcode für Mercier und die Araber, denn sie geben keinem Waffenschieber ihren Code, nicht einen Buchstaben davon. Und für einen solchen Privatcode entwickelt man nichts Neues. Das können wir knacken.«

»Gut, aber die Zeit drängt.«

»Richtig! Ich muß den Text funken. Dazu müssen wir nach Marrakesch, das ist nur dort möglich.«

Claudine begann während der Fahr nach hinten auf die schmale Rückbank zu steigen und verkroch sich dort auf dem Boden des Wagens, obwohl da nur sehr wenig Platz war.

»Was soll das?« fragte ich perplex.

»Nur eine Routinemaßnahme«, kam es dumpf von hinten. »Mercier hat vielleicht einen Streckenposten in Fes, weil diese Stadt in den Anweisungen erwähnt ist. Der würde sicher Augen machen, wenn er mich neben dir sitzen sehen würde.«

14

Es war Nacht, als wir in Marrakesch ankamen.

Wir hatten uns auf Umwegen von Süden her der Stadt genähert und in der Nähe einer Busstation, die aus dem Dunkel aufgetaucht war, weit draußen vor der Stadtmauer den Porsche in einen Seitenweg gefahren, so weit, bis der Wagen mit seinen Reifen in den tiefen Furchen, die die zweirädrigen Ochsenkarren ziehen, steckengeblieben war. Wir mußten uns umziehen, eine Vorsichtsmaßnahme, die Claudine gefordert hatte.

Ich warf den durchschwitzten grauen Anzug in den Wagen zurück, zog meine alten, abgewetzten Jeans an und ein buntes Hemd darüber. Claudine hatte ihr Kleid ausgezogen und stand für einen Augenblick regungslos vor dem matt schimmernden Nachthimmel. Ich sah die Silhouette ihres Gesichts und ihrer nackten Brüste. Sie wandte sich ab und ging ganz nahe an mir vorbei um den Porsche herum. Ich hörte, wie sie den Kofferraumdeckel öffnete und einen klumpenförmigen Gegenstand herausnahm.

»Was hast du da?« flüsterte ich.

»Mein Gepäck«, murmelte sie knapp.

Sie dachte an alles, bestimmt hatte sie, noch bevor sie an der alten Zollstation eingestiegen war, dort vorne eine Reisetasche untergebracht. Umständlich kramte sie darin herum und machte sich in der Dunkelheit zurecht. Da sie am Boden kauerte, konnte ich nicht sehen, wie. Ich räumte mittlerweile den Samsonite-Koffer aus und verstaute die Sachen in einem Seesack. Im Dunkeln tastete ich unter dem Beifahrersitz nach dem Brief mit Merciers letzter Anweisung. Ich steckte ihn in eine Seitentasche.

Claudine kam zu mir herüber.

»Gib mir deine linke Hand«, befahl sie.

Ich streckte den Arm vor und spürte, wie sie meine Uhr vom Handgelenk zog.

»Warum denn das?« fragte ich leise.

»So wie du aussiehst, könnte man meinen, du seist ein Rancher aus Colorado. Wir müssen uns ein wenig verkleiden.«

Um mein Handgelenk klirrte eine Holzperlenkette. Claudine zog mich herunter und öffnete eine Tür des Wagens, so daß der Lichtstrahl der sich einschaltenden Innenbeleuchtung in mein Gesicht fiel.

»Ich muß dir Haare und Bart schneiden«, flüsterte sie.

Ich spürte, wie der Unmut über den Mummenschanz in mir hochkam. Sie strich mir wieder sanft übers Haar und sagte zärtlich: »Komm, laß gut sein, wir sind jetzt schon so nahe vor dem Ziel, da soll's nicht an Kleinigkeiten hängen.«

Ich atmete tief durch und hielt meinen Schädel wie ein Opferlamm in den Lichtkegel. Claudine schnippelte an mir mit einer Nagelschere herum. Dann packte sie meinen Kopf in beide Hände, drehte ihn halb nach links und rechts und sagte aus dem Dunkel heraus: »Ein schöner Mann!«

Ich verzog mein Gesicht, denn ich konnte mir vorstellen, was sie angerichtet hatte. Wir packten noch schnell meine Sachen in ihren Seesack, schließlich band sie mir noch eines ihrer Seidentücher um die Stirn, dann gingen wir los.

Die Bushaltestellen in Marokko sind meistens nur an den größeren Menschenansammlungen zu erkennen, die dort mit stoischer Ruhe auf das nicht immer pünktliche Verkehrsmittel warten. Es ist wohl eine Art Gewohnheitsrecht, daß die Busse tatsächlich an jeder größeren Gruppe, die am Straßenrand steht, halten.

Wir gingen die Straße langsam in Richtung Süden zurück, dorthin, wo wir vor einer halben Stunde eine solche Menschenansammlung gesehen hatten. Nur wenige Autos kamen uns entgegen. Da viele nur die Standbeleuchtung eingeschaltet hatten, war es mir nicht möglich, Claudines neues Aussehen zu studieren.

Beinahe hätte ich in der Dunkelheit den ersten der Wartenden umgerannt. Kaum zu erkennen, saß die Gestalt auf den Boden gekauert, ein Bündel vor den Füßen.

Wir gesellten uns schweigend zu den Leuten und hockten uns auf den Seesack. In dem spärlichen Licht der Fahrzeuge, die vorbeihuschten, sah ich die Menschen herumlungern. Manche sprachen leise in kehligem Arabisch miteinander, ihre Gesten wirkten wie ein Schattenspiel vor dem blassen Licht der Sterne. Manchmal sprangen einige auf einen vorbeischlurfenden Ochsenkarren auf und fuhren davon, andere gesellten sich zu uns und kauerten sich nieder.

Der Bus kam nach langer Zeit des Wartens. Ich weiß nicht, wie lange wir nebeneinander auf dem Seesack gesessen hatten, ohne ein Wort zu wechseln. Es war eine seltsame Vertrautheit, die uns verband. Keiner brauchte den anderen zu berühren oder mit ihm zu sprechen, die körperliche Nähe des anderen in dieser stickig heißen Nacht am Rande einer marokkanischen Straße genügte, um sich geborgen zu fühlen.

Durch die staubverkrusteten Scheiben des anhaltenden Busses konnte ich sehen, daß er hoffnungslos überfüllt war.

Ich drängte mich vor, was nicht schwerfiel, denn ich bin größer und kräftiger als die Araber, die ebenfalls auf die Tür zustießen. Claudine blieb hinter mir, und es gelang uns, einige Schritte ins Innere zu gelangen. Der Bus fuhr an. Draußen klammerten sich einige, die keinen Platz mehr gefunden hatten, an die Tür und hielten sich an Griffen, die wohl ausschließlich zu diesem Zweck dort angebracht waren. Ich hatte in der Enge den Seesack auf den Kopf gehoben. In meinem Rücken spürte ich Claudines Körper, der eng an mich gepreßt war. Mühsam drehte ich mich herum, einige Stöße an meine unmittelbaren Nachbarn austeilend, und sah auf Claudine hinunter. Ich erschrak, denn es schien, als stünde eine fremde Frau plötzlich vor mir. Schwarze Haare hingen in fettigen Strähnen unter einem Turban aus Wollstoff heraus und zottelten an ihrem Gesicht entlang. Die Schläfen hatte sie mit Henna rot gefärbt, und zwischen den Augen befand sich auf der Stirn ein dunkelbrauner Fleck, den ich nicht kannte. Ihre Schultern steckten in einem schmuddeligen Stück Stoff, der wohl bis auf den Boden reichen mußte. Ihr Gesicht schien hohl und apathisch. In dem matten Licht der wenigen Lampen des Busses lagen ihre Augen tief hinter den Brauen und blickten stur und teilnahmslos vor sich hin.

In dem Bus war es drückend heiß. Der Gestank von Schweiß, Tierfäkalien und Dieselöl wurde durch den Zugwind kaum gemildert, der durch die zerbrochenen Frontscheiben drang. Ich spürte, wie mir der Schweiß den Rücken hinunterlief und mein Hemd durchfeuchtete.

Wir mochten wohl fünfzehn oder zwanzig Kilometer mit unzähligen Zwischenstopps in dieser schwankenden Hölle gefahren sein, als die ersten Straßenlaternen durch die schmutzigen Scheiben erkennbar wurden.

Nach drei weiteren Stationen spürte ich Claudines Ellenbogen in der Seite. Sie zischte auf englisch: »Go, man.«

Ich nickte und begann, mich zum Ausstieg durchzuarbeiten. Mit rüden Stößen kam ich vorwärts, die Menschen wie der Bug eines Eisbrechers auseinanderschiebend.

Draußen ließ ich zuerst den Seesack fallen und rieb meine erstarrten Arme. Claudine schnaufte tief und sah von der Seite zu mir hoch. Ihr besticktes Gewand reichte tatsächlich bis zu den Füßen hinunter, die in Sandalen steckten. Die Innenflächen ihrer Hände hatte sie ebenfalls mit Henna gerötet. Am Hals und an den Armen war sie mit billigem Schmuck über und über behängt.

»Wohin jetzt, schöne Zigeunerin?« fragte ich.

»Wir sollten nicht miteinander sprechen«, sagte sie leise und nahm den Seesack auf. Ich wollte ihn ihr abnehmen, doch mit einer kurzen Bewegung aus der Schulter deutete sie an, daß sie das Gepäck tragen wollte. Ich war Claudine wie ein Hund durch die düsteren Straßen der Stadt gefolgt. Immer auf ihren Fersen.

Es herrschte ein unbeschreibliches Gewühl in den Gassen zwischen fliegenden Händlern, die nahezu alles, was man sich vorstellen kann, feilboten. Die Frauen waren alle tief verschleiert, mit Kindern an der Hand, die sie hinter sich herzogen. Da sich auch der Fußgängerverkehr auf der Straße abspielte, kamen die Fahrzeuge nur schrittweise voran. Sie bahnten sich ihren Weg mit ununterbrochenem Hupen. Dazwischen sah man Hunde, die niemandem gehörten und flink auf der Suche nach Nahrung herumstrichen.

Ein Junge, nicht älter als fünfzehn, kam an meine Seite und versuchte trippelnd mit meinen langen Schritten mitzuhalten. Er hatte einen abgewetzten europäischen Anzug an und trug spitze Schuhe, die wahrscheinlich älter waren als er selbst. Er drängte sich dicht an mich. Mir war das widerlich. Ich stieß ihn weg, doch er kam stets wieder. Er schob seine zur Faust geballte Linke vor und öffnete sie halb. Ein schlampig in Cellophan verpacktes Päckchen war für einen Augenblick zu sehen.

»D'you want shit, Haschisch?« fragte er hektisch und machte große Schritte. Ich schritt unbeeindruckt weiter und gab keine Antwort.

»Very cheap«, flüsterte er heiser und sah sich um, als befürchtete er, in diesem Gewühl auf der Straße könne die Polizei auftauchen. Ich schwieg beharrlich.

»Fifty dirham«, drängte er weiter, und als ich immer noch keine Antwort gab, unterbot er sich selbst.

»Thirty dirham.« Ich sagte nichts, und auch Claudine schaute nicht zurück.

»Twenty-five.« Kein Wort.

»Twenty-three?«

»Twenty-two!« Immer noch keine Reaktion.

Er zog mich am Hemdsärmel und kam ganz dicht zu mir herüber.

»Twenty!«

Scheinbar sein letztes Wort, denn als ich immer noch geradeaus sah und ihn wieder einmal wegstieß, schrie er plötzlich: »Motherfucker, damned Germannazi!« dann folgte eine lange Serie arabischer Flüche, die erst verstummten, als er hinter uns zurückblieb.

Ich war betroffen, daß mich der Junge als Deutschen identifiziert hatte.

Wir passierten gerade eine blinde Scheibe eines Schaufensters, hinter dem eine Kerze brannte. In dem fahlen Licht einer Straßenlaterne musterte ich mein Spiegelbild. Ich erschrak. Im Vorbeigehen grinste mich mein bis auf kurze Stoppeln kahlgeschorener Schädel an. Mein Vollbart war verschwunden. Ein patziger Schnauzstorz stand unter der Nase ab. Ich sah noch, wie sich meine Züge verdüsterten, dann wandte ich mich wieder Claudine zu und folgte ihr Schritt für Schritt unermüdlich weiter, ohne nach dem Ziel zu fragen.

Ich weiß nicht, warum, aber in diesem Augenblick hätte ich sie lieben mögen, hier in einem schmutzigen Winkel der Gasse, zwschen Müll und Unrat, einfach lieben mögen.

Doch ich ging weiter, ohne ein Wort zu sagen.

›El oasis‹ stand auf einer fahlgrünen Fassade im Winkel einer verfallenen Gasse. Eine kahle Glühbirne pendelte über dem Schriftzug und warf unscharfe Strahlen auf ein aus Holzlatten gezimmertes Gerüst, das wie das Wort ›Hotel‹ gebaut war. Claudine betrat den dunklen türlosen Gang unter der Reklame und ging mit festen Schritten über den Unrat hin zum anderen Ende, an dem Licht schimmerte. Durch einen zerschlissenen Teppich im Türrahmen betraten wir einen kleinen Raum.

Die kahlen Wände reflektierten dunkel das rote Licht eines Lampions. An den Wänden entlang standen Bänke, auf denen einige Europäer oder Amerikaner saßen; alle wie wir gekleidet. Bunte Vögel, die irgendein Wind hierher getrieben hatte. Ein Mann in der Ecke mit klotzigen Stiefeln und langem Burnus spielte auf einer indischen Sitar. Die wenigen Gespräche, die leise wie in einer Kirche geführt wurden, erstarben, als wir eintraten.

»Hay!« sagte Claudine in den Raum hinein und hob den linken Arm.

»Hay«, antwortete ein halbwüchsiger Araber, der neben dem Sitarspieler kauerte. Er kam auf uns zu. Seine Haare waren kurz und sauber geschnitten. Er trug Jeans und ein weites Polohemd, auf dessen Brust der Schriftzug ›US Rangers‹ eingestickt war.

Claudine sprach ihn auf englisch an und fragte, ob er ein Zimmer habe. Der Junge nickte und blieb stehen. Claudine wollte den Preis wissen. Der Ranger nannte eine Zahl. Ich rechnete schnell, denn der marokkanische Dirham wird genau wie der französische Franc gehandelt. ›Spottbillig‹, dachte ich schaudernd, denn nach europäischem Komfort sah es in dieser Absteige nicht aus. Claudine akzeptierte nicht, sie nannte ihrerseits einen niedrigeren Preis.

»No, m'Lady«, der Araber schüttelte den Kopf. Gelassen feilschten die beiden etwa fünf Minuten lang. Ich verstand zwar nicht, warum Claudine wegen einer Mark und fünfzig pro Nacht handelte, aber es schien dazuzugehören. Ich versuchte, mir meine Verwunderung nicht anmerken zu lassen.

Ich sah mich um. Keiner der anderen scherte sich um uns. Einige sprachen wieder miteinander, der Sitarmann klimperte weiter. Auf einer der Bänke saß ein fettes Mädchen. Sie rauchte aus einer langen Pfeife mit einem grob geformten Tonkopf. Ihre Haare hatte sie schlampig auf dem Kopf zu Würsten zusammengelegt. Vor ihr auf dem Boden saß ein Araberjunge, adrett wie der andere. Er hatte einen Arm auf die breiten Knie des Mädchens gestützt. Mit der anderen Hand streichelte er behende ihre mit Kupferringen behängten Füße. Die beiden flüsterten Worte, die ich nicht verstehen konnte. Das Mädchen kicherte behäbig. Ihre feisten Tellerbrüste unter dem gestreiften Burnus schwappten. Der Junge beobachtete, wie sich das Fleisch beruhigte, und massierte weiter an den Fußgelenken.

Claudine stieß mich zur Seite. Wir folgten dem Ranger in eine schneckenhausförmige düstere Treppenanlage. Hinter uns kicherte das Mädchen wieder. Wir stiegen zwei Stockwerke hinauf, Schritt für Schritt über ungleiche und ausgetretene Stufen. Die Töne der Sitar verschmolzen und verebbten schließlich in den Windungen der Treppe. Am Ende eines gewinkelten Ganges riß der Junge eine Tür auf und ließ uns in einen niedrigen Raum eintreten, in dem zwei Betten und ein Schrank standen. Der Steinboden und die Betten machten einen sauberen Eindruck.

»Thank you«, Claudine nickte dem Araber zu und gab ihm eine Münze als Bakschisch.

»Okay«, grunzte unser Führer und musterte unverhohlen das Geld in seiner Hand.

Er grinste und ging hinaus.

Claudine schien für einen Augenblick die Luft anzuhalten, dann drehte sie sich zu mir herum. Sie lächelte. Mit einer schnellen Bewegung der linken Hand zog sie Perücke und Stirnband vom Kopf und schüttelte ihre braune Mähne zurecht. Sie riß hinter dem Hals eine Öse auf und schüttelte das Wollgewand herunter. Sie stand einen Augenblick bewegungslos vor mir. Nackt, immer noch mit Ketten und Ringen behängt, Henna an den Schläfen und den Händen, den dunklen Fleck auf der Stirn, wie eine Schauspielerin, die von der Bühne gekommen ist und dem verwehenden Applaus lauscht, in einer letzten komödiantischen Pose verharrend.

Langsam zog ich sie zu mir her und preßte ihren warmen, nassen Körper über meinen Leib. Ihr Kopf vergrub sich an meinem Hals. Ich ließ meine Hände ihre Hüften hinunterstreichen, dann hob ich sie hoch und legte sie sanft auf das eine Bett. Sie riß mich zu sich hinunter. Ihr Mund und ihr Geschlecht verschlangen mich, als wir uns liebten.

Ich hatte schlecht geschlafen in dieser Nacht. Der beständige Lärm, der über dieser Stadt hing, dringt auch durch die Dunkelheit in alle Ritzen der Häuser und nistet sich ein. Morgens, wenn die fahle Dämmerung über den Himmel gleitet, schreien die mohammedanischen Priester ihre Gebete von den Minaretten der Moscheen der Sonne entgegen. Keiner, der nicht schon länger im Orient gelebt hat, kann bei dem unter der kehligen Sprache knarrenden Dröhnen der Lautsprecher schlafen.

Ich war aufgestanden und ruhelos in dem kleinen Zimmer auf und ab gegangen. In meinem Kopf jagten sich Gedanken und Träume. Ein unbekanntes Grauen trieb mich, in den unbenutzten Schrank zu sehen und mit gesenktem Kopf zu lauschen. Doch außer den vielfältigen Stimmen der Muezzins und fernem Autohupen war nichts zu hören.

Erst später, als die Sonne schon brennend auf dem Fenster stand, war ich wieder neben Claudine zurückgesunken. Schwitzend und rastlos warf ich mich herum, bis ich in einen späten, traumlosen Schlaf fiel.

Claudine betrachtete mich und strich mir durch die Haare. Ich kam von weit her zurück in unser Zimmer in der marokkanischen Kaschemme, tauchte auf aus einem dunklen Schlaf.

»Aufstehen«, Claudine lächelte. Ich warf mich auf die Seite wie ein trotziges Kind und schwieg. Wenn ich mich heute an diesen Morgen erinnere, weiß ich nicht, ob ich mir möglicherweise die Angst nachträglich tiefer und drückender ausmale, jetzt, da ich weiß, wie es weitergegangen ist an diesem Tag. Auch die schon früh stechende Sonne vermochte nicht das Grauen, das mich in der Dämmerung gewürgt hatte, zu verjagen.

Ich stand auf und absolvierte mühsam die morgendlichen Grundübungen am Waschbecken. Im fleckigen Spiegel sah ich, wie Claudine hinter mir auf unserem zerwühlten Bett saß und ihre Maske anlegte.

»Was passiert jetzt?« fragte ich beim Waschen.

»Nichts Aufregendes, reine Routine«, sagte sie, ohne von ihrem Spiegel, den sie zwischen die Knie geklemmt hatte, aufzusehen.

»Und was heißt das genau?« brummte ich.

»Wir gehen in die Souks und suchen dort unseren Mann in Marrakesch auf, um die Botschaft deines Schweizer Freundes weiterzugeben.«

»Wohin?«

Claudine zuckte mit den Achseln und packte den Seesack zusammen. Der Umschlag mit den gebrochenen Siegeln lag auf dem Kissen neben ihr. Vorsichtig nahm sie das Papier mit den Buchstabenkolonnen heraus und begann zu lesen. Ich wurstelte weiter herum und bemerkte erst nach einer knappen Viertelstunde, daß Claudine immer noch in das Papier vertieft war.

»Was machst du?« wollte ich wissen.

»Lernen.«

»Dieses Kauderwelsch kannst du behalten?« fragte ich verblüfft.

»Übung, reine Routine«, antwortete sie abwesend und murmelte die sinnlosen Buchstabenreihen vor sich hin. Schließlich steckte sie den Brief in den Umschlag zurück und ging auf den leeren Schrank zu, den ich schon am Morgen inspiziert hatte. Auch sie suchte sorgfältig herum und fand schließlich hinter dem oberen Brett einen Spalt zwischen Rückwand und der Ablage. Dort hinein steckte sie den Umschlag, den sie vorher auf Briefmarkengröße zusammengefaltet hatte.

»Ich wies mit dem Kopf in Richtung Schrank. »Warum nehmen wir das Ding nicht einfach mit?«

»Erinnerst du dich noch an Hamburg und unsere Einladung bei Yahami? Man muß auch hier damit rechnen, daß wir Probleme bekommen.« Ihr Gesicht war wieder hart, und ihre Augen blickten an mir vorbei. Ich nickte betreten, denn mir war klar, daß wir beide ohne Schutz durch Claudines Landsleute in einem arabischen Land operierten. Ich hatte nicht nur die unsichere Belohnung von Mercier in den Wind geschlagen, ich war darüber hinaus noch in eine außerordentlich gefährliche Lage geraten. Sicher würden die Araber und Merciers Leute, allen voran de Breuka, schon jetzt fieberhaft nach mir suchen. Denn ich war gestern nicht im Club Atlantic angekommen, wie mir befohlen worden war.

Claudine zog noch einige Kleidungsstücke aus dem Seesack, der ein schier unerschöpfliches Reservoir für Requisiten zu sein schien. Während sie mir eine buntbestickte Joppe überzog und einen breiten Gürtel um den Leib zu binden versuchte, gab sie mir in sachlichem Ton Instruktionen:

»Wir gehen jetzt wie zwei Hippies, die frisch angekommen sind, natürlich direkt zur Djemma el Fna. Das ist der Platz der Gaukler, auf dem schon seit Hunderten von Jahren die Gauner, Magier, Märchenerzähler und Taschendiebe die Fellachen aus dem Atlasgebirge, die hierher zum Markt kommen, zu erleichtern versuchen. Jeder auf seine Weise. In der Saison haben heute zwar die Touristen die Bauern verdrängt – aber der Reiz des Platzes blieb erhalten. Klar, daß jeder Neuankömmling zuerst zur Djemma geht.«

Claudine band mir wieder das Stirnband um den Kopf. Sie trat ein paar Schritte zurück und musterte mich mit schräggestelltem Kopf, dann sprach sie weiter: »Wir werden ohne Hast über den Platz gehen und uns die Attraktionen ansehen. In dem Gewühl, das dort herrscht, können wir sicher sein, daß uns niemand verfolgt. Sollten wir dennoch einen Schatten haben, dann trennen wir uns. Du mußt versuchen, den Verfolger auf dich zu ziehen und ihn dann abzuhängen. Bei den Menschenmassen, die sich hier immer auf den Straßen bewegen, ist das kein großes Problem. Wenn wir einige Zeit unbehelligt auf dem Platz herumgegangen sind, gehen wir in die Souks, also in den Bazar, wo unser Mann eine Schnitzerei betreibt. Wenn wir den Funkspruch abgesetzt haben, brauchen wir nur noch so schnell wie möglich hier zu verschwinden. In Rabat haben wir dann wieder jede Unterstützung.«

»Wie einfach!« brummte ich und spürte, wie mir die Angst vor den nächsten Stunden den Rücken hinaufkroch.

Claudine lächelte mich an und sagte leise: »Wir schaffen's schon.« Sie drückte ihren rechten Daumen mit der Faust und küßte versonnen die Fingerknöchel.

15

Wir waren in das bunte Treiben eingetaucht und aufgesogen worden von dem Gewühl der Menschen auf dem weiten Platz. Ich hatte immer versucht, nach hinten Ausschau zu halten, um beobachten zu können, ob uns jemand folgte, doch ich entdeckte niemanden. Claudine nickte mir zu, und ich nahm an, daß alles in Ordnung war.

Der Platz ist breit und offen. Im Süden schweben über dem Dunst der Stadt die Gipfel des hohen Atlas wie Kulissen. Darunter die Menschen. Schausteller und Schaulustige, bunt ineinander verwoben. Märchenerzähler mit großen Gesten berichten in hastigem Arabisch aus der Vergangenheit, belauscht von Fellachen, die sich dicht herandrängen. Koranleser, die auf einem zerschlissenen Kelim kauern, blicken starr nach Osten, versunken in ihr Gebet, und heben die Stimme nur, wenn ein Eingeborener näher tritt, um das Wort seines Gottes zu hören. Andere haben im Staub ein Tempelfeld errichtet und in magischen Linien Coca-Cola-Flaschen aufgestellt, in denen Plastikblumen üppig blühen. Dazwischen schreiten weiße Tauben einher, streichen um den Guru, der magische Versenktheit vorspiegelt.

Ein Zauberer treibt vor einem Kreis Gaffender sein illusionistisches Spiel. Er streift die Ärmel seines Gewandes weit zurück und läßt sich von einem Knaben eine Zeitungsseite geben. Er dreht sich im Kreis und zeigt stumm das Papier. Der Knabe beginnt auf kleinen Tonbongos einen hektischen Rhythmus zu schlagen. Der Magier reißt die Seite in zwei Teile, dann teilt er die Reste wieder und wieder, bis er nur noch kleine Fetzen in den Händen hält. Behutsam mischt er das Papier. Die Trommeln bellen. Er schließt die Augen und faltet plötzlich dieselbe Seite aus der Zeitung unbeschädigt auseinander, die er kurz vorher zerrissen hat.

Während ich noch in die Hände klatschte, war der Helfer flink aufgesprungen und rannte mit einem Zylinderhut in der Hand vorbei, schrie dabei ›Bakschisch, Bakschisch‹, zupfte Zuschauer am Ärmel, die sich schon herumgedreht hatten, und trieb unnachsichtig einige Dirham ein, die der Magier dann in die weiten Taschen seines Gewandes schaufelte.

Claudine neben mir strahlte und gab dem Jungen eine große Münze. Alles um sie herum schien nicht zu zählen. Sie drängte sich vor, um besser sehen zu können, als der Künstler begann, sich behende aus Fesseln zu lösen, die ihm vorher von hart zupackenden Touristen um Arme und Beine gezerrt worden waren. Sie konnte sich nicht sattsehen an diesem immerwährenden Spiel der Illusion, dem scheinbar Unmöglichen. Ein Mann wird verschnürt und in Fesseln gezerrt, doch er erlangt in stoischer Ruhe, sich um sich selbst drehend, immer wieder seine Freiheit, Tag für Tag.

Wir gingen weiter, scheinbar ziellos auf die Straßen der Souks zu. Wieder passierten wir einen Ring aus Menschen. Claudine drängte sich hinten in die Mauer hinein und kämpfte sich rasch nach vorne. Ich hatte Mühe, ihr zu folgen.

In dem weiten Kreis standen drei Männer unter Sonnenschirmen. Sie schienen zu warten. Das Publikum beobachtete die reglosen Gestalten aus sicherer Entfernung. Vor den Männern lagen vier oder fünf große Tamburine auf dem Boden in der Sonne. Einer hielt einen Stab mit gekrümmtem Ende in der Hand. Ich wollte wieder gehen, doch Claudine zog mich zurück. Die Vorstellung begann.

Einer der drei setzte sich nieder und riß das vor ihm liegende Tamburin hoch. Darunter lag als schwarzes Knäuel eine Schlange. Die Hände des Mannes schlugen dumpf auf das mit Tierhaut bespannte Tamburin ein. Ein anderer setzte eine Holzflöte an. Träge rollte sich die Schlange auf, schien ihren schmalen langen Leib ordnen zu müssen, dann zog sie sich zurück, und aus dem verschlungenen Körper richtete sich der Kopf fast eine Armlänge empor, graziös zurückgebeut, und öffnete einen breiten Schild im Nacken.

»Black man«, sagte ein rothaariger Tourist neben mir voller Ehrfurcht und schraubte ein Teleobjektiv vor seine Kamera.

Nach und nach flogen die anderen Tamburine um und kullerten den Zuschauern vor die Füße, die erschrocken zurückwichen. Eine Königskobra nach der anderen entfaltete sich und erhob den kleinen Kopf zur Drohung, allesamt schwarz und ohne jede Zeichnung auf dem Rücken. Einer der Männer begann langsam um die Schlangen herumzustreichen. Der Saum seines Burnus wehte wie das rote Tuch eines Toreros über die Köpfe der Kobras hin. Die Schlangen drängten sich näher aneinander und folgten den Schritten des Mannes in einer synchronen Bewegung ihrer Leiber. Dann trat der Flötenspieler vor und narrte eine der Schlangen mit dem Ende des Instruments. Die Kobra glitt in einer schwankenden Bewegung hin und her, ohne auf das Holz der Flöte zuzustoßen. Der Trommler sammelte unterdessen die Tamburine ein und rollte sie auf der Kante balancierend durch die Gruppe der Tiere. Dann rannte er auf die andere Seite des Kreises und ließ die Trommeln zurücklaufen. Immer noch verharrten die Schlangen in ihrer drohenden Stellung und zuckten nur beiseite, wenn eines der Tamburine polternd vorbeirollte.

Schließlich warfen die beiden mit geschicktem Schwung die Trommeln einer Schlange nach der anderen über das Haupt. Die Kobras sanken unter der Last zusammen und zogen ihre Leiber in das schützende Dämmerlicht unter den Trommelfellen zurück. Nur eine der Schlangen blieb draußen. Sie war die größte von allen. Der Flötenspieler legte sein Instrument zur Seite, während die anderen beiden die Tamburins in immer wilderem Rhythmus schlugen. Mit einer schnellen Bewegung griff der Flötenspieler zu und packte den Schwanz des Tieres, riß es empor und hielt an seinem lang ausgestreckten Arm die Kobra von sich, so daß sie mit dem Kopf nach unten wie ein schwarzes Seil vor seinen Füßen baumelte.

Ein erschrockenes Raunen ging durch das Publikum. Der Mann stand starr und ließ die Schlange auspendeln, dann ließ er sie fallen und schleuderte sie von sich weg. Für den Bruchteil einer Sekunde war das Tier benommen und ohne Reaktion, dann krümmte sich sein Leib und es begann behende, in weit schwingenden Bewegungen von dem Mann fort, auf die Menschenmauer zuzukriechen. Erschrocken schrien die Leute auf und wichen weit zurück, doch der Mann lachte und sprang nach vorne, war nach wenigen Schritten auf gleicher Höhe mit der Schlange, griff im Vorbeilaufen nach unten in den Nacken der Kobra und riß sie mit sich hoch.

Breit lachend kam er auf die Gaffer zu. In der linken den Schlangenkopf, bewehrt mit Stecknadelkopfaugen und einer kleinen farblosen Zunge, die unermüdlich vor- und zurückzüngelte. Der Körper der Kobra war nun um seinen Arm und seinen Bauch geschlungen. Mit der rechten Hand hob er eines der Tamburine auf und hielt es vor die zurückprallende Menge. »Bakschisch«, rief er, »Bakschisch!«

Schnell griffen die Zuschauer in ihre Taschen und wehrten den unruhig umherspringenden Schlangenmann mit Münzen ab, die sie in das breite Tamburin warfen. Ich selbst habe eine unerklärliche, tiefsitzende Angst vor Schlangen. Ich wollte fliehen, denn ich war schon seit einigen Minuten starr vor Grauen, wie ein Mensch, der hoch am Rande einer Felswand steht und plötzlich vor sich hinunterblickt über den Absturz.

Doch schon im nächsten Augenblick war der Mann vor

uns, von einem Bein auf das andere springend. Ich griff nach vorne und wollte Claudine mit zurückreißen. Doch die Menschen hinter mir wichen nicht beiseite. Ich strauchelte und verlor Claudines Schulter aus dem Griff. Halb im Fallen sah ich den Grinsenden mit zwei Schritten näher kommen, direkt auf Claudine zu. Dann stand er dicht bei ihr. Ich kam auf die Füße und sah Claudines Arm, eine Münze in der Hennahand, auf den Mann zukommen. Da glitt die Schlange aus seiner Hand, drehte sich zurück und stieß auf Claudines Arm zu, kaum wahrnehmbar, war schon in der Bewegung wieder aufgefangen worden von dem Mann, der immer noch grinste.

Claudine schrie und zuckte zurück, sie warf sich nach hinten und prallte an mich. Der Mann hüpfte weiter und schrie »Bakschisch, Bakschisch«. Ich wollte ihm nachrennen, ihn packen, doch als ich mich aus den Menschen lösen wollte, sprang er in unsere Richtung zurück und holte mit der linken Hand, in der sich immer noch der Schlangenkopf befand, aus wie zu einem Boxschlag.

Die Menschen hinter uns bildeten eine Gasse. Ich nahm Claudine in den Arm und zog sie zurück. Oberhalb des Knöchels an ihrem Unterarm waren zwei Blutstropfen.

»Messer«, flüsterte sie.

Ich kramte aus der Tasche ein Klappmesser und zog mit zitternden Händen die Klinge heraus. Wir rannten noch einige Schritte und blieben hinter einer Menschentraube stehen.

»Aufschneiden«, sagte sie hastig und hielt mir den rechten Arm vor das Gesicht. Ich begriff, packte das Handgelenk und schnitt über den beiden Blutstropfen tief in die Haut. Dann saugte ich an der Wunde und spuckte immer wieder auf den Boden, wo sich bald eine kleine Lache aus Speichel und Blut bildete. Gemeinsam banden wir den Arm mit einem der Seidentücher ab.

Claudine lächelte dünn. »Passiert schon nichts!« beruhigte sie sich, »die haben den Schlangen sicher vor der Show die Giftbeutel ausgedrückt.«

»Sicher«, antwortete ich und zog die Schlinge um den Arm fest zu. Ich hatte Angst.

Wir sahen die beiden Männer gleichzeitig. Orientalen, beide in feinen europäischen Anzügen, Männer, die nicht auf diesen Platz gehörten. Sie beobachteten uns aufmerksam, wie Schakale ihre Opfer belauern.

»Du mußt sie aufhalten«, flüsterte Claudine. Aus ihrer gebückten Haltung schoß sie nach vorne und wand sich schnell an den Passanten vorbei. Die beiden rannten los, um ihr zu folgen. Ich blieb stehen. Der erste stürzte über mein Bein. Er überschlug sich im Staub des Pflasters. Der andere stand plötzlich vor mir, ein kleines Springmesser in der Hand. Er stach zu, doch ich konnte der Bewegung ausweichen. Mein hochgezogenes Knie traf ihn in den Magen. Ich drehte mich um. Der andere erhob sich. Mein Tritt traf ihn mit voller Wucht am Kopf. Er schlug nach hinten auf den Boden. Der Mann mit dem Messer rang nach Luft. Er kniete am Boden. Nicht weit von uns hörte ich Trillerpfeifen gellen. Ich rannte los, auf die Menschenmauer zu, die sich um uns herum gebildet hatte, stieß einen Mann in grauer Polizeiuniform zur Seite und bahnte mir einen Weg durch die Leute. Hände griffen nach mir. Ich riß mich immer wieder los. Erst nach hundert Metern erreichte ich eine Gasse, in die ich einbog, dort ging ich mit normalen Schritten weiter.

Mit Mühe fand ich den Weg zurück in die Absteige. Von einem Winkel schräg gegenüber beobachtete ich den Eingang eine geraume Zeit. Als ich feststellte, daß nur Hippies ein- und ausgingen, nahm ich meinen ganzen Mut zusammen und rannte zu dem dunklen Gang hinüber. Sitargeklimper klang wieder durch das dunkle Haus. Ich hielt an, um meine Augen an die Finsternis zu gewöhnen. Auf der Treppe zum ersten Stock saß der Amerikaner und spielte mit niedergeschlagenen Augen auf seinem Instrument. Mit wenigen Schritten war ich an ihm vorbei und hastete hinauf. Die Zimmertür war verschlossen. Ich hatte vergessen, mir unten den Schlüssel geben zu lassen. An der Klinke ohnmächtig zu rütteln, hatte keinen Sinn. Ich nahm Anlauf. Mit der rechten Schulter voran stürzte ich in den Raum hinein, während hinter mir die Tür krachend gegen die Wand schlug.

Mit einem Blick erkannte ich, was geschehen war: die Betten waren zerwühlt, die Matratzen herausgehoben und zurückgeworfen. Der zerrissene Vorhang blähte sich im Durchzug. Die Schranktür stand offen. Der Inhalt von Claudines Seesack war auf dem Boden verstreut. Ich hastete zu dem Schrank und griff in die Ritze unter der Ablage, wo ich den Zettel vermutete, den Claudine versteckt hatte. Doch wer auch immer hier gewesen war, er hatte sein Handwerk verstanden. Leer, nichts zu finden.

Ich mußte hier heraus. Für mich gab es nichts mehr zu finden. Im Korridor vor dem Zimmer zeterte eine Stimme. Ich rannte los und stürzte über ein altes Weib mit bunten Pyjamahosen, das schreiend an der Treppe stand. Halb fallend polterte ich die Stufen hinab, fing mich beim nächsten Absatz und stürmte mit langen Schritten weiter. Unten an der Rezeption kam mir der Araberjunge entgegen. Er stach seine Linke in meine Richtung, doch der Schlag ging fehl. Ich überrannte den kleinen Kerl mit meinem Gewicht und meiner Länge. Er schrie im Fallen. Ein Handkantenschlag platschte müde hinter mir her. Dann war ich draußen und in dem Gewühl der Gassen untergetaucht.

Im spärlichen Schatten eines Vordachs wartete ich den ganzen Tag. Keiner beachtete mich, still kauerte ich am Boden und spielte den Schlafenden. Ich behielt den im prallen Sonnenlicht liegenden Eingang der Gasse, in der das Hotel Oasis lag, ständig im Auge. Die vorbeidrängenden Menschen wurden bald nur noch zu schemenhaften Gestalten und verschwammen unter meinem Blick zu einer wogenden Masse. Immer wieder riß ich mich hoch und zwang mich, genau hinzusehen, doch meine Augen brannten von dem grellen Licht. Die monotone Bewegung der Vorbeikommenden schläferte mich ein. Ich war durstig geworden im Staub der Straße, doch ich hatte Angst, meinen Platz aufzugeben. Denn ich wartete darauf, daß Claudine kommen würde, daß sie nach mir suchen würde.

Aber der Tag verging, Claudine blieb aus.

Erst als die Schatten dunkel über der Gasse lagen, stand ich auf. Ich hatte immer noch keinen klaren Gedanken gefaßt, obwohl ich den ganzen Tag versucht hatte, mich zu beruhigen. Ich kam an einem Platz vorbei, auf dem aus einem Hydranten Wasser floß. Ich schob mich durch die Wasserholer und trank gierig die lauwarme Flüssigkeit. Aus der Rinne am Boden schaufelte ich mit beiden Händen Wasser über meinen Kopf und rieb meine verklebten Augen aus.

Langsam trollte ich mich dann über den Platz und stand schließlich nach einigen Irrwegen vor einem Postamt. In meiner Tasche klimperten noch ein paar Münzen. Ich stellte mich in einer stummen Reihe vor einem der Telefonhäuschen an und kam nach unendlich langer Zeit zum Zuge. In einem zerfledderten dreckverschmierten Telefonbuch suchte ich mühsam herum und fand schließlich die Spalte ›Hôpitales‹.

Mein Französisch ist schlecht, seit der Schule hatte ich kaum Gelegenheit, ein paar Worte zu sprechen. Trotzdem fielen mir, gejagt von der Angst um Claudine, ganze Sätze ein.

»Haben Sie jemanden mit einem Schlag von einer Schlange?« fragte ich sinngemäß. Langes Schweigen.

»Schlag von einer Schlange?«

»Do you speak English?« bettelte ich, als ich merkte, daß mein unbekannter Gesprächspartner auflegen wollte.

»Yes.«

»Okay«, Englisch kann ich besser. Ich erklärte, daß ich eine junge Frau suchte, die mit einem Schlangenbiß eingeliefert worden sei. Ich wurde verbunden. Wieder dasselbe. Französisch, dann Englisch. Doch der andere verstand kaum, was ich sagen wollte. Wieder wurde ich verbunden. Ein Arzt. Nein, einen Schlangenbiß habe man schon seit drei Monaten nicht mehr gehabt, aber er werde mich verbinden. Eine Frauenstimme, arabisch. Ein Hörer wurde weggelegt. Stimmen im Hintergrund, dann wieder eine Frau. Nein, in der Notaufnahme ist kein Schlangenbiß gewesen. Ich sah über die Schulter. Die Menschen verharrten in stoischer Ruhe vor der Zelle. Ich versuchte es bei der nächsten Nummer. Besetzt. Die Münze fiel durch. Noch ein Versuch. Wieder besetzt. Ich hatte noch zwei Geldstücke, wenn die verbraucht waren, hätte ich mich wieder anstellen müssen. Die nächste Nummer.

»Hôpital municipal.«

»Do you speak English?« Ich hatte Glück. Die Stimme verband mich. In der Leitung pochte es. Der Mann, mit dem ich jetzt sprach, war informiert worden. In Englisch sagte er: »Ja, wir haben heute eine Patientin mit einem Schlangenbiß bekommen.«

»Wie geht es ihr?« schrie ich.

»Einen Moment bitte«, es knackte, und der Mann war aus der Leitung. Wieder hörte ich das pochende Geräusch. Es dauerte schier endlos, bis die Stimme wiederkam und ohne Emotion sagte: »She's dead.«

»Tot?« Meine Stimme überschlug sich.

»Ja, Sir, tot.«

Eine kleine Hoffnung kam in mir hoch. »Eine europäische Frau?«

»Ja, eine europäische Frau.«

»Wie heißt sie?«

»Das wissen wir nicht, Sir.«

»Ein Hippie?« fragte ich leise.

»Ja«, die Stimme drängte.

»War der Biß am linken Unterarm?«

»Ja, sie hatte Henna an den Händen und eine Perücke auf«, ergänzte der Mann ungeduldig, »kennen Sie die Frau?«

Ich nickte, denn ich konnte nicht mehr sprechen.

»Kennen Sie die Frau«, wiederholte der Mann, »kommen Sie, um die Leiche zu identifizieren!«

Ich schüttelte den Kopf und hängte den Hörer auf. Als ich die Kabine verließ, drängte sich ein Mann an mir vorbei.

Ich habe noch nie in meinem Leben einen Menschen beraubt. Doch in dieser Nacht habe ich einen Touristen überfallen. Es war vielleicht zwei oder drei Uhr morgens. Ich war rastlos durch die Stadt gelaufen, hatte wie im Traum Menschen angesprochen, die meine Sprache nicht verstanden, und ihnen alles erzählt. Ich lief neben ihnen her und berichtete mit monotoner Stimme, aber keiner hörte mir zu. Erst als der Hunger hinter meinem Durst aufzukeimen begann, kramte ich in den Taschen und fand noch ein wenig Kleingeld. Dafür kaufte ich bei einem fliegenden Händler wahllos Süßigkeiten, die ich in mich hineinschlang. Wieder folgte ich einem Mann durch die Straßen und über die Plätze, ständig auf ihn einredend, bis er in einem Haus verschwand. Erschöpft hockte ich mich ein paar Schritte weiter auf den Boden. Ich mochte stundenlang dort gesessen haben, bis ich schließlich träge begann, meine Taschen zu kontrollieren. Außer meinem Paß, der glücklicherweise hinten in der Hose steckte, fand ich nichts.

Meine Gedanken fixierten sich auf Geld. Geld war das

einzige Mittel, mit dem ich von hier wegkommen würde. Ich hatte kein Geld, keinen Centime. Claudine hatte alles verwahrt. Claudine war tot. Ich mußte aber weg von hier, weg aus dieser Stadt mit ihrem schreienden Leben, weg von dem Ort, an dem Claudine gestorben war. Wie im Fieber erhob ich mich und ging los. Geduckt wie ein Tier schlich ich durch die Gassen. Zwei- oder dreimal setzte ich zum Sprung an. Doch ein Rest von Furcht hielt mich zurück, weil noch andere Menschen auf der Straße waren. Erst viel später wurden die Straßen leerer.

Bis endlich im trüben Licht einer verfleckten Laterne dieser Mann vor mir auftauchte. Er schwankte leicht und brummte ein Lied, das ich nicht kannte. An seine Seite hatte er ein Mädchen gepreßt, das unentwegt kicherte. Ich sprang nach vorne und schlug mit aller Wucht meine Faust zwischen seine Schultern. Er ließ das Mädchen fahren und drehte sich herum. Ich sah sein Gesicht als verwaschene Maske. Dann schlug ich wieder zu, sah, wie er zurückprallte und mit dem Schädel gegen die Mauer stieß. Das Mädchen schrie. Mit flatternden Händen suchte ich in den Taschen des regungslos Daliegenden, fand eine Brieftasche und zog sie heraus. Der Mann begann sich zu bewegen und sagte einige Worte, die ich nicht verstehen konnte. Ich war wieder auf den Beinen. Ich sah das Mädchen mit vor Angst aufgerissenen Augen unter der Laterne stehen. Ich drehte mich herum und rannte zurück in die Dunkelheit.

16

Ich kam zu mir, als die Stewardeß sagte: »Wir haben unsere Reiseflughöhe verlassen und bitten Sie...« Um mich waren schnatternde Stimmen, Touristen auf dem Rückflug von Nordafrika. Die Landung im neblig-trüben Hamburg schien aufregender zu sein als die ganze Reise auf dem exotischen schwarzen Kontinent.

Die Stewardeß trottete müde durch den Mittelgang. Bei mir blieb sie stehen: »Würden Sie sich bitte anschnallen.«

Ich sah für mitteleuropäische Verhältnisse immer noch verwegen aus. Kunzmann brach denn auch in schallendes Gelächter aus, als er auf mein Klingeln die Tür zu seinem Apartment öffnete.

»Dich haben die Zigeuner wohl im Trab verloren«, kicherte der Kollege. Mir war nicht nach Scherzen, und den kannte ich ohnehin schon seit meinen Kindertagen. Ich duschte, putzte mir mit den Fingern die Zähne und versuchte, die Reste meiner Frisur einigermaßen in Ordnung zu bringen. Die Anzüge Kunzmanns waren mir zwar etwas zu groß, aber ich konnte einen eng geschnittenen Blazer tragen, ohne den Eindruck zu erwecken, in geklauten Kleidern daherzukommen.

Kunzmann hatte Kaffee gemacht.

»Also, her mit meinen Unterlagen«, sagte ich nach dem ersten wohltuenden Schluck.

»Wie bitte?« Er schien mich nicht zu verstehen.

»Mach kein' Scheiß«, brummelte ich, »gib mir den Umschlag.«

»Ja, weißt du denn nicht...?«

»Was soll ich wissen?«

»Die Unterlagen wurden abgeholt.«

Ich sprang auf, obwohl mich der Schreck beinahe lähmte.

»Abgeholt, bist du verrückt?«

»Nu mach's mal halblang. Da war ein Kollege von dir da, von eurem Blatt, er hat mir sogar seinen Presseausweis und ein Telegramm von dir gezeigt. Das Telegramm war aus – warte mal – ich denke aus Algier oder... ja, aus Algier.«

»Ich bin überhaupt nicht in Algier gewesen.«

»Kann auch woanders hergekommen sein.«

»Das ist schließlich scheißegal, weil ich überhaupt kein Telegramm geschickt habe.«

»Was, ist das dein Ernst?«

»Ja, und ich habe auch meine Zweifel, ob das ein Redaktionskollege war, der dir die Unterlagen aus dem Kreuz geleiert hat.«

»Aus dem Kreuz geleiert... ich habe sie ihm natürlich ohne weiteres gegeben, ist doch klar, würde jeder tun in so einem Fall.«

»Ich nicht, nach meinen Erfahrungen aus den letzten Wochen.«

»Okay.«

Ich war plötzlich unsagbar müde; alles, was ich mir überlegte, erschien mir vergeblich.

»Mensch, ist das denn so wichtig für dich?« fragte Kunzmann leise.

»Wichtig? Lebenswichtig! Mann!«

Ich stand auf und ging grußlos hinaus.

In der Eingangshalle unserer Redaktionsbüros umfing mich bei aller architektonischen Kälte eine gewisse Heimeligkeit. Hier gehörte ich hin. Der schnelle Aufzug brachte mich in den zwölften Stock. Ich stieß die Tür zum Büro des Chefs auf.

»Oh, sieh da, der Herr Stoller! Auch mal wieder im Lande?«

Irgend etwas an mir mußte ihn dann aber doch irritiert haben. Vielleicht waren es die übernächtigten, blutunterlaufenen Augen, vielleicht war es die Frisur, vielleicht auch nur Kunzmanns Anzug.

»Was ist mit Ihnen?« fragte der Chef plötzlich ernst.

»Mir geht's hundeelend, ich hab' mehr zufällig überlebt, die ganze Reise war ein Flop mit teilweise tödlichem

Ausgang, und jetzt komme ich hierher und will mich um meine Unterlagen für die Story kümmern, und da sagt man mir, die hätten Sie bereits durch einen Kollegen abholen lassen.«

»Wer, ich?«

Ich ließ mich nicht mehr unterbrechen. »Der Mann hat einen Presseausweis und ein Telegramm von mir vorgelegt. Das Telegramm stammte aus Algier, wo ich nie gewesen bin. Bleibt die Frage: Wer war der Kollege, und wer hat das Telegramm gefälscht?«

Mein Chef ließ seinen Sitz nach hinten kippen, legte seine Füße auf den Schreibtisch und stemmte die Fingerkuppen gegeneinander.

»Die südliche Sonne muß Ihnen geschadet haben.«

»Stimmt, aber nicht so sehr, wie Sie vielleicht glauben.«

»Schwer genug, um mir eine solche aberwitzige Story zu erzählen.«

Ich sah ihn an. Konnte ich's ihm verübeln, besonders glaubwürdig war das ja nun wirklich nicht.

Der Chef ließ seinen Sitz wippen. »Warum liegen die Unterlagen irgendwo und nicht bei uns?«

Ich konnte nur hilflos die Schultern heben.

»Stoller, Stoller, ich habe Sie gewarnt, Ihre Geschichte hat überall Löcher.

Ich will nicht wissen, in was Sie sich da eingelassen haben. Aber man hat Verbindungen. Das wissen Sie. Auch ich habe Verbindungen...«

»...zu den Geheimdiensten«, schob ich unnötigerweise ein.

»Wie auch immer«, er machte eine fahrige Handbewegung. »Sie sind ganz sicher in eine Top-Geschichte verwickelt, aber Sie haben dabei Ihren Kredit als Journalist überzogen. Wir beobachten und reportieren und gehen niemals auf die Seite des Handelnden. Das ist nach wie vor ein ehernes Gesetz!«

»Ach lecken Sie mich doch am Arsch mit dem hochtrabenden Geseire«, brummte ich und wollte hinausgehen.
»Stop!« schrie der Chef. Ich blieb einfach stehen.
»Ja?« sagte ich zur Tür.
»Wir sind noch nicht fertig.« Jetzt hatte seine Stimme einen kalten Klang.
Ich wandte mich um. Er stand neben seinem Schreibtisch und hielt ein schmales weißes Kuvert in der Hand.
»Bitte!« sagte er und streckte mir den Umschlag entgegen. Ich nahm ihn automatisch.
»Das wär's«, sagte der Chef.
»Jetzt bin *ich* noch nicht fertig«, sagte ich und nahm aus der Federschale auf seinem Schreibtisch einen Brieföffner.
Wie in Zeitlupe schlitzte ich das Kuvert auf, nahm ein Blatt Papier heraus, faltete es auf, glättete es auf dem Schreibtisch und las:

Sehr geehrter Herr Stoller,
Sie haben sich, wie wir zuverlässig wissen, bei den Recherchen zu einem Beitrag über den Leopard-Panzer weit über die Grenzen dessen hinausbegeben, was man als journalistische Arbeit bezeichnen kann. Wir dulden so etwas grundsätzlich nicht.
In Anbetracht Ihrer mehrjährigen, von uns durchaus geschätzten Mitarbeit als Redakteur und Korrespondent schlagen wir Ihnen vor, das Arbeitsverhältnis im gegenseitigen Einvernehmen zum Ende dieses Jahres zu lösen. Wir bitten Sie solange um eine loyale Mitarbeit, die sich im wesentlichen in Routinearbeiten sowie in der Übergabe Ihres Büros an Ihren Nachfolger erschöpfen wird. Unsere Wertschätzung Ihrer bisherigen Mitarbeit wollen Sie bitte auch darin erkennen, daß wir Ihnen nach Ablauf Ihrer Dienstzeit ein Jahresgehalt bezahlen werden.
Wir bedauern die Entwicklung, sehen aber leider keine andere Möglichkeit. Für Ihren weiteren Berufsweg wünschen wir Ihnen alles Gute.
Mit freundlichen Grüßen...

Unterschrieben war der Wisch vom Herausgeber und vom Geschäftsführer. Ich wurde gebeten, den Durchschlag zum Zeichen meines Einverständnisses unterschrieben ›zurückzureichen‹.

Mein Chef betrachtete angelegentlich seine sauberen Schuhspitzen. Ich wollte ihn dazu zwingen, mir ins Gesicht zu sehen.

»Sagen Sie...« Ich wartete.

»Hmm?« Er stierte weiter auf seine Schuhe.

»Sie wußten eine ganze Menge, schon bevor ich zurück war, nicht wahr?«

»Sage ich doch!«

»Halten Sie Ihr Verhalten für fair?«

»Für angemessen. Unterschreiben Sie!«

»Sie würden gut zu den Herren Geheimdienstlern, noch besser zu Mercier passen, so wie Sie sind.«

Jetzt sah er mich an, und ich merkte, daß ich nicht recht hatte. »Herr Stoller«, sagte er, »Sie waren mit dem besten Willen nicht zu halten.«

Ich merkte, daß ich ihm glaubte, und ich ärgerte mich darüber.

»Tun Sie nicht so scheinheilig«, stieß ich heraus.

Er nahm die Füße vom Tisch, stand auf und kam auf mich zu. Dicht vor mir blieb er stehen. »Sie sind jetzt müde und erregt. Ich kann das verstehen. Und ich bin gerne bereit, in ein paar Tagen oder Wochen noch einmal ausführlich mit ihnen zu reden. Möglicherweise gelingt es sogar, den Entschluß des Hauses rückgängig zu machen. Aber Sie sollten jetzt keinen Aufstand inszenieren. Bitte!«

»Leere Versprechungen«, brummelte ich, und auch diesmal wußte ich, daß ich damit unrecht hatte.

»Warten Sie's doch ab«, seine Geduld ließ nicht nach.

»Vom Warten kann ich nicht existieren«, sagte ich und ging.

Grußlos schritt ich durchs Sekretariat und vorbei an den vielen Türen meiner Kollegen, einen endlos langen, teppichbelegten Gang hinunter zum Aufzug. Ich fuhr ins Erdgeschoß und ließ mich durch die Drehtür auf die Straße hinaustrudeln. Ohne auf den Verkehr zu achten, stampfte ich über die Fahrbahn und gegenüber dem Redaktionsgebäude fünf Stufen hinunter in eine Bierpinte, in der am Abend die Kollegen Skat oder Poker spielten. Jetzt war der Konferenzraum 5, wie die Kneipe in der Redaktion genannt wurde, leer. Ich bestellte ein großes Bier und einen Korn. Als der Wirt den Humpen abstellte, verschüttete er eine Menge. Auf dem gescheuerten Holztisch bildete sich eine Lache. Ich stierte in die sich langsam ausbreitende Flüssigkeit und ließ dann unvermittelt meine Faust auf den Tisch niedersausen. Das Bier spritzte auf.

Der Wirt sah verschlafen zu mir herüber.

»Ärger?«

»Nö, man hat mich gerade befördert.«

Er goß zwei Schnäpse ein und kam zu mir herüber. »Darauf müssen wir einen trinken.«

»Und ob!« sagte ich und brach in ein heiseres Gelächter aus. Der Wirt sah mich an wie einen Kranken.

»Prost«, sagte ich.

Er nickte mir zu und kippte den Schnaps.

»Dasselbe noch mal«, sagte ich und deutete auf mein Bierglas. Wortlos brachte der Wirt mir ein neues Glas, das er diesmal sehr behutsam auf den Tisch stellte.

17

Ich saß an meinem Schreibtisch in der Redaktion und beobachtete aus halb geschlossenen Augen meinen Besucher, der mit Wurfpfeilen auf eine Zielscheibe neben der Tür zielte. Er war ein junger Anwalt, Fritz Schneider, vollbärtig, in blaugrauen Jeans, der unentwegt über seine neuesten Fälle redete und dabei Pfeile warf. Ich schwieg, denn ich hatte nichts zu sagen. Erzählt hatte ich ihm nichts, warum auch?

»Ist dir nicht gut?« fragte er und drehte sich um. Grinsend hob er einen imaginären Humpen an seine Lippen.

Ich schüttelte den Kopf und rieb mit der Handfläche die Schläfen.

»Nein«, sagte ich müde.

»Ja, wenn man nichts verträgt...« Er ließ den Satz unbeendet und schleuderte wieder einen Pfeil. »Ich würde eine Tablette nehmen«, sagte er.

»Ja«, bei jedem Wort fuhr mir der Schmerz durch den Schädel. Mein Magen drehte sich im Kreis. Der Anwalt kam herüber und klopfte leicht mit den Knöcheln auf die Platte des Schreibtisches.

»Na, dann noch alles Gute für heute«, er lachte über mich hinweg und ging mit Catcherschritten durch die Tür. Vorsichtig legte ich meinen Kopf nach vorne auf die verschränkten Arme. Das Telefon schrie neben mir. Ein Kollege. Er fragte mich viel, wollte wissen, wo ich war, ob mir etwas zugestoßen sei. Meine Antworten waren spärlich, meine Stimme tonlos. Ich roch meine Ausdünstung von kaltem Rauch, Alkohol und Schweiß. Ich drehte den Hörer vom Kopf weg und ließ ihn in den Raum sprechen. Ich hörte nicht zu. Dann wurde mir wieder schlecht. Ich legte den Hörer auf und rannte hinaus.

Mit hängendem Kiefer und triefenden Lippen

schleppte ich mich zurück. Meine Sekretärin stand in der Tür und betrachtete mich mitleidig.

»Kaffee?« fragte sie.

»Nein«, ich winkte matt mit meiner linken Hand ab.

»Ein Schnaps hilft dir bestimmt«, beharrte sie. Ich schnaufte tief und nickte. Sie kam kurz darauf mit einem Glas halbvoll mit Whisky. Sie stellte es zwei Handbreit vor mich. Ich blieb regungslos und starrte in die klare, hellbraune Flüssigkeit. Tief aus meinem Körper jagte ein Schüttelfrost herauf. Ich griff nach dem Glas und goß den Inhalt dem Zittern entgegen. Mein Magen und die Speiseröhre brannten. Ich keuchte vor Erschöpfung, doch dann verebbte der Schüttelfrost. Die Peitschenschläge in meinem Hirn ließen nach. Mühsam stemmte ich mich vom Schreibtisch hoch. Ich ging den Flur entlang und kam in das Zimmer meiner Sekretärin. Ohne sie zu beachten, ging ich an ihr vorbei und griff in den Schrank nach der Schnapsflasche. Ich steckte sie in die Tasche meines Jacketts.

Ich wanderte durch die Straßen. Bisweilen rempelte ich einen Vorbeigehenden an. Dann trank ich einen Schluck aus der Flasche.

Vor dem Haus, in dem ich gewohnt hatte, blieb ich stehen und studierte die Namensschilder. Mein Name stand nirgends mehr. Ich griff in die Tasche und holte das zerknüllte Stück Papier heraus, den Brief, den ich heute nacht in meinem Büro gefunden hatte. Ich las noch einmal die Zeilen durch, die vor meinen Augen verschwammen.

Lieber Helmut,
ich weiß nicht, wann du wiederkommst und ob du überhaupt jemals wiederkommst. Dies soll kein Vorwurf sein, aber du mußt auch Verständnis für mich haben. Jeder hat nur ein Leben. Und für mich ist es kein Leben, ständig zu warten und immer in Unsicherheit zu sein. Vielleicht bin ich in deinen Augen eine Spieße-

rin, aber ich kann nun mal nicht anders. Ich habe unsere Wohnung aufgegeben und bin nach München gezogen. Ich bin so ehrlich und sage es dir schon jetzt. Ich habe einen Mann wiedergetroffen, den ich schon seit Jahren kenne. Vorläufig bin ich zu ihm gezogen.

Deine Möbel habe ich bei einer Spedition unterstellen lassen. Deine Sekretärin hat die Adresse. Ich bitte dich, mich nicht zu suchen, es wäre zwecklos, und du würdest alles zerstören.

Viel Glück!
Deine Anneliese

Manchmal, wenn man am Ende zu sein scheint, erwächst aus der Resignation und der Trauer eine gewisse Genugtuung. Ohne sentimental zu sein, wird man von einer kalten Schadenfreude beherrscht, die den anderen, den Pechvogel betrifft. Man beachtet sich selbst und fühlt sich einsam, interessant und von jedem verlassen, man meint, nur noch auf sich selbst angewiesen und in sich selbst verankert zu sein. Ein bitteres Gefühl der Freiheit beschlich mich.

Lachend drückte ich mit der flachen Hand die ganze Reihe schwarzer Klingelknöpfe nieder und machte mich auf den Weg. Hinter mir hörte ich den Türschließer mehrfach hintereinander summen. Ich trank wieder einen tiefen Schluck und ging weiter.

Als ich den Güterbahnhof erreichte, war Mittagszeit. Das Büro der Spedition, die meine Möbel eingelagert hatte, war geschlossen.

Ich trank den letzten Rest aus und stierte auf das Firmenschild aus abgestoßenem weißen Email. Klirrend fiel die leere Flasche vor meine Füße und zersprang in Scherben. Mühsam versuchte ich zu überlegen und mich zu entschließen, ob ich warten oder wieder fortgehen sollte. Doch dann fiel mir ein, daß auch das Warten keinen Sinn haben würde, denn ich hatte ja keine Wohnung, um die

Möbel aufzustellen, und mitnehmen konnte ich sie ohnehin nicht.

Schwankend schritt ich bis zu der Unterführung, wo die Straße hinter dem Frachtbahnhof in mehreren Spuren die Schienenstränge unterquert. Dort ist, wie ein Rattennest an die Mauer geklebt, eine kleine Kneipe. Ich polterte die beiden Stufen zur Tür hinauf und tauchte in den grauen Nebel aus Zigarettenrauch und Bierdunst hinein. Die Arbeiter vom Bahnhof saßen hier in ihrer Pause und tranken Bier und Schnaps. Alle in den schwarzen Arbeitsanzügen der Bundesbahn, ihre zerdrückten Kappen auf dem Kopf. Gegessen wurde nichts, die Kantine des Bahnhofs ist billiger. Sie sahen aus wie Totengräber bei einer Leichenfeier für einen Unbekannten, der sein schmales Erbe für einen Umtrunk nach dem Tod spendiert hatte. Ich schlurfte an die Theke und hielt mich an dem verspritzten Chromspülbecken fest. »Bier und Korn«, lallte ich und spürte weit hinten im Kopf die Schmerzen nagen.

»Kommt gleich«, sagte der fette Wirt und drehte den Zapfhahn auf. Ich sank zurück auf den Stuhl, der gerade frei geworden war. Gierig begann ich zu trinken, als die Gläser vor mich gestellt wurden.

Ich war lange in diesem Rattennest unter der Eisenbahnbrücke geblieben und hatte wieder und wieder Schnaps und Bier, Bier und Schnaps hinuntergeschüttet, so lange, bis jedes Sentiment ausgerottet war und nur noch der dumpfe, unbewußte Kampf um das schwindende Bewußtsein da war, das langsam in einem barmherzigen Rausch versank.

Ich weiß heute nicht mehr, wie ich in dieser Nacht den Weg zurück zu meinem Redaktionsbüro gefunden habe.

So ging es weiter. Am Morgen versuchte ich, meine Arbeit zu machen, das Wenige zu tun, was man jetzt noch von mir verlangte, bevor ich meine Sachen zusammenpacken mußte. Ich telefonierte zwei- oder dreimal und ließ es dann sein. Ich begann ein Manuskript und zerriß die Blätter. Ich saß meistens da und starrte zum Fenster hinaus und überlegte immer wieder im Kreis herum, ohne Aussicht auf eine Lösung.

Nach und nach vergaß ich Anneliese. Claudine rückte in das Zentrum meiner Gedanken. Claudine, immer wieder Claudine.

Ich trank. Regelmäßig schon am Morgen tötete ich meine Wut mit Schnaps, und abends lag ich schwer betrunken in den Gossen der Stadt, dreckig und abgerissen, stinkend, unfähig, mich zu bewegen. In den billigen Kneipen erzählte ich den Menschen meine Geschichte, kaufte ihr Interesse für ein paar Gläser Schnaps. Ich war zufrieden, daß ich sprechen konnte. Die Kälte meiner Zuhörer ging mich nichts an.

Es gab in dieser Zeit Freunde, die mich bei sich aufnahmen, doch dann mußte ich wieder ausziehen, weil niemand einen Menschen bei sich behalten kann, der nichts mehr achtet außer einer toten Frau, die niemand kennt, der nichts besitzt als eine Handvoll Erinnerungen an eine Zeit, die keiner miterlebt hat. Es gab Bekannte aus früheren Tagen, die mir gut zuredeten, wenn sie mich trafen, wie ich in schwerem Rausch an den Hausmauern entlangtastete, doch ich stieß sie fort und torkelte weiter meiner Wege. Meine alten Feinde waren ehrlicher. Sie respektierten meine Niederlage und verzichteten darauf, mich vollends zu zerstören. Von ihnen hatte ich nichts zu befürchten. Man ging zur Tagesordnung über. Mit einer Ausnahme.

18

An dem Tag, als ich Kurti wieder begegnete, war ich nach einer Stunde im Büro hinausgegangen in die Herbstsonne. Ich hatte bis zum späten Nachmittag auf der Königsstraße auf einem Betonkübel gesessen und den Menschen nachgestarrt. Keine vier Schritte entfernt malten zwei Griechen eine Madonna auf das Pflaster und sammelten Berge von Münzen in einem Gitarrenkasten. Ich hatte einem der beiden von Zeit zu Zeit einen Schluck aus meiner Kognakflasche spendiert und ihm mittags meine Geschichte erzählt. Später spielten ein paar Kinder zwischen den Menschenströmen. Ein Junge fragte mich, was ich hier tue. Ich gab ihm achtlos einen Hundertmarkschein. Gestern hatte ich meinen Volvo für wenig Geld einem betrügerischen Händler überlassen, was sollte ich mit den Scheinen?

Das Kind schaute mich erschrocken an und rannte davon. Am Abend kehrte ich in das Rattennest unter der Unterführung zurück. Kaum hatte ich meinen ersten Schnaps getrunken, da spürte ich, wie mich einer mit hartem Griff an der Schulter packte und langsam nach hinten herumdrehte. Ich hob den Kopf und folgte der Bewegung. Dann schlug ich zu. Ich hatte in den letzten Wochen gelernt, mich zu wehren. Doch meine Faust wurde wie ein Tennisball aufgefangen und nach hinten gedreht.

»Ich krieg' noch Geld von dir, du Sack«, sagte Kurti der Rocker und ließ mich los. Ich fiel zurück auf meinen Stuhl. Er setzte sich seitlich an meinen Tisch. »Einen Haufen Geld«, sagte er ernst.

Ich kramte in meinen Taschen, wühlte langsam und emotionslos die Scheine aus dem Verkaufserlös für meinen Wagen zusammen und warf sie achtlos zwischen uns auf den Tisch.

»Quittung?« fragte der Rocker geschäftsmäßig und ordnete das Geld. Er zählte.

»Quittung«, lallte ich und streckte die Hand aus.

Der Mann griff nach einem der vollgesogenen Bierdeckel und kritzelte mit einem Kugelschreiber ein paar Worte auf die Rückseite. Er schob mir den Filz herüber. Mit trüben Augen sah ich auf die krakelige Schrift.

DM 2230,– (zweitausendzweihundertdreißig) von Herrn Stoller an Rückzahlung für ein Darlehen erhalten.

Kurt Braun

»Was für ein Darlehen?« fragte ich müde.

»Ei, die fünfzehntausend von neulich!« Kurti strahlte.

»Okay.«

»Und der Rest?«

»Morgen, vielleicht auch später, ich weiß nicht...«

»Mach keine Zicken!« Er packte mich unter der Achsel. Seine Stimme klang böse. »Ich brauch' den Kies, und ich krieg' den Kies, verlaß dich drauf.«

Ich war aus meiner Lethargie ein wenig hochgekommen und versuchte es mit Sarkasmus: »Greifen Sie doch einem nackten Mann in die Tasche, wenn Sie wollen.«

»Nackter Mann? Daß ich nit lach'«, Kurti ließ meinen Arm fahren und bog sich zurück. Ich griff nach meinem Glas und trank einen langen Zug.

»Nackter Mann!« bestätigte ich noch einmal und wischte über meinen stoppeligen Bart.

»Und das Geld von unserem Freund Mercier?« Sein Gesicht kam näher. Ich konnte mein Gesicht in seiner verspiegelten Sonnenbrille sehen. »Da gab's kein Geld«, lachte ich bitter und trank noch einmal, »nichts gab's, keinen Groschen, rein gar nichts.«

»So?« Kurtis Gesicht blieb regungslos.

»Was soll's!« Ich winkte ab.

»Hunderttausend, erzählt man sich«, er flüsterte fast.
»Ja, hunderttausend waren versprochen. Aber es ist ein himmelweiter Unterschied zwischen versprochen und bekommen.«
»Du willst also von dem Mercier gelinkt worden sein?« Es schien, als wollte er mir glauben. Ich nickte und sah in mein Glas hinunter.
»Also gut«, fuhr er fort, »is auch egal, du zahlst den Rest auch so. Jeden Ersten kommt einer von uns und kassiert ab. Du kriegst ja noch ein paar Monate den Zaster von deinem Laden. Sparen ist eine schöne Tugend von deine Landsleut'«, er schien zu lächeln.
»Mir egal«, ich winkte ab. Es war auch gleichgültig, ob Kurti und der Staat das Geld kassierten oder ob ich es versoff oder verschenkte, einerlei. Kurti bestellte Bier und Korn, dann rückte er vertraulich näher.
»Dein Mäuschen is' hinüber«, grinste er und rieb seine Schulter an meiner Seite. Die Gläser seiner Brille funkelten. »Die habe' die Arabs abg'stellt, der Trick is' gut, was?« Er lachte dröhnend. Ich fuhr herum und schlug mit meinem Bierglas in die Richtung seines Kopfes, doch er schnellte zur Seite.
»Ruhig Blut«, besänftigte er und streichelte meinen Kopf. Ich wollte wieder zuschlagen, doch er hielt mich am Handgelenk fest.
»Muß er so traurig sein, der Arme!« spottete er. »Is ja auch en Ärger, wenn einem die schmierige Arabs so e nett's Mäusche abknipse und dazu noch mit so em fiese Trick!« Er schüttelte verzweifelt den Kopf und grinste.
In meinem Schädel hämmerten Blutströme. Ich barg das Gesicht in meinen Händen, unfähig, weiter zuzuhören. Doch der Mann sprach weiter. Freundschaftlich legte er seinen linken Arm um meine Schultern.
»Übrigens, hast du gewußt, die hat getrage, des habe die bei der Obduktion in Marokko festgestellt. Die habe

des Mädchen hinterher nämlich noch fein säuberlich auseinandergenomme, und dabei sind die draufgekomme, daß die schwanger war. Niedlich, gell?«

Vor meinen Augen rieselten bunte Schleier herab. Ich wollte zusammensinken, doch sein eiserner Griff um meine Schultern hielt mich hoch. Ich würgte vor Entsetzen.

Freundlich fuhr er fort: »Jetzt fragt man sich doch unwillkürlich, von wem des kleine Balg eigentlich war. Also unser Kern sagt, daß des Balg nit von ihm sein könnt, weil er schon drei oder vier Monate nimmer über des Flittche gestiege is. Des Kleine ist aber noch jünger gewese. Vielleicht isses von dir?« Mit der freien Hand hob er ein Schnapsglas an meinen Mund, doch ich spie die Flüssigkeit von mir.

»Mach dir nix draus«, tröstete er mich, »es kann auch von dem Grünzweig gewese sein, die is ja mit jedem ins Bett; schad', daß ich kei' Zeit gehabt hab. Es war ja e ganz appetlichs Häsche!«

Er ließ mich los. Ich sprang vom Stuhl auf und rannte stolpernd los, ich wollte nur fort, raus aus diesem Rattennest. Kurti rief mir noch nach, ich solle am nächsten Ersten auf ihn warten, dann war ich draußen. Eingetaucht in den kalten Nebel des frühen Herbstes. Ich rannte unter der Brücke auf die Fahrbahn. Erst als ich ein quälendes Seitenstechen verspürte, blieb ich stehen und verharrte keuchend für Minuten an einer kalten Mauer.

Torkelnd gelang es mir, einem heranschießenden Fahrzeug auszuweichen. Ich taumelte weiter, durch den Schreck hochgerissen, drehte mich halb um die eigene Achse, erkannte die matten, dreckverspritzten Lichter des Wagens schon unmittelbar vor mir, drei oder vier Schritte entfernt. Ich versuchte noch, mich herumzuwinden, zurückzukommen, doch mein Körper zog mich weiter nach vorne in die Bahn des scharf bremsenden Autos. Den Aufprall habe ich nicht gespürt.

Der Krankenwagen fuhr zügig, mir schien, als schwebe er. Ich blieb regungslos, wie ich war, und registrierte ohne Panik die vorbeifliegenden Lichter. Geräusche nahm ich nicht wahr. Ich registrierte die Ruhe, in der ich mich befand, ganz auf die Gegenwart bezogen, ohne Vergangenheit und ohne Zukunft. Wie ich in diesen engen Raum mit den flirrenden Lichtern gekommen war, wußte ich nicht. Ich lag mit offenen Augen da. Dann bemerkte ich, daß ich aus dem engen Raum herausschwebte. Lichter zogen über mir vorbei, die schließlich stehenblieben.

Die Geräusche kamen zu mir zurück. Ich hörte Stimmen, ohne daß mich kümmerte, woher sie kamen und was sie sagten. Das Bewußtsein, daß ich wieder Geräusche wahrnahm, schlich sich näher. Ich begann, die Geräusche zu verfolgen, und sortierte menschliche Stimmen und das Klappern von Geräten auseinander. Ich stellte fest, daß ich atme. Unruhe! Ich verstand einen Fetzen eines Satzes:

»...müssen wir aber erst noch röntgen...« Ich bezog diesen Satzbruchteil auf mich. Die Unruhe in mir wuchs, und ich bemerkte, daß ich wieder Begriffe verstand und begonnen hatte, in diesen Begriffen zu denken. »Gelähmt«, dieses Wort fuhr mir in den Kopf. Ich spürte, wie ich zusammenzuckte, sich die Muskeln des ganzen Körpers zusammenkrampften. Ein Gesicht erschien über mir in dem weißen Lichtbogen.

»Ruhig, bleiben Sie ruhig, es ist nichts passiert«, sagte das Gesicht teilnahmslos. Ich sank zurück.

»Der Patient ist immer noch unruhig«, sagte eine andere Stimme von hinten. Ich drehte meinen Kopf und sah eine weiße Gestalt, die sich mir näherte. Eine Hand legte sich auf meine Stirn. Ich wollte wieder versuchen hochzukommen, doch der Griff hielt mich unten. Eine Frau fragte:

»Wie heißen Sie?«

»Stoller«, hörte ich mich sagen.

»Herr Stoller, wo sind Sie?«

Ich drehte den Kopf und erkannte nun die Einrichtungsgegenstände um mich herum. »In einer Ambulanz«, sagte ich und war erstaunt über meine eigene Antwort.

»Welcher Tag ist heute, Herr Stoller?« Die Frau war unerbittlich.

Ich überlegte, bemerkte dabei, daß ich nachdachte und war darüber erstaunt, so daß ich schwieg.

»Welcher Tag?« Wieder wurde ich aus meinen Beobachtungen hochgeschreckt.

»Ich weiß es nicht«, sagte ich müde.

Im Hintergrund war nur die sachliche Stimme des Arztes zu vernehmen: »23.46 Uhr, der Patient ist wieder ansprechbar, aber noch nicht voll orientiert.« Dann in meine Richtung: »Zwei mg Valium IV.« Ich spürte, wie man einen meiner Arme hochnahm, sich daran zu schaffen machte. Der kleine Stich kam nicht mehr unerwartet. Ich hob den Kopf und konnte sehen, wie sich die Nadel der Spritze aus meiner Armbeuge zurückzog. Die Hand legte sich wieder auf meine Stirn und drückte mich sanft nach hinten. Ich gab dem Druck nach. Dann bemerkte ich, daß man mich wegfuhr. Die Ruhe kehrte wieder. Ich spürte, daß die Spannung in meinen Muskeln nachließ und mein Kopf zurücksank. Ich beobachtete, wie man weiter an mir herumhantierte und mich schließlich in einen Raum schob, wie das Licht gelöscht wurde und nur noch ein düsteres Glimmen Wände und Decken erleuchtete. Ich muß bald eingeschlafen sein.

Seit Wochen war ich nicht mehr so aufgewacht, in einem Gefühl totaler Entspannung und wohliger Gleichgültigkeit gegenüber mir und meiner Umwelt. Ich registrierte den hellen Raum, das Waschbecken, die hellgrauen Schiebetüren des Schrankes und das plastiküberzogene leere Krankenbett neben mir. Ohne Unruhe wartete ich auf den Arzt, der mir eine glimpfliche Diagnose zu stellen hatte: drei gebrochene Rippen, Gehirnerschütterung, Prellungen und Hautabschürfungen. Es sei gerade noch gutgegangen mit mir, sagte er und verließ den Raum.

Ich legte den Kopf zurück und schlief wieder ein. Ich genoß in den folgenden Stunden den Schlaf wie eine Droge. Es war schön, in der Gewißheit aufzuwachen, daß man bald wieder unbehelligt schlafen konnte. Erst nach und nach begann ich zu essen und länger wach zu liegen.

An einem Nachmittag, drei oder vier Tage nach dem Unfall, die Dämmerung hatte draußen schon eingesetzt, klopfte es sehr leise an meiner Tür. Ich tauchte aus dem Zustand des Halbschlafs auf und sagte »herein«. Interessiert sah ich zur Tür hin, die sich langsam öffnete. Das erste, was ich zu Gesicht bekam, war ein dürftiger Blumenstrauß: fünf rosa Nelken, die traurig die Köpfe hängen ließen. Dann schob sich ein Kopf durch den Türspalt: graue Granitkieselaugen, ein gedrungenes Gesicht mit zahllosen roten Äderchen, ein viereckig lächelnder Mund.

»Horlacher«, der Name blieb mir fast im Hals stecken.

»Grüß Sie Gott, lieber Herr Stoller, was machen Sie bloß für Sachen.«

Er steckte den Blumenstrauß in die wasserlose Vase, kam zu mir herüber und setzte sich auf meine Bettkante, ohne mir die Hand zu reichen.

»Wo kommen Sie denn her?« fragte ich, noch immer völlig perplex.

»Direkt vom Bahnhof«, sein viereckiges Lächeln hatte er zementiert.

Auf seine Antwort ging ich nicht ein. Ich fragte: »Was wollen Sie?«

»Ich will Ihnen einen Besuch machen, weiter nichts.«

»Sie sollten nicht noch einmal versuchen, mich für dumm zu verkaufen.«

»Na ja, ich interessiere mich natürlich für all das, was Ihnen in den letzten drei, vier Monaten passiert ist.«

»'ne ganze Menge.«

»Tja, den Eindruck habe ich auch.«

»Und wie war's bei Ihnen?«

»Ähnlich, mein Lieber, ganz ähnlich.«

»Würde es Ihnen etwas ausmachen, mich nicht ›mein Lieber‹ zu nennen.«

»Aber nein, natürlich nicht.«

Ich richtete mich ein wenig in meinem Bett auf. »Die Ärzte werden uns nicht allzulange miteinander reden lassen, deshalb ist es wohl das beste, Sie erzählen mir jetzt, was Sie mir zu sagen haben, und verschwinden dann wieder.«

Das viereckige Lächeln zerfiel. Horlacher sah nachdenklich aus. Er sagte: »Mercier hat Sie ganz schön zur Minna gemacht, was?«

Ich zuckte die Schultern, was meine gebrochenen Rippen übelnahmen. »Was weiß ich, wahrscheinlich schon.«

Horlacher rieb seine Hände, als ob er sie unter zu kaltem Wasser waschen müßte, er zog dabei die Schultern hoch und sah für einen Augenblick wie eine alte Eule aus.

»Es waren Merciers Leute, die in Marrakesch Frau Demirel umgebracht haben.«

Für einen Moment kehrte die schreckliche Szene auf der Djemma in meine Erinnerung zurück. Um die peinigende Vorstellung noch zu verstärken, fuhr ein stichartiger Schmerz durch meinen Kopf. Ich zuckte zusammen.

»Ist Ihnen etwas?« fragte Horlacher voller Anteilnahme.

Ich fing mich wieder. »Dann waren es wohl auch die gleichen Leute, die unser Zimmer durchwühlt und die Unterlagen gestohlen haben?«

»Es waren Leute vom gleichen Kommando.«

»Und warum?«

Horlacher lachte leise. »Die Frage könnten Sie sich auch selbst beantworten. Marrakesch war der Ort, an dem die Araber das Geschäft perfekt machen mußten. Eigentlich war alles so angelegt, daß der nichtsahnende Herr Stoller im Hotel Atlantic sozusagen als Relaisstation dienen sollte. Sie, mein Lieber, 'tschuldigung, Sie, Herr Stoller, sollten die Papiere übergeben und auch die Zahlungsanweisung entgegennehmen. Niemand außer den Beteiligten hatte eine Ahnung von Ihrer Rolle, nicht mal Sie selbst, es sei denn...«

»... es sei denn, ich hätte den Umschlag geöffnet und so die ganze Aktion durchschaut.«

»Ganz recht, ganz recht.«

»Nun gut, ich habe das Kuvert aufgemacht.«

»Nicht Sie, Frau Demirel hat es getan.«

»Wo liegt der Unterschied?«

»Darin, daß Sie allein so etwas nie gemacht hätten.«

»Da könnten Sie recht haben.«

»Da habe ich recht. Ich kenne das Geschäft, glauben Sie mir, und ich weiß auch, welche Vor- und Nachteile es bringt, wenn man Amateure einsetzt.«

»Nun gut, wir haben den Umschlag aufgemacht.«

»Und damit hat sich Claudine Demirel selbst das Todesurteil gesprochen. Sie sollte übrigens genauso beteiligt werden.«

Mich fröstelte, und ich stellte mit Erstaunen fest, daß ich gar nicht so mit dem Leben abgeschlossen hatte, wie ich es mir selbst einzureden versuchte.

Horlacher sah mich direkt an, und ich meinte so etwas wie Hochachtung in seinen Augen zu lesen.

»Ich finde es ganz erstaunlich«, sagte der alte Mann, »wie Sie sich wieder aus der Affäre gezogen haben. Das kann das Glück des Nichtsahnenden gewesen sein, vielleicht sind Sie aber auch begabt für solche Jobs.«

Er sprach das Wort Job aus, als ob es sieben Os hätte. Mir fiel zu seinen Elogen nichts ein.

»Nun gut«, sagte ich, »Merciers Leute hatten spitzgekriegt, daß ich nicht so gelaufen bin, wie es ihr Herr und Meister vorherberechnet hatte, aber was dann?«

»Merciers Mannschaft hat die Unterlagen an sich gebracht, die exakten Pläne also für den weiteren Kurs des Uranschiffes.«

»Das sind Ihre Vermutungen«, flocht ich ein.

Horlachers Mund geriet wieder zum Viereck.

»Vermutung ist ein etwas zu schwacher Ausdruck.«

»Aha, ich kann also annehmen, daß Sie selbst oder doch Leute aus Ihrem Verein mit von der Partie waren?«

»Denken Sie sich, was Sie wollen, ich berichte hier Fakten. Merciers Kurier, Ihr Ersatzmann sozusagen, übergab also im Hotel Atlantic mit etwas Verspätung die ganzen Unterlagen über den Urantransport an Repräsentanten eines arabischen Mittelmeeranrainers. Er erhielt dafür einen Überweisungsschein für eine Schweizer Bank, der genaue Terminus ist ›bedingte Bankanweisung‹.«

»Und was bedeutet das?«

»Es bedeutet, daß eine ganz bestimmte Bedingung erfüllt sein muß, ehe das Geld auch wirklich ausbezahlt wird. Das ist manchmal ein Codewort, manchmal ist es ein besonderes Geschehnis oder was auch immer. Fest steht, daß Mercier drei Millionen Schweizer Franken kassiert, sobald die Bank zweifelsfrei die Erfüllung der vereinbarten Bedingung zur Kenntnis genommen hat.«

»Und die Banken machen so etwas?«

»Warum denn nicht, das ist auch nichts anderes, als wenn Sie Ihr Sparbuch mit einem Kennwort versehen.«

»Ach so. Und?«

»Was, und?«

»Hat Mercier inzwischen kassiert?«

»Ich glaube nicht, denn wenn ich richtig unterrichtet bin, ist die Bedingung noch nicht erfüllt.«

»Die Bedingung muß doch wohl sein, daß der Urankahn den entsprechenden Hafen unbeschadet erreicht.«

»Sie sagen es.«

»Und wo ist das Schiff jetzt?«

Horlacher hob seine kurzen fleischigen Hände zum Himmel, als ob er Allah anrufen wollte.

»Sie wissen es!« sagte ich bestimmt.

Er wiegte seinen massigen Kopf hin und her.

»Machen Sie mir doch nichts vor.«

»Nun gut, ich weiß es. Das Schiff lag länger als geplant in Ceuta und bekam dann Anweisung, weiter Richtung Haifa zu fahren.«

»Es ist aber dort nicht angekommen, oder?«

»Nein, dieses Schiff nicht, die Ladung vielleicht doch.«

»Oho«, ich setzte mich ruckartig auf.

»Was wurde aus den drei Millionen?«

»Die liegen auf einer Schweizer Bank, abholbereit.«

»Das ist doch der pure Schwachsinn.«

»Überhaupt nicht. Mercier hat sich verpflichtet, binnen drei Monaten den Schaden wiedergutzumachen.«

»Kann er das?«

Horlacher grinste: »Diesmal kommt ihm bestimmt kein unbedarfter Journalist dazwischen.«

»Und Sie lassen es zu?«

»Wahrscheinlich nicht, falls wir Mittel und Wege finden, werden wir auf ähnliche Weise reagieren wie beim ersten Transport.«

»Und wie haben Sie reagiert?«

»Die Israelis haben reagiert, auf ihre unnachahmliche Weise.«

»Kommandounternehmen?«

»Ich denke ja.«

»Lassen Sie mich spekulieren.«

»Wir tun die ganze Zeit nichts anderes.«

»Na, Sie sicher nicht. Also: Ein Kommandounternehmen kapert das Schiff Tremels auf offener See, lädt den Uranbrocken um und dampft davon, während Tremel seinen Kahn in irgendeinen Hafen schippert und die allergrößten Schwierigkeiten kriegt.«

»Sie sagen ja selbst, es sind Spekulationen.«

»Aber Sie widersprechen nicht.«

»Warum auch, von mir aus können Sie glauben, was Sie wollen. Wichtig sind nur ein paar Dinge. Erstens: Mercier hat Ihnen übel mitgespielt, Sie haben eine...«, er zögerte, »...entschuldigen Sie, wenn ich es so sage, Sie haben eine Frau und eine Menge Geld und dazu Ihre Reputation verloren. Für einen Mann ist das zuviel.«

Ich brummte unwillig.

Horlacher ging nicht darauf ein. »Zweitens«, sagte er, »Mercier hat auch an Kredit und Geld eingebüßt. Aber er ist auf dem besten Weg, die Scharte auszuwetzen. Drittens: die Zahlungsanweisung ruht in der Schweiz. Wer die Bedingung erfüllt, kommt an das Geld, ob er die Bedingung nun definitiv oder auch nur scheinbar erfüllt. Darüber sollten Sie mal nachdenken, wenn Ihr Kopf wieder voll mitmacht.«

Ich sah Horlacher erstaunt an. Der kleine gedrungene Mann erhob sich abrupt und ging zur Tür. Er legte die Hand auf die Klinke, drehte sich noch einmal um und sagte: »Übrigens: Mercier treffen Sie nirgends empfindlicher als beim Geld.« Damit verließ er mein Krankenzimmer.

Ich lag noch lange wach. Die Gedanken fuhren Karussell in meinem Kopf, und alle Versuche, sie anzuhalten, scheiterten. Wo war Horlacher die ganze Zeit gewesen? Welches Spiel spielte er? Warum hatte er mir die ganze Story – erfunden oder nicht – erzählt? Warum machte er mich scharf wie einen Schlachterhund auf Mercier?

Am anderen Morgen waren die gleichen Gedanken schon wieder da, lange bevor das Frühstück kam. Wem hatte ich diese Niederlagen zu verdanken? Horlacher? Doch ich hätte ihm nicht folgen müssen, damals. Hatte ich die Niederlagen mir selbst zu verdanken? Sie waren nicht Folgen meiner Schwäche, sondern der Geldgier und der Skrupellosigkeit dieses Mannes mit dem korrekten, höflichen Auftreten. Alle meine Argumente trieben wieder auf Mercier zu. Ich ertappte mich bei der Vorstellung, ihn umzubringen.

Ich wälzte mich auf die Seite. In dem Viereck der Scheibe spiegelte sich grau die Dämmerung über den Lichtern der Stadt. In der Ferne hörte man eine Sirene. Eines war sicher: Mercier würde man am empfindlichsten bestrafen, wenn man ihn wirtschaftlich ruinieren könnte, wenn es gelänge, ihn aus seinem Haus, seinen Restaurants und seinen Clubs auszustoßen, weil er nicht mehr solvent war. Wer weiß, vielleicht würde de Breuka dann noch die physische Liquidierung übernehmen. Ich erschrak über das Wort ›Liquidierung‹. Ich versuchte, den Gedanken wegzuwischen, doch er kehrte immer wieder.

Als ich unser Redaktionsbüro einige Tage später wieder betrat, hätte ich beinahe meine Sekretärin über den Haufen gerannt. Sie blieb wie erstarrt stehen und sah mich erschrocken an.

»Komm!« sagte sie schließlich und zog mich am Ärmel meiner Jacke in ihr Zimmer. Sie schloß hinter sich die

Tür. »Der Neue ist da«, fuhr sie fort und machte mit dem Kopf eine Bewegung in Richtung meines Büros.

»Laß mich das regeln«, sagte ich, weil ich sah, daß sie schluckte.

»Nein, er hat schon alle Sachen von dir zusammengepackt und in diesen Karton gelegt«, sie deutete auf eine schmale Pappkiste mit einer aufgedruckten Waschmittelwerbung. Ich öffnete die Verschlußlaschen und kramte mit wenigen Griffen in meinen Sachen.

»Es fehlt nichts«, sagte ich.

»Er fürchtet sich vor dir«, sagte meine Sekretärin leise. Draußen klappte die Tür. »Er ist abgehauen, weil er es dir nicht sagen will.«

»Was?«

»Daß sie dich endgültig beurlaubt haben.«

»Moment, ich ruf' den Chef an.« Ich ging zum Apparat.

»Der ist nicht da, und der Herausgeber und der Chefredakteur haben angeordnet, daß man dich nicht durchstellen darf. Spar dir die Blamage.«

Ich sah Tränen in ihren Augen glitzern und gab auf. Der Pappkarton war leicht. Man konnte ihn ohne Schwierigkeiten unter den Arm klemmen. »Ich habe dir noch unsere neueste Ausgabe dazugelegt. Da ist deine Geschichte drin.«

»Von wem?«

Sie zeigte auf die Wand, hinter der mein früheres Büro lag. Ich lachte, bis mir die Rippen vor Schmerz fast aus der Brust sprangen. »Mensch, ich hätte Lust, diesen Sauladen zu zertrümmern, alles kurz und klein zu schlagen«, schrie ich, und ich wäre dazu trotz meiner angeschlagenen Gesundheit imstande gewesen, hätte nicht meine Sekretärin vor mir gestanden.

»Er kann nichts dafür«, sagte sie leise.

»Keiner kann was dafür, keiner«, lachte ich, dann

sagte ich Lebewohl und ging hinaus. Den Schlüssel warf ich unten in den Briefkasten.

Dann trieb ich durch die Stadt, wie ein steuerloses Floß durch die kalte Strömung der Passanten, die Hände um den Karton mit meinen Habseligkeiten gekrallt und den Kopf gesenkt. Ich konnte meine Gedanken nicht ordnen. Ich merkte, wie erneut Selbstmitleid aufkam. Selbstmitleid machte es einem leicht, nicht mehr zu kämpfen, sich nicht zu rächen. Für was auch? Hat man sich nicht selbst die Niederlagen zuzuschreiben?

»Schnaps«, sagte ich vor mich hin und blieb stehen. Ich brauchte wieder einen Schnaps.

Ich fand einen Kiosk und kaufte einen ›Flachmann‹ mit billigem deutschen Whisky. Ich wollte allein sein und setzte mich auf eine Bank in der Nähe der Landesbibliothek. Mit hochgeschlagenem Kragen hockte ich da, die Pappschachtel neben mir, und trank.

»Sieh da, der Stoller.« Schneider saß plötzlich neben mir und legte seine Robe und einen Aktendeckel auf seine Knie. »Wieder entlassen?« fragte er.

Ich lachte laut los. »Ja, in jeder Beziehung!« Schneider hatte mich im Krankenhaus besucht. Er hatte vermutlich die Klinik gemeint. Ich erzählte ihm die Szene von heute morgen, weil ich es loswerden mußte. Ich wußte, daß ich diese Begebenheit wieder und wieder erzählen würde, immer zu meinen Gunsten, um mir mein Leid zu verdeutlichen.

»Kündigungsschutzprozeß«, sagte der Anwalt beiläufig.

»Nein, mein Freund, ich habe schon vor Wochen unterschrieben, daß man sich einvernehmlich trennt.«

»Schön blöd«, er zuckte mit den Schultern, »und nun?«

»Was nun?«, ich hob den ›Flachmann‹ und trank den Rest des Fusels hinunter, »nichts nun, gar nichts.«

»Die haben dich ordentlich verschaukelt.«

»Richtig«, ich lachte wieder, »gut so, ich bin selbst dran schuld.«

»Ach der arme kleine Stoller, alle sind sie so garstig zu ihm. Keiner hat ihn lieb«, Schneider wand sich kokett neben mir auf der Bank. Ich hätte ihm eine reinhauen mögen.

»Komm mit, du kannst bei mir pennen«, sagte er und stand auf, »nichts Komfortables, aber für den Augenblick besser als das Hotel.« Er nahm meine Pappschachtel unter den Arm und ging davon. Der kleinen Schnapsflasche gab er einen Tritt, daß sie über den Weg kullerte und an einem Stein zerbrach. Ich wollte ihm erst nicht folgen, doch dann trottete ich hinter ihm her.

Es war eine Nacht ohne Schnaps, Wein und Bier. Nur die Zigarettenkippen und die Zigarilloenden häuften sich in den Aschenbechern, die auf dem Tisch zwischen uns standen.

Schneider hatte nicht lange gebraucht, bis ich erneut meine Geschichte vor ihm erbrach, doch er verweigerte mir sein Mitleid. Er zerrte meine Gedanken immer wieder in das Korsett logischer Schritte zurück. Er hatte vor sich unzählige Zettel liegen, auf denen er Muster und Kästchen malte, sie mit Pfeilen verband und mit Ausrufungszeichen versah. Die Zigarette im Mundwinkel, ein Auge zugeklemmt, saß er da und trug meinen Namen in seine Zeichnungen ein. So dachten wir die Möglichkeiten durch, die mir noch blieben. Es war wenig genug, denn in der Branche war ich ein toter Mann; dafür dürften die Bosse meines Blattes gesorgt haben. Sie mußten schon deshalb prophylaktisch tätig werden, damit ich nicht die Geschichte meiner zügigen Abhalfterung bei der Konkurrenz unterbringen konnte. Allenfalls bei der Boulevardpresse konnte ich als ›Freier‹ versuchen, Zeilenhonorare zu schinden. Nein, danke!

Wir kamen folglich auf Horlacher und sein diffuses Angebot zurück.

»Quatsch«, sagte ich.

»Du kannst es versuchen. Einer wie du hat doch nichts zu verlieren«, Schneider zerknüllte einen seiner bemalten Notizzettel, »und du mußt dir was beweisen.«

»Ich? Was denn?«

»Daß du was taugst. Ich weiß das, aber du glaubst dir das nicht mehr.«

»Vergiß es. Aber sag mal, wie sieht das denn strafrechtlich aus?«

»Weiß ich's?« Er hob die Schultern und zündete sich eine Zigarette an, »das juckt doch nicht, Stoller. Wo kein Kläger... Mercier rennt nicht zum Kadi. Er hat seinen eigenen Scharfrichter, diesen Belgier. Und dort liegt dein Risiko, nicht bei der Staatsanwaltschaft.«

»Ich weiß.«

»Horlacher? Ist der gut für eine solche Abrechnung?«

»Zweites Risiko«, antwortete ich. »Was würdest du machen?«

Schneider stand auf und streckte sich. Gähnend sagte er: »Schwer zu sagen, weil ich nicht in deiner beschissenen Situation bin. Aber wahrscheinlich würde ich kämpfen.«

»Wie finde ich Horlacher?« sagte ich mehr zu mir selbst.

»Keine Angst«, Schneider lachte, »der wird sich melden, wenn er dich braucht.«

Ich hockte mürrisch am Frühstückstisch bei Schneiders und vertiefte mich wieder in die Panzergeschichte in unserem Magazin. Ich wiederholte Satz für Satz und analysierte den Inhalt. Ich verglich Schritt für Schritt den Text mit meinen Erfahrungen. Schneider referierte aus der Tageszeitung die Fußballergebnisse. Keiner hörte ihm zu.

Das Baby saß in einem hohen Stuhl am Tisch und plapperte fröhlich unverständliche Laute.

»Bleibst du noch, Stoller?« fragte mich Schneiders Frau. Bevor ich antworten konnte, läutete das Telefon. Der Anwalt hob ab und hörte einen Augenblick schweigend zu.

»Stellen Sie durch«, sagte er dann, er hielt die Sprechmuschel zu, »es ist mein Büro. Ein gewissser Herr Horlacher für dich.« Grinsend gab er mir den Hörer.

19

Der Nebel über Genf lag dicht und undurchdringlich in den Straßen und auf den Promenaden der Stadt. Mein Taxi steuerte mühsam durch den stockenden Verkehr des dunklen Spätnachmittags. Nach undurchschaubaren Regeln bog der Fahrer in Straßen ein, überquerte Plätze und fuhr im Schrittempo durch verlassene Vorstadtgegenden, bis er schließlich die Außenbezirke der Stadt hinter sich hatte. Nach weiteren fünf Minuten hielt er an und sagte: »Voilà!«

Ich konnte nur die gelben Lichtscheiben von Straßenlaternen im Nebel erkennen. Ich zahlte und erkundigte mich noch einmal nach dem Haus. Der Mann wies seitlich nach draußen. Ich folgte dem Hinweis und stand nach wenigen Schritten vor einer Mauer, an der ich entlangging. Auch wenn man im Nebel dazu neigt, Entfernungen zu überschätzen, so mußte das Anwesen doch eine beträchtliche Größe haben. Als ich das Eingangsportal aus langen schmiedeeisernen Stäben erreicht hatte, versuchte ich dahinter einen Lichtschimmer zu entdecken, der auf ein Haus schließen ließ. Doch die beginnende Nacht zeigte nur ein Grauschwarz. An einem der Sandsteinpfeiler fand ich einen runden Klingelknopf. Darüber auf einem winzigen Schild in imitierter Handschrift den Namenszug ›Mercier‹.

Ich zögerte noch, bevor ich auf den Klingelknopf drückte. Denn so ganz überzeugt vom Sinn meines Unternehmens war ich an jenem schwarzgrauen Winterabend nicht mehr. Doch die Sache hatte nun ihre eigene Dynamik gewonnen. Ich hatte – ohne es mir einzugestehen – die Brücken hinter mir abgebrochen. Ich drückte auf den Klingelknopf. Außer einem leisen Quietschen war kein Geräusch zu hören. Ich wartete noch zwei Minuten, dann klingelte ich erneut. Schließlich hörte ich schlurfende Schritte und erkannte die leicht gebeugte Gestalt eines alten Mannes, der eine Art Livrée trug.

»Sie wünschen bitte?« fragte er mich auf französisch.

Ich sammelte meine paar Brocken Schulfranzösisch und erklärte dem Mann, daß ich Mercier sprechen wolle.

»Votre nom s'il vous plait, Monsieur?«

»Stoller, Monsieur Stoller de Stuttgart«, antwortete ich.

Der Alte drehte sich um und schlurfte zurück, dabei murmelte er ein paar Worte, die bedeuten konnten, daß ich noch warten sollte. Ich mußte mich noch weitere fünf Minuten gedulden, ehe mit einem leisen Surren der eine Flügel des Portals aufschwang. Ich drehte mich noch einmal zur Straße um und sah hinter mir die Lichtflecken im Nebel, dann trat ich ein.

Von dem Portal führte ein leicht gebogener Fußweg in einen parkähnlichen Garten, markiert durch Lämpchen, die in Meterabständen in Fußhöhe angebracht waren. Entlang dieser Lichterkette kam ich weiter in das Anwesen hinein und entdeckte schließlich vor mir das flächige Licht beleuchteter Scheiben. Ich sah nun ein Haus mit alter, gepflegter Fassade. Eine geschwungene Freitreppe führte zu einem zweiflügeligen Holztor hinauf. Als ich meinen Fuß auf die letzte Stufe gesetzt hatte, öffnete sich die Tür. Der Alte von vorhin dienerte leicht und sagte in nahezu akzentfreiem Hochdeutsch: »Ich darf Sie höflich bitten, einzutreten.« Ich folgte der Aufforderung und ging hinter dem Alten durch eine schwach beleuchtete Halle. Er ging auf eine der Türen zu, öffnete sie und ließ mich passieren. »Monsieur Mercier bittet Sie um einige Augenblicke Geduld«, sagte er und schloß die Tür hinter mir. Ich befand mich in einem getäfelten Raum mit offenem Kamin an der Stirnseite. Vor dem prasselnden Feuer standen drei zierliche Sessel aus irgendeiner Epoche eines französischen Louis. Noble Bilder an den Wänden zeigten Jagdszenen oder friedliche Landschaften. Auf dem Kaminsims tickte eine Uhr. Es war alles genauso, wie ich in einem Buch die ganz persönliche Umgebung des Waffenschiebers beschrieben hätte, nur war es nicht das Produkt meiner Fantasie, sondern die Realität. Mercier als Biedermann. Ich überflog den Raum und stellte fest, daß es nur die eine Tür gab, durch die ich das Zimmer betreten hatte. Die unwirtschaftliche Dezembernacht war hinter schweren Samtvorhängen und einem mächtigen Doppelfenster verborgen. Ich zog einen Sessel zur Wand herüber, so daß ich die Tür im Auge behalten konnte und von hinten keine Überraschungen drohten. Dort ließ ich mich nieder und wartete auf Mercier.

Nach einer Viertelstunde sah ich, wie sich der Drehgriff an der Tür langsam bewegte. Ich richtete mich auf, jederzeit zur Abwehr eines Angriffes bereit. Doch dann schwang die Tür auf und Mercier erschien – alleine. Sorgfältig schloß er die Tür hinter sich und kam in schnellen Schritten auf mich zu. Ich war aufgestanden und hatte die Hände hinter dem Rücken verschränkt.

»Behalten Sie doch bitte Platz!« sagte er freundlich.

»Guten Abend«, antwortete ich und bemerkte, daß er gar nicht versuchte, mir die Hand zu geben. Mercier zog einen der Sessel an das Feuer und nahm schräg vor mir Platz.

»Ich gebe zu, Ihr Besuch setzt mich in Erstaunen«, begann er und starrte in die Flammen.

»Warum?«

»Nun, ich denke, Sie hatten bei der Durchführung meines Auftrages etwas Pech.«

»Richtig, aber ich bin lebend davongekommen.«

»Man hört, daß Ihnen das plötzliche Ableben der reizenden Claudine Demirel sehr nahe gegangen sein soll?« Mercier erhob sich und ging auf die zierliche Kommode neben mir zu.

»In der Tat«, gab ich zu.

Er griff mit spitzen Fingern in das Schränkchen und zog eine Kognakflasche mit zwei Schwenkern heraus.

»Kognak?« fragte er mit schiefem Lächeln.

»Nein.«

»Oh, aber darin scheint man mich offenbar falsch unterrichtet zu haben.«

Er zuckte bedauernd mit den Schultern. »Nicht doch ein kleines Gläschen?«

»Nein.«

Mercier hatte sich wieder gesetzt und beugte sich über die Sessellehne zu mir herüber. Vorsichtig schwenkte er die gelbbraune Flüssigkeit in dem Glas und zog genießerisch das Aroma des Getränks durch die Nase. »Nun, darf ich Sie nach dem Anlaß Ihres Besuchs fragen? Mir will scheinen, als hätten wir beide unsere Geschäftsverbindungen gelöst«, er lächelte mild und nahm einen ersten Schluck.

»Das braucht nicht zu bedeuten, daß wir nicht inzwischen Beziehungen anderer Art aufgebaut haben«, sagte ich grimmig.

»Ohlala«, er warf seinen Kopf zurück und bleckte die Zähne, »ich habe keine Rachegefühle, wenn Sie das meinen. Ich bin Geschäftsmann, ich kann mir Gefühle nicht leisten. Ich sehe zwar keinen Grund, unsere Verbindung wieder aufzunehmen, aber Ressentiments habe ich nicht.«

»Um Ihre Ressentiments geht es auch gar nicht.«

Mercier spielte Erstaunen. »Haben Sie vielleicht Ressentiments gegen mich?« fragte er.

Ich zuckte die Schultern. Mercier schüttelte mißbilligend den Kopf und schnalzte mit der Zunge. »Nein, Monsieur Stoller«, tadelte er, »ich hätte Sie in diesem Punkt aber anders eingeschätzt. Als wir unser Geschäft abgeschlossen haben, damals im Sommer, war doch klar, daß kein Risiko bestand, wenn sich beide Seiten loyal verhalten würden.«

»Das ist wahr«, bestätigte ich bissig.

»Ich war loyal«, Mercier zeigte auf seine Brust, »habe ich Ihnen nicht die Schiffspassage zukommen lassen, wie es vereinbart war? Ist Ihnen ein Haar gekrümmt worden, bis Sie sich auf den Weg nach Marrakesch gemacht haben? Es haben für Sie eine Flugkarte in Casablanca und einhunderttausend Schweizer Franken in Zürich gelegen. Sie waren es, der unsere Abmachung gebrochen hat.« Bei diesen Sätzen war es das erste Mal, daß ich so etwas wie Emotion aus seiner Stimme hörte.

»Es gibt Maßstäbe für das menschliche Handeln, die Sie nicht begreifen können und auch nie begreifen werden«, fuhr ich heftig dazwischen, »ganz einfach deshalb, weil solche Maßstäbe nichts mit Geld zu tun haben, sondern von anderer Qualität sind.«

»Die Liebe!« Er lächelte. Ich spürte, wie die Wut in mir aufstieg. Seine Hand fuhr wie eine Sichel durch die Luft und schnitt mir die Bemerkung ab, die ich auf der Zunge hatte.

»Nein, Stoller, zur Sache: Warum sind Sie hier?« Seine Augen fixierten mich.

»Ich werde Sie nicht töten«, begann ich behutsam. »Der Tod wäre eine zu einfache Lösung. Ein Schuß fällt, und Ihr Bewußtsein stürzt in ein schwarzes Loch, aus dem es keine Rückkehr mehr gibt. Für die Reflexion Ihres Zustandes bliebe keine Zeit. Ich will, daß Sie Ihren eigenen Absturz beobachten können, minutiös und klinisch sauber muß die Sache vonstatten gehen. Und dann werden Sie mit Ihrer Niederlage leben müssen.«

Mercier lächelte fein, es war ihm nicht anzumerken, ob meine Worte Eindruck auf ihn gemacht hatten. Er hob den Kognakschwenker zu den Lippen und fragte:

»Wie soll dieses interessante Experiment vor sich gehen?« Er hob die Augenbrauen und begann leise zu lachen. »Werden Sie ein Konkurrenzunternehmen gründen und mich vom Markt verdrängen? Werden Sie mein Haus brandschatzen, oder wollen Sie mein Geld stehlen?«

»Ich werde Ihre Liquiditätskrise ausnutzen«, sagte ich sachlich.

»Welche Liquiditätskrise?« Mercier gab sich erstaunt.

»Nicht nur über mich wird geredet, sondern auch über Sie. Es stimmt doch, daß Sie sich bei den beiden Projekten übernommen haben. Ihre Investitionen waren groß. Wer Briefe per Learjet verschickt, muß tief in die Tasche greifen. Wenn dann der Gewinn ausbleibt, ist die Liquiditätskrise da!« Jetzt lächelte ich.

»Der Gewinn ist aber nicht ausgeblieben«, sagte der Schweizer im Plauderton.

»Doch, doch«, erwiderte ich ebenso gelassen. Vorsichtig zog ich eine Ausgabe meines Magazins aus meiner Innentasche und reichte sie ihm hinüber. Er nahm das Blatt und nickte.

»Sie selbst wissen, was alles in die Zeitungen kommt und wie der Wahrheitsgehalt der Geschichten ist«, er gab mir die Zeitschrift zurück.

»Diese Geschichte ist verifiziert, wie wir sagen, mein

lieber Monsieur Mercier«, spottete ich und steckte die Zeitung ein. Mercier lachte wieder, aber mir schien es nicht mehr so souverän wie vor einigen Minuten. »Und dann«, fuhr ich fort, »ist da noch die Sache mit der bedingten Bankanweisung.«

Mercier setzte sein Glas, an dem er gerade wieder nippen wollte, abrupt ab. »Wie bitte?«

»Nun, aus gewöhnlich gut unterrichteten Kreisen verlautet – eine komische Redewendung, finden Sie nicht auch? –, daß Sie durch mich als Kurier in Marrakesch die Order an die ›Sunrise‹ wegen der genauen Route zu überbringen hatten und daß Sie im Gegenzug eine Bankanweisung erhalten sollten. Dieses Papier hat den Makel, daß die Bank erst dann das Geld an Sie auszahlt, wenn eine bestimmte Bedingung erfüllt ist.«

Ich merkte, daß Mercier unwillkürlich nickte.

»Wenn ich die Bedingungserfüllung vereitle oder selbst abkassiere, sind Sie pleite«, sagte ich. Ich stand auf und ging zu der Kommode, um mir einen Schnaps einzuschenken. Ohne auf den Geruch oder den feinen Geschmack des Getränks zu achten, kippte ich das Zeug hinunter wie einen Korn. Mercier schwieg.

»Dann brauche ich keine Konkurrenzfirma zu gründen«, fuhr ich fort und setzte mich wieder, »ich brauche mir noch nicht einmal die Hände schmutzig zu machen.« Ich faltete die Hände vor dem Gesicht und beobachtete, wie der Schweizer hektisch zu lachen begann.

»Gut, wirklich sehr gut«, lobte er, »man merkt doch, daß Sie nicht aus der Branche sind, sonst wüßten Sie einiges mehr.« Er tat, als lache er herzlich. Dann erhob er sich und machte eine Geste in Richtung Tür. »Sie können ja Ihr Glück versuchen, Stoller«, sagte er hart und öffnete die Tür.

Ich war aufgestanden und folgte ihm.

»Es war nett, Sie zu sehen. Die Plauderei war unterhaltsam«, murmelte er aufgesetzt und streckte seine Hand zu mir herüber. Ich übersah diese Geste und ging an ihm vorbei. »Schade, daß Sie schon gehen müssen, es war amüsant«, sagte er hinter mir.

Ich blieb noch einmal stehen und sah ihm ins Gesicht. Er hatte sich wieder gefangen.

»Ja, es war amüsant«, bestätigte ich, dann ging ich hinaus, an dem dienernden Butler vorbei, der mir die Tür aufhielt. Nach wenigen Schritten hatte mich die neblige Nacht in ihren kalten Schwaden aufgenommen.

Ich erreichte unbehelligt das mächtige Portal am Ausgang. Obwohl ich vorsichtig neben dem Weg entlanggeschlichen war, schien es mir sicher zu sein, daß der Angriff, den ich an diesem Abend provoziert hatte, nicht so schnell erfolgen würde. Zumal nicht auf dem eigenen Grund und Boden des Waffenschiebers, der hier in Genf vor seinen Nachbarn den eidgenössischen Biedermann spielte.

Mir kam der Nebel zustatten. Andererseits würde es ein möglicherweise von Mercier auf mich angesetzter Beschatter dadurch einfacher haben, sich zu verbergen. Ich ging langsam durch einige Straßen, die ich nicht kannte, einfach, um zwischen dem Domizil des Schweizers und mir selbst Distanz zu schaffen. Bisweilen blieb ich stehen und lauschte in die Nacht. Es blieb ruhig. Nach etwa einer Viertelstunde erreichte ich einen kleinen Platz mit einigen Geschäften, deren Schaufenster ein milchiges Licht verstrahlten. Ich fragte – mühselig nach Worten suchend – eine späte Passantin nach einem Taxistand und fand aufgrund ihrer Beschreibung bald einen Mietwagen am anderen Ende einer Straße, die in den Platz einmündete.

In dem Taxi fühlte ich mich geborgen. Die Sache mit Mercier war gut gelaufen. Er hatte an dem Köder angebissen.

Dem Fahrer hatte ich als Ziel lediglich die Innenstadt angegeben, nun beugte ich mich vor und fragte:

»Können Sie mir ein Hotel empfehlen?«

»In welcher Preislage?« fragte er routiniert, ohne den Blick von der Straße zu wenden.

»Geld spielt keine Rolle«, sagte ich leichthin. Ich war in guter Stimmung.

»Das Eden«, sagte der Fahrer.

»Okay«, ich nickte, »bringen Sie mich vorher noch zum Bahnhof, dort steht mein Gepäck.« Auf der Fahrt vom Bahnhof zum Hotel versuchte ich durch die Heckscheibe die Straße hinter dem Taxi zu beobachten. Mich interessierte, ob Mercier schon jemanden auf mich angesetzt hatte, Zeit dazu war ihm zumindest vor unserem Gespräch vorhin geblieben. Bald fiel mir auf, daß unserem Taxi tatsächlich zwei Lichter folgten, doch das Fahrzeug war im Nebel nicht zu erkennen. Da das Taxi in Richtung Innenstadt fuhr, konnte es genausogut ein harmloser Autofahrer sein, der noch spät in der Stadt zu tun hatte. Ich drehte mich wieder nach vorne und sprach mit dem Chauffeur über Belangloses.

Er setzte mich vor dem ›Eden‹, einem Prachtbau aus vergangener Zeit, ab. Von hinten näherte sich schon ein Page, um nach meinem Gepäck zu fragen. Während ich zahlte, sah ich aus den Augenwinkeln, daß ein anderes Taxi unmittelbar hinter uns langsam vorbeifuhr. Der Mann im Fond des Wagens war nicht zu erkennen. Ich grinste vor mich hin, als ich dem Pagen in die weitläufige Empfangshalle des Hotels folgte.

Man wies mir ein Zimmer zu, das an klaren Tagen eine wunderbare Aussicht auf den See bieten mußte. Heute nacht konnte ich nur die Lichter über dem Hoteleingang sehen. Ich zog die Vorhänge zu und verschloß die Tür sorgfältig. Denn vorerst wollte ich nicht gestört werden, schon gar nicht von einem Abgesandten des Waffenhändlers.

Ich begann mit den Vorbereitungen für die Nacht. Mein kleines Handgepäck ließ ich unausgepackt und verstaute die Tasche in einem Schränkchen im Bad nebenan. Dann bestellte ich mir einen kleinen Imbiß aufs Zimmer, den ich im Stehen verschlang und dessen Reste ich sofort abräumen ließ. Als der Zimmerkellner gegangen war, nahm ich eine Gaspistole, die ich am Nachmittag in der Nähe des Bahnhofs gekauft hatte, aus meinem Mantel und steckte sie in meinen Hosenbund. Den Mantel legte ich sorgfältig zusammen und verschloß ihn ebenfalls im Badschrank.

Schließlich hob ich den Telefonhörer ab und wählte die Nummer der Hotelvermittlung.

»Bitte Herrn de Breuka, er muß eben erst angekommen sein«, sagte ich, als sich die Telefonistin meldete.

»Einen Augenblick bitte, Monsieur«, es knackte in der Leitung. Ein dumpfes Pochen pulsierte im Hörer. Dann kam die Stimme wieder. »Ist Monsieur de Breuka Gast des Hauses?«

»Ich glaube schon.«

»Er ist noch nicht eingetroffen«, antwortete meine Gesprächspartnerin.

»Bestellen Sie bitte an der Rezeption, daß ich in der Bar auf Herrn de Breuka warte, danke.« Ich hängte auf.

Es war durchaus möglich, daß der kleine Mann mit der gelben Brille sich an der Rezeption nach mir erkundigte. Dann würde der Angestellte ihn fragen, ob er dieser gewisse de Breuka sei, der mit mir verabredet sei. Ich war sicher, daß der verschlagene Belgier in diesem Fall nicht in der Bar nach mir suchen würde. Ich schloß mein Jackett und schob die kleine Pistole in den Gürtel. Dann ging ich zum Aufzug und fuhr hinunter. Am Empfang sagte ich zu dem Mann mit den gekreuzten Schlüsseln auf dem Revers: »Wenn Herr de Breuka mich sucht, ich bin in der Bar.«

»Schon notiert, Monsieur«, antwortete der Mann

freundlich. Ich nickte kurz und folgte den Wegweisern ins Untergeschoß. Doch statt dem dumpfen Klang des Barpianos, der von unten heraufdrang, zu folgen, stieg ich außer Sichtweite des Rezeptionisten die Stufen hinauf und ging zurück in mein Zimmer, das ich vorhin unverschlossen gelassen hatte. Ich schlüpfte durch die Tür und ging noch einmal hinüber zum Bad. Dort knipste ich das Neonlicht an und ließ die Tür zum Zimmer halb offen, so daß ein grauweißer Lichtstrahl hinüber zur Eingangstür fiel. Dann ging ich zum Fenster und verbarg mich in der Nische hinter den tief herunterreichenden Übervorhängen. Das Warten begann.

20

Ich hatte mich schräg an das niedere Fensterchen gelehnt, die kalte Scheibe im Rücken. Neben mir lag die kleine Pistole griffbereit auf der Konsole. Durch einen schmalen Spalt in den Vorhängen konnte ich die Lichtspur quer im Zimmer sehen. Die Tür dahinter war nur zu vermuten.

Die erste Zeit war ich noch damit beschäftigt, mir Angriffsvarianten vorzustellen und mich auf die Abwehr vorzubereiten. Ich wollte den Abgesandten Merciers ja nicht töten, sondern ihn in meine Gewalt bekommen, um die Fragen stellen zu können, die ich stellen mußte. Doch schon bald ließ meine Konzentration nach, weil die akute Gefahr vorerst ausblieb. Nichts regte sich in meinem Zimmer. Langsam begannen die Geräusche des Hotels in mein Bewußtsein einzudringen. Ich hörte Wasser rauschen, gedämpfte Schritte auf dem Korridor, leises Poltern und manchmal, ganz in der Ferne, menschliche Stimmen.

Meine Gedanken schweiften ab und zogen mich in Tagträume, hinaus aus dem Hotel und aus meiner jetzigen Situation, hinein in unrealistische Konstellationen und Verbindungen. Bilder der toten Claudine stiegen in mir auf, ihre Stimme war zu hören. Ich schreckte auf.

Mein linkes Bein begann zu vibrieren. Ich wechselte das Standbein. Dabei erschrak ich, weil der Stoff meiner Hose über das Fenstersims schabte. Die Konzentration war für Minuten wieder da, doch alles blieb still.

Ich weiß nicht, wie lange ich so am Fenster gelehnt hatte, bis ich das erstemal merkte, daß ich eingenickt war. Ich fuhr auf und packte die Pistole. Wieder wartete ich auf eine Bewegung, analysierte die Geräusche, bis die Spannung nachließ und ich leise die Schußwaffe zurücklegte.

Mir kam es vor, als hätte ich schon seit Stunden in dieser unbehaglichen Position verharrt. Immer noch kein Anzeichen dafür, daß de Breuka oder ein anderer eingetroffen wäre. Erste Zweifel kämpfte ich nieder. Ich redete mir innerlich zu, auszuharren und meinen Plan durchzuführen, doch der Wunsch, aufzugeben, wurde stärker. Sicher, ich hätte auch aufgeben und vielleicht noch unbemerkt das Hotel und die Stadt verlassen können. Aber der Wille, mich an Mercier zu rächen, dominierte schließlich wieder. Ich reckte mich am Fenster hoch, zog erneut zu meiner Beruhigung die Gaspistole herüber.

Mir fiel erst auf, daß die Tür zu meinem Zimmer einen Spalt geöffnet wurde, als eine schmale Spur des gelben Lichts vom Korridor hinüber zu meinem Bett lief. Plötzlich wand sich eine schmale Gestalt behend durch die Tür. Im Licht des Flurs konnte ich ihn für Sekundenbruchteile erkennen: de Breuka. Die Tür schloß sich geräuschlos, bevor ich die Pistole hochgehoben hatte. Ich war überrascht, denn ich hatte geglaubt, daß mir Zeit bleiben würde, um ihn mit der Schußwaffe in Schach zu halten und die Tischlampe einen Schritt vor mir anzuknipsen. Jetzt war keine Bewegung mehr zu bemerken. Die Nachtgeräusche des

Hotels tröpfelten wieder in den Raum. Ich beschloß abzuwarten, in der Defensive zu bleiben, denn nach meinem Plan mußte er nun beginnen, das Zimmer zu durchsuchen. Doch es blieb alles ruhig. Schon wollte mir scheinen, als habe ich mich vorhin getäuscht, da jagte mich ein schleifendes Geräusch hoch. Ich wußte sofort, daß de Breuka vorsichtig sein Schnappmesser auseinanderzog. Wieder geschah nichts. Die Pistole in meiner rechten Hand wanderte ziellos hin und her. Ich merkte, daß ich mich verkrampfte, versuchte, locker zu bleiben.

Da wirbelte die Gestalt de Breukas plötzlich durch den Lichtstreifen aus dem Badezimmer herüber. Bevor ich noch den Abzug durchreißen konnte, war der Schatten verschwunden. Ich atmete nur noch ganz flach und meinte zugleich, daß man mich im ganzen Raum schnaufen hörten müßte. Ich wußte nun um die Gefährlichkeit meiner Lage, denn mit diesem Sprung hatte de Breuka die schwache Lichtquelle hinter sich gebracht. Seine Augen dürften jetzt an die Dunkelheit gewöhnt sein, fuhr es mir durch den Kopf. Er konnte die schwachen Lichtreflexe vom Boden ausnutzen. Ich stand starr und verkrampft hinter dem Vorhang, den Rücken an das kalte Fenster gepreßt, die Pistole seitlich an der Hüfte. Ich spürte, wie der Schweiß über meine Stirn lief und beißend in meine Augen drang. Träge verrannen die Minuten, ohne daß ich ein Zeichen von der Anwesenheit des Mannes in meinem Zimmer wahrgenommen hätte.

›Schieß in die Luft, baller das Magazin hinaus, dann wird schnell jemand da sein‹, dachte ich, korrigierte mich aber sofort. Bevor jemand mein Zimmer gefunden haben würde, hätte de Breuka mir sein Messer in den Hals gestoßen.

Seine Finger ertasteten von der Seite meinen Schuh. Er hatte liegend den Boden nach mir abgesucht und mich gefunden.

Ich stieß die Schußwaffe hinunter, sein Messer fuhr mit der Schneide meiner Hand entgegen und schlug das Gelenk nach oben. Ein Schnitt zog sich quer über meinen Handrücken. Ich taumelte, verfing mich im Vorhang. Ein Messerstich fuhr dicht neben meinem Hals auf die Scheibe hinter mir. Sie sprang mit einem knacksenden Geräusch. Mit dem linken Fuß versuchte ich einen kreisförmigen Tritt nach vorne. Ich traf ein Bein de Breukas, er strauchelte, verkrallte sich aber in meiner Hose. Ich stürzte, den Vorhang mit herunterreißend, ins Zimmer hinein und schlug mit der Schulter hart auf dem Boden auf. De Breuka war sofort über mir. Er riß mich an den Haaren aus dem Vorhangstoff heraus. Die Klinge seines Messers saß an meinem Hals, sie funkelte matt im Neonlicht des Badezimmers.

»Auf den Bauch«, fauchte er.

Ich drehte mich mühsam herum. Das Blut von meiner verletzten Hand sickerte warm über meinen Arm. Im Genick spürte ich jetzt die Spitze des Messers.

»Keine Bewegung, du Schwein«, flüsterte der Belgier. Mit einer Hand glitt er über meinen Körper und spürte unter dem Vorhang, in den ich immer noch zum Teil verwickelt war, die Pistole in der blutenden Hand. Die Messerspitze wich aus meinem Nacken, doch im selben Augenblick spürte ich seinen Schuh hinter meinem linken Ohr. Der Revolver wurde mir entrissen, dann sprang er plötzlich zurück. Als mir zum Bewußtsein kam, daß de Breuka nicht mehr in meiner Nähe war, schnappte der Lichtschalter an der Tür, die Deckenlampe flammte auf. Ich mußte blinzeln. Als sich meine Augen an das helle Licht gewöhnt hatten, sah ich ihn, in der Bewegung erstarrt, an der Tür stehen, die Hand mit dem Messer noch am Lichtschalter, in der Linken die Pistole, deren Mündung auf mich gerichtet war.

Ein Grinsen flackerte über das Gesicht des Belgiers, das ich zum erstenmal ohne Brille sah.

»Aus!« zischte er, »das ist kein Geschäft für Anfänger.« Er zeigte seine Zähne. Ich zog meine stark blutende Hand heran und umklammerte sie mit der Linken. Auf dem Teppichboden bildeten sich kleine Blutlachen. »Aufstehen!« befahl er.

Ich versuchte mich über den linken Ellbogen aufzurappeln.

»Keine Chance mehr«, sagte er, und die Genugtuung über seinen Sieg war ihm anzusehen. Ich stand halb gebückt, unfähig, mich zu bewegen oder gar mich zu verteidigen. Ich starrte in ohnmächtiger Angst auf den kleinen Mann. Ich wußte, daß er mein Leben nicht schonen würde. Von meinem Handrücken rann das Blut über meine Hose hinab.

»Mit diesem Messer«, die Spitze bewegte sich langsam auf meinen Kopf zu, »werde ich dich jetzt schlachten wie einen Hammel«, grinste er. »Ich werde dir den Hals aufschneiden, damit du nicht mehr schreien kannst, und dann zusehen, wie du im eigenen Blut langsam ersäufst, wie die Angst um das kleine dreckige Leben in deinem Gesicht hochkommt, und ich werde warten, bis die kleinen Äugchen überlaufen und stumpf werden.«

Ich war aus meiner gebückten Haltung hochgekommen und vor der Messerspitze zurückgewichen, die sich langsam meiner Gurgel näherte. Ich wollte schreien, doch nur ein heiseres Krächzen kam aus meinem Hals. Meine Augen fixierten die Klinge des Messers und seine langsame, unaufhaltsame Bewegung. Jetzt stieß ich mit dem Rücken an die Wand, preßte mich dagegen und zog die Schultern zusammen, mich seitlich abwendend.

Ich sah noch aus den Augenwinkeln das Gesicht. Die Lust am Töten war deutlich darin zu lesen. Dann erwartete ich den tödlichen Schnitt in die Gurgel, unfähig zu denken, unfähig, anderes zu empfinden als blankes Entsetzen.

Der erste Schuß riß das Messer von meinem Hals fort. Immer noch gelähmt vor Angst folgte ich der kreisenden Bewegung der Hand meines Mörders, grotesk hinaufgezogen zur Decke. Der zweite Schuß schlug de Breuka von den Beinen, daß er seitlich vor mir mit dem Schädel auf die Wand schlug. Sein Körper glitt, von den letzten Nervenimpulsen gerüttelt, in sich zusammen. Das Messer fiel polternd vor meine Füße. Der Mann mochte schon fast eine Minute tot dagelegen haben, als ich die Hand spürte, die an meiner linken Schulter rüttelte.

»Stoller, Stoller!« hörte ich Horlacher von weit her rufen, dann hob ich den Kopf. Mein Blick wanderte von der Leiche hinauf zu dem roten Gesicht des ehemaligen Kriminalbeamten. Sein Mund wirkte verkniffen, war schmal und lippenlos. Die kieselgrauen Augen blickten noch härter als sonst. Mit seiner rechten Hand packte er mich unter der Achsel und zog mich hinüber zum Bett. Ich ließ mich zurücksinken. Ich spürte, daß Horlacher sich an meinem Handgelenk zu schaffen machte und etwas von ›Blutverlust‹ sagte. Dann kam ich wieder hoch, immer noch atemlos vor Entsetzen und Angst.

Horlacher stand vor mir, in seiner linken Hand eine großkalibrige Pistole. Er trug einen eleganten, gut sitzenden Abendanzug, eine rose Nelke im Revers.

»Geht's wieder, Stoller?« fragte er, und sein Mund begann sich ins Viereck zu ziehen. Ich nickte und sah erneut hinüber zu de Breukas Leiche, die in grotesker Haltung an der Wand lehnte. Horlacher trat zurück und legte die Waffe sorgsam mitten auf den kleinen Lesetisch. Hinter uns in der offenen Tür müssen Leute erschienen sein, denn ich hörte Horlacher mit kalter Stimme auf deutsch sagen:

»Stehen Sie nicht herum, rufen Sie die Polizei!« Ich starrte immer noch gebannt auf den toten Mann neben dem Fenster.

Der Arzt neben mir stand auf und nickte zu dem Kommissär hinüber. In einem Redeschwall, den ich nicht verstand, schien er dem Beamten Vorwürfe zu machen. Aber der winkte ab und sagte laut: »Merci, docteur!« Der Doktor zuckte mit den Achseln und packte sein Besteck zusammen. Er hatte die zwei klaffenden Schnittwunden an meiner rechten Hand geklammert und desinfiziert. Gegen die Folgen des Blutverlusts hatte er mir ein Kreislaufmittel gespritzt, das mich wieder leidlich auf die Beine brachte, ohne mir freilich den Schock nehmen zu können. De Breukas Leiche war immer noch unberührt. Einige Männer machten sich im näheren Umkreis zu schaffen, fotografierten und suchten den Boden und die Wand nach Spuren ab.

Horlacher stand neben dem Kommissär, jenseits des Bettes. Die beiden Männer sprachen miteinander. Der Kommissär, ein langer, smarter Mensch Mitte der Dreißig, mit schmalem Bärtchen auf der Lippe und einer beginnenden Stirnglatze, beugte sich vertraulich zu dem alten Kriminalbeamten hinunter, wenn er ihn ansprach.

Das Telefon schrillte neben mir. Einer der Männer, die bei der Leiche waren, ging an den Apparat und sprach einige Worte in Französisch, dann rief er den Kommissär. Der kam herüber und lächelte mir freundlich zu. Er lauschte aufmerksam in die Muschel hinein, dann legte er grußlos auf.

»Monsieur Stoller«, sagte er im Zurückgehen, »wir können aufbrechen, würden Sie bitte mit uns kommen?«

Ich nickte und erhob mich. Hinter Horlacher und dem Kommissär, die flott französisch sprachen, ging ich zum Aufzug.

In einem großen Citroën fuhren wir durch den dichten Nebel zu einem Amtsgebäude; über verlassene Korridore gelangten wir in das Zimmer des Kommissärs. Hier waren wir drei alleine.

»Kaffee?« fragte der Beamte und sah von Horlacher zu mir.

»Ja«, murmelte ich. Es war das erste Wort, das ich nach dem Kampf mit de Breuka gesprochen hatte. Der Kommissär bestellte bei einer Sekretärin ›eine Kanne Schwarzen‹. Dann lehnte er sich in seinem Sessel zurück und schaute mich lächelnd an.

»Schwierig, um halb sechs morgens einen Kaffee und eine Schreibdame aufzutreiben«, sagte er aufgeräumt. Sein Tonfall war singend, durchsetzt mit kehligen Anleihen im Schweizerdeutsch.

»Der Herr Kollege und ich«, er deutete auf Horlacher, »sind froh, daß Ihnen nichts von Bedeutung passiert ist. Von den Kratzern da wollen wir einmal absehen.« Horlacher nickte artig.

»Was wir Schweizer allerdings nicht so lieben, ist die Tätigkeit ausländischer Geheimdienste auf unserem Grund und Boden«, setzte der Kommissär hinzu.

»Bitte, wir haben bei einer anderen Abwehraufgabe mit den schweizerischen Behörden hervorragend kooperiert«, sagte Horlacher.

»Welcher Abwehraufgabe?«

»Das kann hier keine Rolle spielen, ich bitte um Ihr Verständnis, Kommissär, aber Ihr Kollege Zünsli von der Schaffhausener Stadtpolizei wird Ihnen die bloße Tatsache der Zusammenarbeit bestätigen, sobald er zurückruft.«

Ich sah fassungslos zu Horlacher hinüber. Hatte ich diesen kleinen unscheinbaren Mann nicht doch erheblich unterschätzt? Welche Rolle spielte er eigentlich in diesem absurden Theater? Der Kommissär hob beschwichtigend die Hand.

»Es war nur so etwas wie eine patriotische Bemerkung von mir, Herr Kollege. Nun zu dem Fall heute nacht...« Er wurde unterbrochen. Eine schmucklose Mittvierzigerin kam herein, einen Aktendeckel unter dem Arm, eine Kanne in der einen, Geschirr in der anderen Hand. Horlacher sprang von seinem Stuhl auf und schloß hinter der Frau die Tür. Wortlos verteilte sie die Tassen. Der Kommissär half beim Einschenken.

Schließlich reichte sie ihm die Akte hinüber und sagte: »Für Sie, Herr Kommissär.«

Der Polizist winkte Horlacher heran, und beide studierten das Dosier.

Bisweilen wechselten sie vielsagende Blicke.

»Ein schöner Fang«, lobte Horlacher und grinste wieder zurück. Der Kommissär nickte heftig und blätterte noch einmal zurück. »Es liegt auf einer Linie: Raub, Diebstahl, Gewaltdelikte. Eine ganze Liste von Straftaten. Zuletzt eine Verurteilung vor dem Kantonalgericht in Chur, er ist also schon früher bei uns in der Schweiz aufgetreten.«

»Interpol sucht den Mann ebenfalls«, sagte Horlacher.

Der Kommissär wandte sich an mich: »Nun zu Ihnen, Herr Stoller...«

Das Verhör begann. Horlacher saß im Rücken des Schweizer Beamten und grimassierte. Mir war bewußt, daß nun viel auf mich ankam. Dabei ahnte ich, daß Horlacher nicht rein zufällig in mein Hotelzimmer geraten war, vielleicht war er gestern abend der Mann in dem Taxi hinter mir gewesen. Nach dem Schock dieser Nacht wollte ich mich indessen nur noch aus der Affäre ziehen, möglichst ungeschoren davonkommen, um irgendwo eine neue Existenz zu beginnen. Also tischte ich dem Kommissär eine bunte Geschichte aus Dichtung und Wahrheit auf.

Ich erzählte, daß ich als Journalist einen gewissen Waffenhändler beobachtet und dabei dunkle Geschichten aufgedeckt hätte. Aus politischen Gründen sei ich aus meiner Stellung ausgeschieden, um hier in Genf die letzten Bruchstücke dieser Story zu recherchieren. Später wollte ich ein Buch darüber schreiben. Horlacher unterbrach regelmäßig, wenn ich begann, in Details abzuschweifen.

»Herr, Stoller, Sie wissen, daß Sie jetzt darüber noch nicht sprechen dürfen!« sagte er jedesmal mit ernstem Gesicht. Der Kommissär, wohlwollend und müde, akzeptierte seltsamerweise die Ausflüchte. Ich stellte mich als Konfidenten des MAD hin und Horlacher als meinen Führungsoffizier. Auch dies wurde akzeptiert.

»Der Angestellte an der Rezeption hat ausgesagt«, las der Kommissär von einem Blatt, »daß Sie zweimal für den Getöteten de Breuka eine Nachricht hinterlassen hätten.«

»Ja«, sagte ich.

»Sie seien in der Bar, haben Sie ausrichten lassen«, hakte er nach.

Ich nickte nur.

»In der Bar haben Sie sich allerdings nicht aufgehalten, die Barmaid wenigstens kann sich an keinen Mann erinnern, der Ihnen ähnlich gesehen haben könnte.«

»Nein, ich war nicht in der Bar«, gestand ich mit fester Stimme und sah in das verfinsterte Gesicht Horlachers.

»Sondern?«

»Auf meinem Zimmer.«

»Und warum haben Sie dann die Nachricht für diesen de Breuka an der Rezeption hinterlassen?«

Ich reagierte nur noch: »Weil er von meinem Führungsoffizier übernommen werden sollte, er war ja eine Nummer zu groß für mich«, grinste ich schief.

»Bitte, Herr Stoller«, mahnte Horlacher aus dem Hintergrund. Der Kommissär nickte beschwichtigend in seine Richtung. Er redete nun auf französisch mit der Schreibkraft, sie zog den Bogen aus der Maschine und reichte ihn dem Kommissär hinüber, der verstohlen gähnte.

»Dieses Protokoll ist in französisch geschrieben«, sagte er zu mir, »sprechen Sie gut französisch?«

»Miserabel.«

»Gut, dann werden wir die Aussage von einem autorisierten Dolmetscher übersetzen lassen.« Er sah auf die Uhr. »Können Sie morgen, nein, heute mittag um 16 Uhr hier sein und das Protokoll abzeichnen?«

»Ja, gewiß.«

»Heute wird es leider nicht mehr gehen«, sagte Horlacher bestimmt, »morgen.«

Ich sah verdutzt zu ihm hinüber, sagte aber nichts.

Der Kommissär hob gleichgültig die Schultern.

Horlacher stand schon. Ich erhob mich und zog meine verbundene Hand vorsichtig hoch. Die beiden anderen wechselten noch einige Worte, die ich nicht verstand, dann zog mich Horlacher hinaus.

21

Meine Augen brannten, ich war müde und fühlte mich kraftlos. Horlacher führte mich zu einem dunkelblauen Mercedes mit einer Genfer Nummer. Er hielt mir die Beifahrertür auf: »Steigen Sie ein.«

Ich ließ mich in die Polster sinken und spürte die Müdigkeit, wie sie von den Fußspitzen her in jede Faser meines Körpers kroch. Ich schloß die Augen und sagte: »Ich steige aus.«

Horlacher fuhr sanft an. »Wie meinen Sie das?« Seine Stimme klang wach und sehr aufmerksam.

»Ich bin diesmal zu nahe am Tod vorbeigekommen«, sagte ich.

»Stimmt. Ich habe Ihnen das Leben gerettet.«

Ich sah unter hängenden Augenlidern zu ihm hinüber. Er saß aufrecht am Steuer und konzentrierte sich auf den Straßenverkehr. »Soll ich Ihnen etwa dankbar sein?«

»Nein, keine Ursache.« Er bog links ab.

»Wohin fahren wir?« wollte ich wissen.

Horlacher tat so, als ob er die Frage überhört hätte, und brummte: »Der fährt wie ein Anfänger da vorne.«

Meine Lider stülpten sich wieder über meine Augäpfel. Aber Horlachers Stimme holte mich zurück.

»Sie können jetzt nicht mehr aussteigen.«

»Warum denn nicht?« fragte ich.

»Das Geld, denken Sie, drei Millionen.«

»Was ist damit?« Ich hatte noch immer Mühe, seinen Worten zu folgen.

Horlacher schaltete zurück und fuhr nun sehr langsam durch schmale Straßen, die links und rechts von Gärten gesäumt wurden, in denen zwei- und dreigeschossige Villen mit holzgeschnitzten Balkonen thronten.

»Ich kenne die Bedingungen, unter denen Mercier an die drei Millionen kommt.«

»Ja?« fragte ich desinteressiert.

»Sie, Stoller, können diese Bedingungen erfüllen.«

Ich lachte in mich hinein. »Damit Mercier kassieren kann?«

»Quatsch, damit wir kassieren können.«

Ich war plötzlich wach. Ein Kribbeln lief durch meinen Körper. Meine Blase meldete sich. »Ich muß dringend pinkeln.«

»Hat das nicht Zeit bis zum Flughafen? Ihre Maschine geht in einer Stunde.«

Ich sah automatisch auf die Uhr und registrierte, daß es 7.30 Uhr war.

Erst dann begriff ich, was Horlacher soeben gesagt hatte.

»Meine Maschine?«

Ich stieg aus, um mein Wasser abzuschlagen. Horlacher kletterte ebenfalls aus dem Auto und lehnte sich gegen die Kühlerhaube. Von dort dozierte er weiter. »Mercier bekommt das Geld auf die Zahlungsanweisung, die er besitzt, wenn die Zeitungen darüber berichten, daß ein Uranschiff deutscher Herkunft in libyschen Gewässern gesichtet worden ist.«

Ich verstaute alles wieder an seinem Platz und kam hinter dem Baum hervor.

»Welche Zeitungen?« fragte ich.

»Am besten wäre es, wenn die Meldung über eine der großen Nachrichtenagenturen liefe.«

»Aha«, ich verstand immer noch nicht ganz.

»Kunzmann«, sagte er knapp und stieg wieder ins Auto.

Ich folgte ihm. »Sie kennen Kunzmann?«

»Ich weiß, daß er ein Kollege von Ihnen ist, den Sie sehr gut kennen und der Ihnen auch noch einen Gefallen schuldet.«

»Wie stellen Sie sich das denn vor? Selbst meinen besten Freund könnte ich nicht anrufen und sagen, verbreite doch mal diese oder jene Falschmeldung an die Zeitungen. Und ich habe nicht mal einen besten Freund.«

Horlacher lächelte viereckig und startete.

»Ich habe sehr gutes und nahezu authentisches Material, das die Meldung absichert. Sie könnte zudem so formuliert werden, daß niemandem daraus ein Nachteil entsteht. Einen Formulierungsvorschlag habe ich auch.«

»Sie denken wohl an alles.«

»Ich bemühe mich.«

»Wo sind die Unterlagen?«

»Im Handschuhfach.«

Ich ließ den Deckel vor mir aufspringen und entnahm dem Handschuhfach ein gelbes Kuvert ohne Aufschrift.

Das erste, was mir entgegenrutschte, war ein Flugticket Genf–Hamburg auf den Namen Helmut Stoller. Der Rückflug war auf 17.20 gebucht. Ankunft 19.10 Uhr.

»Feine Sache«, sagte ich. Als nächstes fand ich ein gestochen scharfes Schwarzweißfoto von der Sunrise in einem Hafen. Dazu ein Telex, das offensichtlich aus dem Ticker des MAD stammte und in dem ein V-Mann berichtete, die Sunrise sei mit der ›heißen Ware‹ und mit 23 Tagen Verspätung in Tripolis eingetroffen: Uranerz aus Südafrika, das ursprünglich für die Bundesrepublik bestimmt gewesen sei.

Das Telex trug den Stempel ›top secret‹. Außerdem fand ich eine formulierte Meldung, die ganz im Stil der Presseagenturen gehalten war:

Tripolis: Das seit Wochen verschollene Frachtschiff ›Sunrise‹, das Uranerz aus Südafrika nach Hamburg bringen sollte, ist überraschend in Tripolis aufgetaucht. Sicherheitskräfte der Bundesrepublik versuchen die mysteriösen Vorgänge um den Atomtransporter aufzuklären. Israel kündigte bereits Konsequenzen an. Ein Regierungssprecher in Tel Aviv gab bekannt, sein Land wolle den Weltsicherheitsrat anrufen.

»Ist das alles?« fragte ich.

»Reicht das nicht?«

»Doch, ich denke schon. Wie ist denn das Schiff nach Tripolis gekommen?«

»Per Fotomontage«, Horlacher grinste sein schönstes viereckiges Lächeln.

»Mann, Mann!« sagte ich, »Sie scheuen aber auch vor gar nichts zurück.«

»Täuschen Sie sich nicht«, sagte Horlacher und ließ sein Lächeln einfrieren.

Wir kamen kurz nach acht Uhr am Flughafen an.

»Trinken wir noch einen Kaffee?« fragte Horlacher.

»Gern.«

In der kahlen Cafeteria schüttete ein Mädchen Pulver in einen Pappbecher und goß heißes Wasser drauf. So schmeckte das Zeug dann auch.

»Jetzt mal raus mit dem Plan«, sagte ich.

»Okay, Mercier kommt an das Geld heran, sobald die Meldung in der Zeitung, bzw. in den Zeitungen steht. Am besten wäre es natürlich, die Nachricht erschiene im *Journal de Genève*. Ich nehme an, Sie können Ihren Freund Kunzmann dazu bringen, die Meldung so auf die Ticker zu geben, daß sie morgen noch in die Frühausgaben gerät.«

»Technisch ist das völlig möglich«, sagte ich.

»Nun gut. Ihre Aufgabe wäre es, Kunzmann in Hamburg aufzutreiben und ihn dazu zu überreden, mitzuspielen. Wie, das ist Ihre Sache.«

»Sie stellen sich das so einfach vor.«

»Nein, gewiß nicht, aber ich stelle mir vor, daß die Aussicht auf eineinhalb Millionen steuerfreie Schweizer Franken und die Möglichkeit, Mercier zu ruinieren, Sie genügend motiviert, um auch schwierige Aufgaben zu lösen.«

Er hatte recht. Das Geld reizte mich sehr. Fast noch mehr faszinierte mich die Vorstellung, Mercier aufs Kreuz zu legen. Prompt sagte ich: »Dafür würde ich sogar ein paar Jahre in den Knast gehen.«

Horlacher lächelte: »Das sagt sich leichter, als man es nachher erträgt.«

Ich sah ihn an. »Haben Sie einschlägige Erfahrungen?«

»Es gibt Erfahrungen, über die man niemals redet.«

»Gut, ich akzeptiere das.«

»Sie machen's also?«

»Ich versuch's auf jeden Fall.«

Der Flug nach Hamburg wurde aufgerufen. Horlacher begleitete mich zum Check-in-Schalter.

»Ich erwarte Sie heute abend wieder hier.« Er sah sich

sehr sorgfältig um. Dann sagte er: »Sie sollten auch daran denken, daß Sie in Hamburg sicherer sind als hier.«

Ich reichte mein Ticket über den Tresen. Leise sagte ich zu Horlacher: »Und Sie glauben wirklich, daß wir ihn daran hindern können, ohne uns zu kassieren? Das würde ich nicht aushalten, wenn ich selbst ihm das Geld quasi in die Hände spielen würde.«

»Keine Sorge. Sie müssen dafür geradestehen, daß die Meldung eine halbe Stunde nach Banköffnung auf jeden Fall wieder dementiert wird.«

»Wie bitte?«

Er schob mir ein zweites Kuvert unter die Achsel und drängte mich in Richtung Durchgang zu den Flugsteigen. »Ist doch klar«, flüsterte er, »wir müssen verhindern, daß Mercier das Geld lediglich auf ein privates Konto umschreibt. Wir müssen ihn zwingen, die Scheine so schnell wie möglich abzuheben. Und zwar bar!«

Langsam begriff ich. »Ein ganz schönes Hasardspiel.«

»Was haben Sie erwartet?« Horlacher legte mir die Hand auf die Schulter. »Ich sorge dafür, daß Mercier nicht alleine für sich kassiert, da können Sie sich drauf verlassen. Ihre Aufgabe ist es, die beiden Meldungen zu lancieren und rechtzeitig wieder in Genf zu sein, um mit Mercier zu verhandeln.«

Mit diesen Worten schob er mich durch den Durchlaß und auf einen schweizerischen Polizisten zu, der mich und mein Gepäck kontrollierte.

Im Hamburg war Schmuddelwetter. Ich nahm ein Taxi zu Kunzmanns Wohnung. Er war nicht zu Hause. Also fuhr ich direkt zum dpa-Büro. Kunzmann sei schon zum Essen gegangen, hieß es. Das Mädchen im Sekretariat wußte sogar die Kneipe. Sie war schnell zu Fuß zu erreichen.

»Schau, unser Fellache«, rief Kunzmann, als er mich

sah. Ich versuchte mitzualbern, obwohl ich vor Müdigkeit kaum stehen und vor Aufregung kaum sprechen konnte.

»Was Neues?« fragte Kunzmann nach einer Weile. Dicht neben ihm auf einer dunkel gebeizten Bank saß ein Mädchen mit einem Puppengesicht und krausen Haaren. Auf der anderen Seite ein Fotograf, den ich flüchtig kannte.

Ich zog das gelbe Kuvert aus der Tasche und legte es zwischen Biergläser auf den Tisch.

Kunzmann griff stumm danach und zog die beiden Papierblätter heraus, das Bild reichte er dem Fotografen.

»Du weißt ja, daß ich zur Zeit nichts in die Zeitung bringe.«

»Du willst also ein Honorar schinden?«

Ich mußte unwillkürlich lachen, und beinahe hätte ich gesagt, ›ja, einskommafünf Millionen‹.

Zu dem Fotografen sagte ich: »Ist das Bild okay? Ich kann so was nicht beurteilen.«

»Scheint so«, sagte er nuschelnd, er suchte mit der Zunge nach Fleischresten in seinen Zähnen.

»Wenn die Meldung stimmt, isses 'n Hammer«, sagte Kunzmann.

Ich faßte in meine Rocktasche, wo das Dementi steckte. Ich konnte es ihm jetzt nicht unterjubeln.

»Woher is' das?« fragte Kunzmann.

»Siehste doch!«

Er drehte das Telex in den Fingern.

»Sind Sie von dem Laden?« fragte das kraushaarumrandete Puppengesicht.

»Nicht direkt«, sagte ich ausweichend.

»Ich bin heute abend Chef vom Dienst«, sagte Kunzmann.

»Ab wann?«

»Siebzehn Uhr.«

»Bringste das gegen 18 Uhr unter die Leute, auch im Auslandsdienst?«

»Wenn die Meldung sauber ist, immer.«

»Ich muß gehen«, sagte der Fotograf, »das Bild ist gut genug zum Funken, soll ich's mitnehmen?«

Ich griff hastig danach und hätte es beinahe zerrissen, als ich es ihm aus den Fingern zog.

»Gehst du mit ihm, Schätzchen?« sagte Kunzmann zu dem Puppengesicht, er mußte mitbekommen haben, daß da noch etwas zu besprechen war.

Ich bestellte einen Kaffee in der Hoffnung, daß das Kribbeln in der Haut und die Müdigkeit in den Knochen verschwinden würden.

»Wo ist der Haken?« fragte Kunzmann.

Ich sah ihn an. Plötzlich entschloß ich mich, offen zu sein. »In jeder Zeile einer.«

»Ach du dicke Mutter«, grunzte er und bestellte sich sein drittes Bier.

Ich verbrannte mir an dem Kaffee die Oberlippe.

»Du mußt das für mich machen, Kunz«, sagte ich.

»Ausgeschlossen.«

Ich schob ihm das Dementi über den Tisch. Er las es und schnalzte mit der Zunge. »Schön, ist das von dir?«

»Nein, aber das!« Ich hatte auch den Artikel mitgebracht, den ich letzte Woche für mein Magazin produziert hatte, »und daran stimmt jedes Wort und jedes Komma.«

Er las die Geschichte an, rückte plötzlich auf seiner Bank nach vorne, neigte den Kopf tiefer und schien mich vergessen zu haben. Nach einer guten Viertelstunde legte er das Manuskript aus der Hand und stieß mit lautem Zischen den Atem aus, als ob er ihn seit einer Viertelstunde angehalten hätte.

»Das ist 'ne Story!« sagte er.

»Und die ist lichtecht«, sagte ich.

»Aber sie gehört deinem einstigen Blatt!«

»Stimmt, für dich ist sie nur Hintergrundinformation, aber niemand kann dich daran hindern, die Fakten nachzurecherchieren und das Ganze noch mal neu anzupakken!«

Er wiegte den Kopf und zupfte an seinem Schnurrbart, der weit über den Mund hinabzipfelte.

»Aber das mit der Meldung kann ich trotzdem nicht machen.«

Ich erzählte ihm auch noch den Rest.

»Mann«, sagte er schließlich, »ich glaub', ich steh' im Rübenfeld.« Er bestellte zwei Korn, aber ich lehnte ab.

Er trank beide. »So hat's bei mir angefangen«, sagte ich.

»Ich brauch' was zu trinken, wenn ich denken muß«, gab er zurück. Dann plötzlich bohrte er seinen Zeigefinger in meine Richtung. »Ich hab's!«

»Da bin ich gespannt«, sagte ich, und es klang wesentlich desinteressierter, als ich war.

»Ich geh' mit der Meldung zum Chef, erzähl' ihm, wo sie herkommt, aber nicht mehr. Dann sage ich, daß ich sie nicht vollkommen verifizieren kann, aber das Bild könne ja als zusätzlicher Beweis dienen. Zudem können wir die Meldung ja ein bißchen vorsichtiger formulieren, unter Hinzuziehung des oft so beliebten Konjunktivs.« Er grinste breit.

»Aber wenn ihr der Nachricht die Zähne zieht...«

»Dein Risiko«, sagte er. »Wenn der Chef sagt, wir machen das, dann bin ich aus dem Schneider. Ich mach' dann noch ein paar kleine Vorbehalte. Morgen früh rase ich dann rein zu ihm und sage: ›Ich hab' ja gleich gewarnt, jetzt haben wir den Salat.‹ Und weißt du, was er dann sagt, mein Chef?«

»Woher soll ich das wissen?«

»Er wird sagen: ›Macht doch nichts, Kunzmann, dann haben wir gleich noch 'ne Meldung.‹«

Ich mußte lachen und bestellte nun doch einen

Schnaps. »Tricks wie beim Geheimdienst und den internationalen Ganoven«, sagte ich.

Kunzmann sah mich durch den Zigaretten- und Bierdunst an: »Was springt denn eigentlich für mich dabei raus?«

»Wenn's klappt, zehn Prozent«, sagte ich spontan und bekam langsam vor meiner aufgesetzten Profitour selber Angst.

»Geritzt«, sagte er, »das wäre genau das, was ich brauche, um Jeannette zum Altar zu führen.«

»Wer ist Jeannette?« fragte ich.

»Das Mädchen, das vor zehn Minuten noch hier saß«, er klopfte mit den Knöcheln auf die Holzbank, »sie hat Vorstellungen, die erstmal erfüllt sein wollen.«

»Weiber!« sagte ich.

Aber ich war richtig glücklich über Kunzmanns Motiv.

»Noch eins«, sagte ich, »das darfst du nicht vergessen: Die Bank wird möglicherweise versuchen, die Nachricht bei euch zu verifizieren, denn jede Zeitung kann ja immer nur auf euch zurückverweisen.«

»Klar, das passiert manchmal.«

»Gut. Ihr müßt die Bankleute auf jeden Fall hinhalten, bis du in einem solchen Fall mit mir gesprochen hast. Wenn du mich nicht erreichst, dementierst du, ist das klar. Ich bin ab 24 Uhr unter dieser Nummer zu erreichen.«

»Weißt du, was du da von mir verlangst?«

»Dienst rund um die Uhr!«

»Du sagst es! Normalerweise könnte ich Mitternacht nach Hause und zu Jeannette unter die Decke kriechen.«

»Denk an die Moneten. Kannste mit jemandem tauschen oder so?«

»Ich werd' es versuchen, aber ich verstehe das Manöver nicht.«

»Es geht ganz einfach darum, daß Mercier mich nicht abknipsen kann in der Nacht, eine Sicherheitsmaßnahme, verstehst du?«

»Nein«, sagte er, »oder Moment mal, doch, ich verstehe. Sobald er weiß, daß die Meldung kommt, könnte er dich aus dem Weg räumen und alleine kassieren. Wenn er aber ständig damit rechnen muß, daß die Bank noch das Gegenteil mitgeteilt bekommt, ich meine das Dementi...« Er sah mich an und sagte nach einer Pause: »Macht dir das eigentlich Spaß?«

Ich hob meine bandagierte Hand und sagte: »Da ist heute nacht ein Messer reingefahren, das eigentlich für meinen Hals gedacht war. Beantwortet das deine Frage?«

»Einigermaßen«, sagte er, »wann geht dein Flieger?«
»In drei Stunden.«
»Ich geh' ins Kino«, sagte er, »kommste mit?«
»In was gehst du denn?«
»In ›Laß jucken, Kumpel‹, dritter Teil«, feixte er.
»Nein, ehrlich?«
»Wirklich, oder wie mein Chef zu sagen pflegt, realiter. Ich geil' mich da richtig auf.«

Ich grinste. »'tschuldige, hab' ganz vergessen, daß du ja mal auf der Klosterschule warst.«

Ich bezahlte für uns beide. »Das ist so eine Art Spesenvorschuß«, sagte ich zu Kunzmann. Dann gingen wir durch die neblignassen Straßen, bis wir zu einem Kino kamen, der Film hieß wirklich ›Laß jucken, Kumpel‹. Ich schlief ein, als eine der nackten Hauptdarstellerinnen gerade wieder einen Mann bestieg, dessen herunterhängender schlaffer Penis aus Versehen kurzfristig vom Kameraobjektiv erfaßt worden war. Die Cutterin hatte es wohl nicht der Mühe wert befunden, das Stück herauszuschneiden.

Ich begleitete Kunzmann noch in sein Büro und wartete, bis er mit seinem Chef gesprochen hatte. Als er zurückkam, streckte er den Daumen zur Decke.

»Alles gelaufen«, ein Mädchen am Fernschreiber tippte die Meldung auf Lochstreifen.

»Das geht um sechs Uhr raus«, sagte Kunzmann und reichte mir die Fahne mit dem Text. Ich faltete sie sorgfältig und steckte sie ein.

Kunzmann brachte mich nach Fuhlsbüttel zum Flughafen. Es herrschte zwar Nebel, aber er war nicht so dicht, daß man nicht fliegen konnte. Auf dem Weg zum Flugplatz rekapitulierten wir noch einmal alle Details. Kunzmann wirkte nun sehr nüchtern und konzentriert. Er fuhr überlegt und flüssig durch den Rush-hour-Verkehr und setzte mich pünktlich ab.

»Ich denke, wir sehen uns mal wieder«, sagte er und schlug mir kräftig auf die Schulter.

»Würd' mich freuen«, sagte ich und ging durch die automatische Schwingtür in das Flughafengebäude hinein.

Im Flugzeug dachte ich eine Weile über die Zeit nach, die ich mit Kunzmann gemeinsam als Redaktionsvolontär in Ulm verbracht hatte. Fünfzehn Jahre war das nun schon her. Er galt als Sportexperte, ich als Fachmann für Polizeieinsätze, Verkehrsunfälle und Kinokritiken. Ich war die meiste Zeit auf Sportplätzen, während Kunz, wie wir ihn damals schon nannten, in Kinos rumhing oder sich bei Verkehrsunfällen übergab, weil er kein Blut sehen konnte.

Unser Redaktionsleiter nannte das damals ›diversifizierte Redakteursausbildung‹. Was wollte er auch machen? Ein Berufsbild gab's nicht und erst recht keine anwendbaren Ausbildungsrichtlinien für kommende Redakteure. Was man später einmal konnte, hatte man sich weitgehend selbst angeeignet.

Die Stewardeß fragte, was ich trinken wollte. Ich sah ihr

Gesicht nur verschwommen. Es war hübsch. »Danke, ich will eigentlich nur schlafen.«

Sie brachte mir ein Kissen und steckte es mit geschickten, fast zärtlichen Bewegungen zwischen das Sitzpolster und meinen Nacken.

Ich schlief sofort ein und träumte von Claudine. Es war zuerst ein schöner Traum. Wir hatten irgendwo ein kleines Haus, das von einem Meer von Blumen umgeben war, die ich alle nicht kannte. Hinter dem Haus stiegen steile Felsen auf, durch die sich ein schmaler Pfad serpentinenförmig nach oben schlängelte. Ich saß unter einer laubenartigen Überdachung an einem grob gezimmerten Tisch und schrieb auf meiner Kofferschreibmaschine. Claudine, nur ein buntes Tuch um die Hüften, brachte ein Tablett mit Getränken. Ich faßte sie um die Hüften und drückte ihr einen Kuß zwischen die nackten Brüste. Im gleichen Augenblick hörten wir ein donnerndes, anschwellendes Geräusch. Claudine preßte plötzlich ihren zitternden Körper gegen mich. Über dem Felskamm tauchte ein pfeilförmiges schwarzes Flugzeug auf und ging sofort in Sturzflug über, es war so groß, daß es die Sonne verfinsterte, und hielt direkt auf uns zu. Es ging alles sehr schnell. Im Moment des Aufpralls kam ich zu mir. Ich muß geschrien haben, denn ein weißhaariger Mann beugte sich über mich und fragte: »Was ist mit Ihnen?« Ich rieb mir die Augen. Die hübsche Stewardeß kam den Gang entlang gerannt.

»Ich bin Arzt«, sagte der weißhaarige Mann, »soll ich Ihnen ein Beruhigungsmittel geben?«

»Nur das nicht.« Es wäre ein Alptraum für mich gewesen, schlimmer als der eben geträumte, wenn ich die Termine der nächsten 18 Stunden verschlafen hätte.

»Wenn ich vielleicht ein Tonic Water haben könnte?« sagte ich über die breite Schulter des Arztes hinweg zu der Stewardeß, »und ich bitte auch vielmals um Entschuldigung. Ich muß geträumt haben.«

Die Stewardeß brachte das Tonic Water und fragte, ob ich vielleicht einen Gin dazu haben wolle, das wirke manchmal Wunder. Ich nickte. Sie ging noch einmal weg und kam mit einem kleinen Gin-Fläschchen wieder. Für ein paar Augenblicke setzte sie sich zu mir. »Fürchten Sie sich vor dem Fliegen?«

Ich lächelte ihr zu, so gut es ging. »Kein Stück. Ich fliege eigentlich ziemlich oft.«

»Dann haben Sie wohl einen interessanten Beruf?« Ich sah sie an. Plötzlich wurde ich mißtrauisch. Was sollte dieser Annäherungsversuch? Schon die Art, wie sie mir das Kissen ins Genick gesteckt hatte, war ungewöhnlich. Ich musterte ihr Gesicht. War sie eine von Merciers Leuten?

»Was haben Sie denn?« fragte sie ängstlich.

Ich schüttelte mich und sagte entschuldigend: »Ich habe seit beinahe 48 Stunden praktisch kein Auge zugetan, und es sieht so aus, als ob ich auch in der nächsten Nacht nicht viel Schlaf kriegen würde. Da macht man auf seine Umgebung zwangsläufig einen seltsamen Eindruck.«

»Wenn's mehr nicht ist«, lächelte sie.

Normalerweise hätte ich mir die Chance nicht entgehen lassen, aber das Mißtrauen überwog, zumindest für den Augenblick.

»Ich versuche noch einmal zu schlafen«, sagte ich.

»Okay«, sie erhob sich in einer eleganten Bewegung.

»Sind Sie in der Schweiz zu Hause?« fragte ich.

»Heimatflughafen Hamburg«, sagte sie.

Als ich in Genf ausstieg, verschlafen und müde, roch ich im Vorbeigehen ihr Parfüm. Spontan sagte ich: »Ich hätte Lust, Sie wiederzusehen.« Sie lächelte unverbindlich.

Horlacher war nicht zu sehen, als ich den Zoll passiert hatte. Ich wartete eine Weile, sah mich in allen Winkeln des Flughafengebäudes um und ging schließlich unschlüssig auf die breiten Ausgangstüren zu.

Ich suchte den Taxistand. Ein vielleicht dreizehnjähriger Junge kam auf mich zu und sagte leise: »Sind Sie Herr Stoller?«

Er sprach deutsch mit französischem Akzent.

Ich nickte.

»Bitte«, sagte er und gab mir ein Zettelchen. Ich kramte in meiner Tasche nach Geldstücken. Er sagte hastig: »Mein Trinkgeld habe ich schon«, und verschwand zwischen den Reihen parkender Autos.

Ich ging noch ein paar Schritte, wartete, bis die ersten fünf Taxis abgefahren waren, und drängelte mich dann schnell in das nächste. Ein Mann, der den Wagen ebenfalls angesteuert hatte, schimpfte hinter mir her.

»Quelle adresse?« fragte der Fahrer. Erst jetzt faltete ich das Zettelchen auseinander und las ›Café Danton‹.

Horlacher saß an einem kleinen runden Tischchen in dem düsteren Café, das ein geschäftstüchtiger Bäckermeister zwischen Verkaufstheke und Küche geklemmt hatte. Die Szene erinnerte mich an unsere erste Begegnung in Stuttgart. Auch das Wetter hatte Erinnerungswert. Draußen begann es zu regnen.

Ich setzte mich Horlacher gegenüber und bestellte einen Kaffee und einen Cognac. »Wie war's?« fragte Horlacher.

»Im ganzen positiv«, sagte ich und gab ihm einen genauen Bericht.

Horlacher grunzte zufrieden.

»Und warum dieses Versteckspiel?« wollte ich wissen. Er zuckte die Achseln. »Ich war ein paar Stunden vor Ihrem Hotel und – ich kann mich auch täuschen, aber es mag schon was dran gewesen sein – ich bildete mir ein, daß zwei Männer das Haus und die Rezeption beobachteten.

Einer von den beiden fragte zweimal nach Ihnen. Ich habe mir die Gesichter gut gemerkt, um rechtzeitig reagieren zu können, falls die beiden de Breukas Nachfolger sind.«

»Reizende Aussichten«, sagte ich.

»Haben Sie schon in die Zeitung reingeschaut?« fragte Horlacher und deutete auf die Ausgabe des ›Genève Soir‹, der neben mir auf einem der Stühlchen lag. »Es steht drin, ein Hotelgast habe in Notwehr einen Einbrecher namens de Breuka erschossen.«

Ich nickte abwesend, denn meine Gedanken waren noch immer bei den beiden Männern, die mir offensichtlich auflauerten.

Horlacher schien das zu erraten. »Ich habe für Sie ein Zimmer in einer ruhigen Pension gebucht. Auf den Namen Klein, Manfred Klein aus München.« Er zog unter seinem Stuhl eine neue Lederreisetasche hervor. »Zwei Hemden Kragenweite 42, zweimal Unterwäsche Größe 6, Strümpfe, Schlips, Taschentücher und was man sonst so braucht«, sagte er erklärend und schob mir das elegante Stück zu.

»Ganz schöne Investition«, sagte ich.

»Wollen Sie reinschauen?«

»Wird schon keine Bombe drin sein.«

»Ich bringe nämlich die Tasche nachher selbst vorbei«, sagte Horlacher, »das ist die Adresse der Pension. Sehen Sie zu, daß Ihnen niemand folgt, wenn Sie nach dem Gespräch mit Mercier dorthin fahren. Geben Sie dem Taxifahrer lieber 50 Franken und erzählen Sie ihm, Sie seien auf der Flucht vor Ihrer eifersüchtigen Frau, oder noch besser, vor dem eifersüchtigen Mann Ihrer Geliebten.«

Ich mußte an den Film ›Laß jucken, Kumpel, dritter Teil‹ denken.

»Es wäre mir ein Vergnügen, Ihnen einmal nachzuweisen, daß Sie etwas vergessen haben«, sagte ich zu Horlacher.

»Alles Training«, sagte der alte Mann.

»Eine Frage«, sagte ich langsam, »geht in mir um, seitdem wir uns seinerzeit in München aus den Augen verloren.«

»Ja, bitte«, sagte er höflich.

»Wo waren Sie, als de Breuka mich aus dem Hotel in Hamburg entführte?«

Horlacher blinzelte, als ob er etwas im Auge hätte, wartete eine Weile und sagte dann: »Es wird langsam Zeit, daß Sie sich mit Mercier verabreden. Am besten machen Sie das vom Restaurant Albena aus. Dort habe ich einen Tisch für zwei Personen auf Ihren Namen bestellt. 21 Uhr wäre wohl die richtige Zeit für Ihren Treff.«

Ich sah auf die Uhr. Es war kurz vor acht.

Horlacher nutzte die nächsten fünfzehn Minuten, um mit mir noch einmal alle Details unseres Plans durchzugehen.

22

Es war fast auf die Sekunde 21 Uhr, als Mercier im Windfang der Tür erschien. Schwarzer Homburg, schwarzer Mantel, Nadelstreifen-Anzug, weißer Seidenschal. Die ganze Erscheinung perfekt wie immer. Für einen Augenblick zog er die Aufmerksamkeit des ganzen Lokals auf sich.

Ich saß in einer Nische, von der aus ich den ganzen Raum übersehen konnte, und beobachtete das Ritual der Ankunft des Waffenschiebers in diesem Nobelrestaurant. Der Maître d'hotel eilte flink herbei, gefolgt von zwei Commis, die sich um Mantel, Hut und Schal kümmerten und die Kleidungsstücke wie Reliquien zur

Garderobe trugen. Man sah ihnen an, daß sie das Geld dieses Mannes witterten.

Mercier rieb sich die Hände, als seien sie vor Kälte klamm. Er wechselte mit dem Maître d'hotel einige Worte. Der Oberkellner nickte dann mit dem Kopf in meine Richtung. Er eilte vor Mercier durch die Tischreihen und kam auf mich zu. Er fragte, ob ich Monsieur Mercier erwarte.

»Oui«, sagte ich und blieb sitzen, als der Schweizer an den Tisch trat und sich den Stuhl von einem Kellner in die Kniekehlen schieben ließ.

»Guten Abend«, nickte Mercier. Ich verbeugte mich und erwiderte den Gruß. Er griff nach der Speisekarte, die neben seinem Teller lag.

»Ich höre, Sie haben gestern nacht einen schmerzlichen Verlust erlitten«, begann ich, »mein herzliches Beileid!«

Mercier wirkte erstaunt: »Verlust?«

Ich nahm von der Bank, auf der ich saß, die Zeitung hoch, die ich im Flughafengebäude gekauft hatte. Auf die kleine Meldung deutend, reichte ich ihm das Blatt hinüber. Er ließ die Speisekarte sinken und las:

HOTELRÄUBER ERSCHOSSEN
jb – In den frühen Morgenstunden wurde der international von der Polizei gesuchte Eugène de Breuka, der aus Belgien stammt, von einem Gast im Hotel Esplanade mit zwei Schüssen niedergestreckt. Der Mann starb an Ort und Stelle an den erlittenen Schußverletzungen. Wie die Stadtpolizei mitteilt, war de Breuka gegen 5.30 Uhr in das Zimmer des Hotelgastes eingedrungen, offenbar in der Absicht, diesen zu berauben. Dabei wurde er entdeckt. Bei dem Handgemenge, das den tödlichen Schüssen vorausging, hatte der Eindringling den Gast noch an der Hand verletzt. Es liege ein eindeutiger Fall von Notwehr vor, erklärte Kommissär du Noël von der Stadtpolizei. Die Leiche des Belgiers wird nach der Obduktion in sein Heimatland überstellt werden.

Ohne erkennbare Emotion ließ Mercier die Zeitung sinken und sah mir ins Gesicht, dann lächelte er.

»Ich sehe, Sie haben sich verletzt«, er deutete auf meine rechte Hand in dem dicken Verband.

»Eine kleine Verstauchung, nicht der Rede wert.«

Mercier tat erleichtert. »So, so, ich hatte mir schon Sorgen gemacht.«

»Was nehmen Sie?« fragte ich, »Sie sind mein Gast.«

»Merci«, er nickte artig. Dann suchten wir Suppe, Vorspeise und Hauptgang aus. Mercier schien das Restaurant zu kennen, denn er gab die Tips für den Wein. Für jeden Außenstehenden wirkte unser Gespräch wie die Konversation zwischen guten Bekannten, die sich zu einem gemütlichen Essen zusammengesetzt haben. Doch ich spürte die Unruhe meines Gegenübers. Anders als sonst spielte er mit den Fingern und ordnete von Zeit zu Zeit das Besteck neben dem Teller. Wir hatten bis jetzt nur über Belangloses gesprochen.

»Zu Ihrem Vorschlag, Monsieur Stoller«, sagte er schließlich mit einem Anflug von Unwillen.

»Nicht ohne Freude sehe ich Ihr Interesse an dieser Besprechung, Mercier«, grinste ich. Er starrte mich an. Zum ersten Mal erschien so etwas wie Haß in seinem Blick.

»Egal, der Vorschlag, was ist damit?« drängte er.

»Drei Millionen Schweizer Franken liegen auf Ihren Namen bei der Schweizerischen Bankgesellschaft bereit. Sie bekommen sofort das Geld und auch den Rest auf den anderen Banken, wenn eine kleine Bedingung erfüllt ist, das ist der Haken.«

»Ich weiß«, sagte er offen.

»Ich habe mir die Freiheit genommen, meinem alten Freund Mercier einen kleinen Gefallen zu tun und für ihn die Bedingung zu erfüllen.« Ich griff wieder neben mich auf die Bank und zog den Durchschlag des dpa-Telex vom Auslandsdienst hervor und reichte ihm die lange Papierfahne hinüber. Er griff eine Spur zu hastig danach. Ohne auch nur dem Kellner einen Blick zu gönnen, der mit großer Gestik die Suppe servierte, überflog Mercier die Meldung. Während ich aß, begann er erneut, die Meldung zu prüfen, er studierte Zeile um Zeile.

»Gut«, sagte er schließlich mit ernstem Gesicht und legte die Papierfahne unter seine Serviette. Die Suppe rührte er nicht an. »Was ist Ihr Preis?«

»Wieso Preis?« heuchelte ich und wischte mir mit meiner Serviette über den Mund, »Sie brauchen nur morgen früh zum Bankschalter zu gehen und die drei Millionen umbuchen zu lassen oder in bar zu kassieren.«

Die Vorspeise kam, Terrine vom Wild mit Trüffeln für mich und für Mercier Ochsenmark auf Toast. Der irritierte Kellner räumte die unangetastete Suppentasse meines Gegenübers weg. Ich begann mit Appetit weiterzuessen. Mercier versuchte mich zu fixieren. Er hatte geschwiegen, solange die Bedienung in der Nähe unseres Tisches war. Plötzlich lächelte er wieder.

»Wo liegt denn sonst der Trick, Monsieur Stoller?«

»Mit Befriedigung bemerke ich, daß Sie Ihr Scharfsinn nicht im Stich läßt«, spottete ich beim Kauen, »dieser, Ihr Scharfsinn, sagt Ihnen nämlich, daß ich Sie in eine Falle locken will. Ein solches Telex zu fälschen ist kein Problem.« Ich zeigte mit der Gabel auf die Papierschlange neben seinem Teller.

»Richtig«, bestätigte Mercier und kniff die Augen zusammen.

»Mal eine andere Frage: Wieviel haben Sie in die beiden Coups – oder sagen wir besser: Geschäfte, investiert?«

Er stocherte unlustig auf seinem Teller herum und antwortete ohne aufzusehen: »Etwa eine Million.«

»Schweizer Franken?«

»Ja, Schweizer Franken«, das klang unwillig.

»Gut«, nickte ich, »Sie werden Ihre Investitionen wiedererhalten und mir den Rest des Geldes, also zwei Millionen, morgen früh in der Bank auszahlen. Sozusagen für meine treuen Dienste in Ihrem Unternehmen. Das genügt mir, weil ich weiß, daß Ihnen dieses Geld auf Jahre hinaus den Schlaf rauben wird.« Ich grinste breit hinüber zu dem Mann mit den makellosen Manieren, der sich jetzt zu straffen schien.

»Die Hälfte für jeden«, lenkte er ein.

»Nein«, sagte ich hart, »zwei zu eins.«

Wieder entstand eine Pause, weil die Kellner einen Servierwagen mit dem Hauptgang an unseren Tisch schoben. Wegen meiner lädierten Hand konnte ich nur etwas essen, das nicht geschnitten werden mußte, denn zupacken konnte ich mit der rechten nicht. Für mich gab es daher nur Rahmgeschnetzeltes mit Rösti. Mercier ließ sich ein kompliziertes Fischgericht servieren. Wir begannen gleichzeitig zu essen.

»Die Hälfte ist ein Friedensangebot von mir«, lächelte er plötzlich, »denn wenn diese Meldung zutrifft, steht sie morgen in allen Zeitungen und das Geld ist frei. Ich alleine bin berechtigt, es abzuheben. Sie werden mir nicht mehr in die Parade fahren können.«

»Ich weiß inzwischen Ihre ›Friedensangebote‹ zu schätzen, aber im Ernst, Mercier. Glauben Sie denn, ich sei so dumm, nicht mit einer Sicherheit zu arbeiten?«

Er nickte. »Und welcher Art ist diese Sicherheit?« fragte er beiläufig.

»Um Punkt 9.30 Uhr morgen früh könnte diese Meldung«, wieder fuhr meine Gabel über den Tisch, »über Telex von dpa dementiert werden. Dann ist das Geld ein für allemal für Sie verloren.«

»Und wenn ich schneller bin? Die Schweizerische Bankgesellschaft öffnet um 9 Uhr die Schalterhallen.«

»Aber, Mercier, wer läßt denn schon seine alten Freunde im Stich? Ich werde in dieser halben Stunde selbstverständlich in der Bank sein, um Ihnen beim Abheben zu helfen!«

»Ja, ja, ich verstehe«, Mercier begann wieder, in seinem Teller zu stochern. Nach ein paar Minuten des Schweigens lächelte er versonnen. Ich griff nach seinen Gedanken: »Übrigens: Die Bank hat selbstverständlich keinen Telexanschluß zum dpa-Auslandsdienst.« Er sah mich verblüfft an, ohne ein Wort zu sagen.

»Aber ich nehme doch an, daß ein schweizerischer Bankbeamter, der ja schon mit der Muttermilch die sprichwörtliche Sorgfalt eingesogen hat, beim *Journal de Genève* anruft, bevor er die Kleinigkeit von drei Millionen auszahlt, nicht?«

»Bien sûr.« Eine Spur von Ratlosigkeit huschte über seine Züge.

Ich hakte sofort nach. »Wir haben ja beide den plötzlichen und so schweren Verlust eines Ihrer wertvollsten Mitarbeiter zu beklagen. Aber ich gebe mich keiner Illusion hin, daß Sie nicht für gleichwertigen Ersatz sorgen können.«

Sein Blick traf mich aus zusammengekniffenen Augen.

»Sehen wir einmal von dem Risiko ab, das auch unser seliger Freund aus Belgien ertragen hat, als er das ›Esplanade‹ betrat, der neue Mann könnte ja mehr Glück haben, wenn er mir heute nacht seine Aufwartung macht! Aber bedenken Sie, daß die Meldung auch schon in eben dieser Nacht dementiert werden könnte, dann bleibt kein Schlupfloch mehr für Sie zwischen neun und halb zehn. Und die Meldung wird nie wieder in der Zeitung stehen. Perdu, die drei Millionen.«

Der Kellner kam, um abzuräumen. Ich bestellte für mich Kaffee und für Mercier einen Cognac, sein Lieblingsgetränk, wie ich inzwischen wußte. Wir hatten lange geschwiegen. Ich meinte Mercier ansehen zu können, wie sein Gehirn arbeitete.

»Um noch mal auf unsere Abmachung zurückzukommen«, begann ich wieder, »es bleibt bei zwei zu eins für mich?«

»Ja, zwei zu eins«, bestätigte er lächelnd.

»Und noch etwas: Sie sollten darüber nachdenken, ob ich nicht noch mit zusätzlicher Sicherheit arbeite. Auch unter so guten Freunden, wie wir es sind, sagt man sich nicht alles.«

Ich hatte schon gezahlt. Jetzt stand ich auf und klopfte ihm jovial auf die Schulter. Ich wußte, daß jeder dieser Tatscher ihm bitter weh tat.

»Also, mein guter Mercier«, verabschiedete ich mich, »bis morgen früh um neun!«

Ich verließ das Lokal, ohne mich noch einmal nach ihm umzudrehen. Im Taxi fiel die Müdigkeit über mich her. Mein Kopf sank auf die Brust, und ich mußte die Scheibe des Wagens herunterdrehen, um nicht auf der Stelle einzuschlafen. Mühsam behielt ich im sanften Surren des Wagens die Augen noch offen. Nach wenigen Minuten taumelte ich wie ein Betrunkener in mein Zimmer, das ich heute sehr sorgfältig verschloß.

23

Es gehört zum Winterbild dieser Stadt, daß die Wolken tief über den See herabhängen. Auch an diesem Morgen drückten wieder grauschwarze Schwaden herunter. Ich saß Horlacher gegenüber, in einem großen, unübersichtlichen Café an der Uferpromenade, einen mächtigen schwarzen Koffer neben mir. Die fast bis zum Boden reichenden Scheiben ließen eine genaue Kontrolle der Gegend vor dem Lokal zu. Mein Kaffee schmeckte schal. Horlacher saß in Mantel und Hut auf der Kante der breiten

Sitzbank neben mir und hatte das *Journal de Genève* ausgebreitet vor dem Gesicht. Schweigend las er. Ein anderes Exemplar lag vor mir, an der Stelle gefaltet, wo die Meldung über die ›Sunrise‹ stand.

»In genau drei Minuten gehen Sie«, brummte Horlacher, ohne die Zeitung sinken zu lassen, »und zwar in den Eingang mit dem Schild ›Toilette‹, von da aus erreichen Sie über eine weitere Tür mit der Aufschrift ›Privé‹ einen Gang, der Sie in einen Hinterhof führt. Wenn Sie auf der anderen Seite des Hofes durch die Toreinfahrt gehen, kommen Sie direkt neben der Bank heraus. Halten Sie sich nicht vor dem Gebäude auf.«

Ich spürte, daß mein Hals trocken war. »Ja«, sagte ich heiser. Ich räusperte mich und hob die leere Tasse noch einmal an die Lippen. Die drei Minuten schlichen voran. Horlacher raschelte mit der Zeitung. »Ab jetzt! Toi, toi, toi!«

Ich erhob mich und drückte mich, meinen Bauch so gut es ging einziehend, durch die Tischreihen. Auch jetzt schossen mir wieder Gedanken durch den Kopf, die sich mit einer planlosen Flucht befaßten. Doch ich schritt, wie von einer Schnur gezogen, in die Toiletten, fand vor dem Eingang für Damen die Privattür, die links abzweigte. Sie führte tatsächlich in einen Gang, der an einer düsteren, klapprigen Tür endete. Draußen empfing mich diesige Dezemberkälte.

Ich sah auf meine Uhr. Es war genau neun. Ich beeilte mich, hinüber zur Tordurchfahrt zu kommen. Auf dem Bürgersteig herrschte ein dichtes Gewimmel von Fußgängern. Ich mischte mich darunter und ging die wenigen Schritte auf den breiten Eingang der Bank zu. Ein riesiges Fallgitter bewegte sich langsam nach oben. Da erkannte ich Mercier, wieder in makelloser Kleidung. Er stieg auf der anderen Straßenseite aus einem Rolls-Royce mit silbrigen Kotflügeln. Das Fahrzeug setzte sich langsam wieder in Bewegung und überquerte die Straße, um auf meiner Seite in einen Parkplatz einzuscheren.

Wir trafen uns vor dem Eingang, gerade als das Gitter einrastete.

»Guten Morgen, Monsieur Stoller«, Mercier war verbindlich.

»Morgen, Mercier«, brummte ich, immer noch heiser, und beeilte mich, hinter die große Glastür zu kommen. Mercier war mit flinken Schritten neben mir. Ich hielt ihm unwillkürlich die Tür auf. Er quittierte das mit einem freundlichen Kopfnicken. Er schritt vor mir durch die weite, marmorgetäfelte Halle. Mir fiel auf, daß er einen mittelgroßen Aktenkoffer trug, der an seinem Handgelenk angekettet war. Aus seiner Manteltasche ragte das druckfrische *Journal de Genève*. Er drehte sich halb zu mir um. »Wir werden die Transaktion im Bureau des Vizedirektors vornehmen.« Mit federnden Schritten ging er auf eine breite Treppe zu. Es schien, als habe er es eilig. Ein Livrierter, der am Treppenabsatz stand, verbeugte sich und sagte ehrfürchtig: »Monsieur Mercier.« Der Waffenhändler nickte beiläufig und sprang leichtfüßig die Stufen hinauf. Ich folgte ihm und spürte, wie mein Koffer mir an die Oberschenkel schlug. Mercier eilte einen Korridor entlang und stürmte in eines der Zimmer. Dort schreckten wir eine Sekretärin auf, die gerade beim Kaffeekochen war. Mit strenger Freundlichkeit verlangte Mercier, beim Vizepräsidenten gemeldet zu werden.

»Un moment, Monsieur«, sagte sie freundlich und füllte weiter die Filtertüte.

»Tout d'suite«, fauchte Mercier, und das Mädchen beeilte sich, auf die Taste einer Sprechanlage zu drücken, um uns anzumelden. Die quakende Stimme eines Mannes bat uns hinein. Mercier ging auf die Polstertüre an der Seitenwand zu und betrat ein geräumiges Zimmer mit hohen, oben abgerundeten Scheiben. Ich hielt mich dicht hinter ihm.

»Ah, voilà mon chèr Mercier«, rief der korpulente Herr mit Brille und kam hinter seinem Schreibtisch hervor. Fast befürchtete ich, daß sich die beiden umarmen würden.

»Das ist unser Herr Stoller Junior«, stellte er mich auf deutsch vor, »von Clemens & Stoller in München.«

»Enchanté«, rief der Dicke höflich und gab mir seine teigige Hand.

»Ich dachte schon, daß Sie heute sofort kommen würden«, sagte er und ging wieder hinter seinen Schreibtisch. Mit seinen fetten Fingern deutete er auf die aufgeschlagene Zeitung vor sich.

»Ja, ja«, bestätigte Mercier, sein Lächeln geriet etwas schief. »Machen Sie es bitte so, daß Sie eine Million für mich richten lassen und zwei Millionen für Herrn Stoller, seine Firma war an dieser Transaktion beteiligt.«

»Gratuliere«, sagte der Bankvize, »sicher ein durchschlagender Erfolg.«

»Ja«, bestätigte ich und konnte ein Grinsen nicht unterdrücken. Der Dicke lächelte wissend und sagte zu Mercier: »Es ist für jeden eine Freude, mit Ihnen kooperieren zu können!«

»Sie schmeicheln«, bemerkte Mercier artig. »Haben Sie das Geld vorbereitet?«

»Ja, bien sûr, Monsieur Mercier«, der Dicke gab sich geschäftig, »ich habe das schon vorausgesehen und alles in die Wege geleitet.« Scheinbar pflegte Mercier seine Transaktionen immer in bar zu tätigen. Horlachers Spekulation war also richtig gewesen. Eigentlich lag das alles nicht so fern, bei einem Waffenhändler seines Kalibers.

Der Bankier setzte eine betrübte Miene auf: »Nur noch eine Routinemaßnahme, Sie haben Verständnis, aber ich bin vor dem Kaffee noch nicht...«, er hob den Telefonhörer ab und brabbelte beim Wählen weiter, »die Vorschriften, Sie wissen ja, wenn es nach mir ginge, also...«

Dann streckte er sich unwillkürlich.

»Ja, Schweizerische Bankgesellschaft, Vertan, bitte geben Sie mir den Ressortleiter Ausland. Danke.«

Eine Pause trat ein. Der Mann machte eine weite, ausladende Geste. Wir hatten bis jetzt gestanden, jeder seinen Koffer vor den Beinen. Wir setzten uns in einer synchronen Bewegung.

»Pardon«, sagte der Dicke und hielt die Sprechmuschel mit einer Hand zu. Dann warf er den Kopf zurück und dröhnte:

»Schweizerische Bankgesellschaft, Direktorium, Vertan, spreche ich mit dem Ressortleiter Aus..., ja, vielen Dank, das ist ja gut, daß ich Sie gleich erwischt habe... Nur eine Frage: Da ist bei Ihnen ein Artikel heute im Journal, Seite zwei, oben... nein, nicht diese Terroristengeschichte aus Deutschland, daneben, das über den Trawler in Libyen... ja, dieselbe... ja, sagen Sie, woher haben Sie die Information... nein, natürlich weiß ich von der Pressefreiheit in unserem Land... es geht nur um die Quelle, ah. Ja, eine Presseagentur! Eine große Agentur? So, aha, Irrtum ausgeschlossen?... Verbindlichsten Dank, danke vielmals! Guten Tag, danke!«

Er legte auf, zwinkerte freundlich und drückte einen Knopf der Sprechanlage auf seinem Schreibtisch.

»Die Barbeträge von heute morgen, wenn ich bitten darf«, rief er laut. Ein knarrendes »Oui, monsieur le directeur«, kam aus dem Lautsprecher zurück.

»Voilà, c'est le service«, lächelte Mercier.

Der Bankvize verbeugte sich hinter seinem Schreibtisch aus Chrom und Glas. Dann drohte das Gespräch zu versanden. Mercier hielt seinen Hut in der Hand und betrachtete angelegentlich das abstrakte Bild über dem

Kopf des Direktors. Der saß nach vorn gebeugt da und hielt die Hände gefaltet.

»Ist das Wetter bei Ihnen auch so trübe?« fragte er, bloß um etwas zu sagen.

»Ja«, antwortete ich und sah aus dem Fenster. Ich konnte von hier oben die Straße überblicken.

Was ich sah, nahm meine Aufmerksamkeit gefangen. Ich ließ das Gespräch schleifen und registrierte nur noch am Rande, wie sich der Dicke wieder an Mercier wandte und ihn ansprach. Draußen stand der Rolls-Royce mit den silbernen Kotflügeln in einer Parklücke. Von hinten näherte sich ein Mann, der – wie Horlacher – Hut und Mantel trug. Er ging seitlich an die Fahrertür und schob eine Zeitung in das offene Wagenfenster. Kurz darauf schwang die Tür des Fahrzeugs auf, und der Mann verschwand, immer noch die Zeitung in der Hand haltend, auf dem Fahrersitz. Sekunden später zeigten kleine weiße Wölkchen, daß der Motor wieder angelassen wurde, dann wurde der Rolls-Royce nach hinten rangiert und fädelte sich gravitätisch in den fließenden Verkehr ein.

In diesem Augenblick klappte hinter uns die Tür. Der Direktor sprang auf und eilte an Mercier vorbei. Ich drehte den Kopf und sah einen Mann mit grauem Anzug, der einen stählernen Wagen in das Zimmer fuhr.

»Voilà, Messieurs«, sagte der Dicke und breitete die Arme aus. »Das Geld!« Mercier stand auf, ich folgte ihm.

»Alles kontrolliert?« fragte der Bankvize.

»Selbstverständlich, Monsieur le directeur!« dienerte der Angestellte.

Auf der chromblitzenden Platte des Wagens, klinisch sauber, als sei Geld nur in septischem Zustand zu behandeln, waren drei säuberliche Häufchen gebündelter 100-Franken-Noten aufgetürmt. Jeder so groß wie ein Schuhkarton, vielleicht etwas größer.

»Drei Millionen«, stellte der Dicke fest, der flugs noch

einmal bei jedem Block über Länge und Seite die Bündel gezählt hatte. Mercier neben mir wirkte kalt und distanziert. Ich hatte erwartet, daß viel größere Mengen Geldscheine zu transportieren wären, und kam mir plötzlich mit meinem großen Koffer lächerlich vor. Da befiel mich plötzlich der Verdacht, daß Mercier vielleicht versuchte, mich in Kooperation mit dem Bankdirektor zu linken.

»Sie gestatten«, sagte ich so freundlich, wie es diese Situation nur zuließ.

»Aber natürlich«, antwortete der Dicke säuerlich und trat zurück. Ich zählte selbst. Es waren genau fünfundzwanzig Stapel Banknoten übereinander und vier Stapel nebeneinander. Auf den Banderolen stand ›SFr. 10000,–‹. Ich multiplizierte im Kopf: 25 mal vier sind hundert, mal 10000 sind eine Million.

»Stimmt«, sagte ich knapp, »ich danke Ihnen.«

»Beginnen Sie bitte, Monsieur Stoller«, sagte Mercier, der mich mit hämischem Lächeln beobachtet hatte. Ich schloß daraus, daß selbst der windigste Waffenschieber den Schweizer Banken traut. Mir war seine Reaktion jetzt egal. Ich klappte den Koffer auf und räumte zwei der drei Haufen sorgfältig in meinen Koffer, in dem noch viel Platz blieb. Dann verschloß ich die Riegel und stellte das Gepäckstück dicht neben mein linkes Bein.

Mercier hob jetzt sein Köfferchen auf die freigewordene Fläche des Wagens, ohne die Fessel an seinem Handgelenk zu lösen. Lächelnd schichtete er die Stapel um, ich begriff, daß Geld für ihn beinahe sexuelle Anziehungskraft hatte. Dann klappte auch er den Deckel seines Koffers zu und gab dem Dicken die Hand.

»Au revoir, Monsieur Vertan.«

Man merkte dem Dicken die Enttäuschung über mein Verhalten an, besonders herzlich fiel dagegen seine Verabschiedung bei dem Waffenschieber aus. Mir überließ er nur kurz seine schwammige Hand und sagte: »Enchanté.«

Ich sagte: »Es hat mich gefreut, adieu!« Das war noch nicht einmal gelogen.

Draußen im Korridor hielt Mercier plötzlich an und sah mir in die Augen. Kalt sagte er: »Ich hoffe, daß damit unser Geschäft abgeschlossen ist«, dann ging er noch einige Schritte weiter, blieb wieder stehen und fügte hinzu: »Ich werde Sie nie mehr sehen müssen, Stoller.«

Ich quittierte seine Bemerkung mit Schweigen und blieb ihm hart auf den Fersen, wie Horlacher es mir befohlen hatte. Wir schritten zügig die Treppe hinunter, an dem Livrierten vorbei, hinaus durch das Glasportal. Dicht am Straßenrand, unmittelbar vor dem Eingang, stand der Rolls-Royce, mit dem Mercier gekommen war. Der Motor lief. Der Mann auf dem Fahrersitz in dunkler Uniform beugte sich nach hinten und ließ die Tür zum Fond aufschwingen. Obwohl ich den Sinn von Horlachers Anweisung nur erahnen konnte, blieb ich weiter dicht hinter Mercier, der die letzten Schritte fast gerannt war.

Vor dem offenen Schlag blieb er abrupt stehen. Im gleichen Augenblick erkannte auch ich Horlachers Gesicht unter der Uniformmütze des Chauffeurs. Ich war sofort neben Mercier, packte ihn mit aller Kraft unter den Achseln und schob ihn mit dem Knie auf die Sitzbank. Sein angeketteter Koffer verhakte sich an einer Konsole. Mir schien, als würden hinter mir Passanten stehenbleiben und aufmerksam werden, doch dann kam der Koffer frei, Mercier stürzte halb, halb schob ich ihn in den geräumigen Innenraum, meinen großen Koffer umständlich hinter mir haltend.

Horlacher fuhr schon an, da gelang es mir erst, den Koffer hereinzuziehen und die Tür zu schließen. Mercier neben mir schnaufte heftig. Ich achtete nicht auf Horlacher, sondern packte mit meiner unverletzten Hand seinen Arm und drehte ihn auf den Rücken, sein Gesicht zeigte Schmerz, sein Oberkörper war weit nach vorn gebeugt.

Obwohl meine bandagierte rechte Hand höllisch brannte, was mir erst jetzt zu Bewußtsein kam, packte ich auch noch mit dieser Hand zu, um seinen Kopf nach unten zu halten. Mein Knie fuhr nach oben und traf den Schweizer mitten ins Gesicht. Sein unterdrückter Schrei kam gequetscht.

»Stoller!« ermahnte mich Horlacher, der im Rückspiegel die Szene beobachtet hatte. »Dieser Mann hat persönlich noch nie Gewalt angewendet, er ist in dieser Hinsicht harmlos. Sie gefährden uns nur unnötig!«

Ich ließ den Arm Merciers fahren. Er zog die Schultern hoch. Sein Gesicht war von Furcht gezeichnet. Ein schmales Rinnsal Blut floß aus seiner Nase über das sauber rasierte Kinn herab. Horlacher fuhr diszipliniert. Eine Ampel sprang auf Gelb.

»Mercier soll sich flachlegen.«

»Runter!« befahl ich und preßte den Schweizer mit meiner gesunden Hand in die Polster. Horlacher fuhr wieder an.

Mercier blieb stumm liegen. Ich glaube, er war in seinem Leben vorher nie geschlagen worden. Ich konnte sein Gesicht nicht sehen. Unter seinen zerzausten Haaren bildete sich eine kleine Blutlache. Wir fuhren schweigend weiter. Zur Vorsicht hielt ich Mercier mit der linken Hand unten. Nach außen hin versuchte ich gelangweilt zu wirken.

Bald wurden die Ampeln spärlicher. Wir fuhren ein Stück am Seeufer entlang, bis Horlacher hinauf in die Hügel abbog. Der Nebel lag in dichten Hauben über dem Hinterland. Nach wenigen kurvigen Straßenkilometern tauchte der Wagen in den Dunst ein. Horlacher schaltete die Lichter an. Wir hatten gerade ein Dorf passiert. Danach war nur noch das unterbrochene gelbe Band der Straßenmarkierung zu sehen, an dem sich der Rolls-Royce entlangtastete. Ich weiß heute nicht mehr, wie weit wir gefahren sind, ohne eine Ansiedlung zu berühren. Schließlich betätigte Horlacher den Blinker und bog nach links ab. Einige Minuten folgte er einer schmalen, asphaltierten Straße bis zur Einmündung eines Feldweges. Dort schaukelte der Wagen noch ein paar hundert Meter entlang, dann hielt Horlacher das Fahrzeug an.

In mir war ein unbestimmbares flaues Gefühl aufgestiegen. Was hatte Horlacher vor?

Er beugte sich vorn nach rechts hinunter und zog eine starke Zange mit langen Hebeln hervor. Er reichte mir das Werkzeug in den Fond.

»Schneiden Sie ihn ab«, befahl er. Ich hatte zunächst nicht begriffen und sah ihn fragend an. »Den Koffer«, sagte er.

Ich öffnete die Hebel der Zange weit. Mit meiner rechten Hand konnte ich das Eisen kaum halten. Dann führte ich das Werkzeug hinunter zu Merciers Handgelenk und knipste die verchromte Kette durch. Die Schneide der Backe ging weich durch das Metall. Der schwarze Koffer fiel zu Boden.

Horlacher war inzwischen ausgestiegen und hatte die hintere Tür auf Merciers Seite aufgerissen.

»Raus«, zischte er. Doch Mercier verharrte in seiner Position. Horlacher riß ihn mit einer Brutalität hoch, die ich diesem kleinen grauen Mann nie zugetraut hätte. »Markier nicht den toten Mann!« fauchte er.

Mercier fiel, stand auf, taumelte und stürzte erneut in einen gepflügten Acker, dessen Schollen mit Rauhreif gepudert waren. Stöhnend erhob er sich zuerst auf alle Viere, dann kam er gebückt zum Stehen. Die Arme hingen ihm reglos an der Seite herab. Das Stummelende der Kette baumelte an seinem linken Handgelenk. Das Blut in seinem Gesicht war über die Backe verwischt und verkrustete dort. Sein dunkelblauer Mantel hing schief an ihm und war mit Erde besudelt. Horlacher ging die paar

Schritte in den Acker auf ihn zu, nahm ihn mit beiden Händen bei den Schultern und schüttelte ihn.

»Mercier, hören Sie gut zu«, sagte er leise, »es ist Schluß, aus, Ende der Durchsage! Sie gehen jetzt brav zurück nach Hause und verkaufen weiter Ihre Pistolen und Gewehre. Dies hier war eine Nummer zu groß für Sie – eine ganze Nummer zu groß. Und den restlichen Batzen Geld, den schreiben Sie ab. Uns reichen diese ersten Klecker!« Horlacher deutete in Richtung der Koffer. »Und wenn Sie zur Polizei gehen wollen, denken Sie an de Breuka.«

Er drehte ihn um und stieß ihn von sich fort. Mercier begann langsam und mechanisch zu gehen.

»Hau ab«, schrie ich plötzlich und warf eine Scholle gefrorene Erde auf die schwarze Gestalt, die im Nebel verschwand. Der Brocken traf ihn genau zwischen den Schulterblättern, der Aufprall war hart. Mercier ging trotzdem weiter wie eine Marionette.

Wir waren wieder auf die Uferstraße zurückgelangt. Ich saß neben Horlacher und atmete tief durch.

»Und jetzt?« fragte ich unvermittelt in unser Schweigen hinein.

»Jetzt nehmen Sie die beiden Koffer und sortieren aus dem von Mercier alles und aus Ihrem fünfhunderttausend in diese Tasche.«

Er deutete vor mir in den Fußraum des Wagens. Ich hob die Tasche auf und begann mit der Arbeit.

»Die Zange nicht vergessen«, befahl Horlacher und deutete mit dem Daumen über die Schulter. Ich hob das Werkzeug auf und verpackte es zwischen die Geldbündel. Dann zog ich den Reißverschluß zu und legte die Tasche auf den Rücksitz neben meinen Koffer.

Wir näherten uns der Stadt.

»Was machen Sie jetzt?« fragte Horlacher plötzlich, und sein Gesicht erstarrte wieder zu biederen Zügen.

»Weiß nicht«, sagte ich unschlüssig. Ich überlegte. »Vielleicht verreise ich, vielleicht schreibe ich auch ein Buch.«

Horlacher lachte. »Arbeiten, trotz des vielen Geldes?« Ich zuckte die Schultern und schwieg. Horlacher sah geradeaus und schleuste den breiten Wagen sicher durch den Verkehr. In einer der Vorstädte bog er von der Hauptstraße ab und fuhr zwischen parallel stehenden Betonklötzen hindurch auf eine Tiefgarage zu. Mit weitem Bogen kurvte er in die betonierte Rampe ein und rollte hinab in eine der weit gewölbten Parkhallen. Er ließ den Rolls-Royce kurz vor einem Schild mit der Aufschrift ›Ausgang‹ halten.

»Ende der Vorstellung«, sagte er freundlich und griff auf den Rücksitz. Dort zog er den großen Koffer hervor, den er mir heute morgen in das Café mitgebracht hatte. Ich öffnete meine Tür. Das Geld im Koffer hatte sein Gewicht.

»Einskommafünf Millionen«, sagte er und starrte vor sich hin, »auch das war eingeplant.« Dann gab er mir die Hand und sah mir freundlich ins Gesicht. Sein Mund geriet wieder zu einer akkurat viereckigen Öffnung. »Stoller, Sie waren brauchbar, ich hatte mich nicht verschätzt, als ich Sie damals in der Tiefgarage ansprach, sehr brauchbar sogar.« Er nickte mir zu, ging auf einen silbergrauen Mercedes zu, stieg ein und fuhr davon, ohne sich noch einmal umzudrehen.

Ich stieg müde die enge Treppe hinauf ins diffuse Tageslicht, winkte ein Taxi heran und bat den Chauffeur, mich zum Flughafen zu fahren.

»Wo fliegen Sie hin?« fragte der Fahrer freundlich.

»Wenn ich das wüßte«, antwortete ich, den großen Koffer auf dem Schoß haltend.

HEYNE BÜCHER **BLAUE KRIMIS**

Spannung von deutschen Spitzenautoren im Heyne-Taschenbuch

Stefan Murr
AUF DEN TAG GENAU
Kriminalroman
02/2282

Margit und Helmut Zenker
KOTTAN ERMITTELT: SCHUSSGEFAHR
Kriminalroman
02/2266

Uwe Friesel
DAS GELBE GIFT
Kriminalroman
02/2191

Wolfgang Schweiger
MIT LEEREN HÄNDEN
Kriminalroman
02/2232

A.B.S.
DÉJÀ VU
Kriminalroman
02/2240

Wolfgang Schweiger
INDIANER-LAND
Kriminalroman
02/2278

Claus Fischer
DIE HAUT DER SCHLANGE
Kriminalroman
02/2246

Jürgen Alberts
DIE CHOP-SUEY-GANG
Kriminalroman
02/2263